榮新江 著

從學與追念

榮新江師友雜記

中 華 書 局

图书在版编目（CIP）数据

从学与追念：荣新江师友杂记/荣新江著. —北京：中华书局，2020.9
ISBN 978-7-101-14701-8

Ⅰ.从… Ⅱ.荣… Ⅲ.回忆录-作品集-中国-当代 Ⅳ.I251

中国版本图书馆 CIP 数据核字（2020）第 153242 号

书　　名	从学与追念：荣新江师友杂记
著　　者	荣新江
责任编辑	林玉萍
出版发行	中华书局
	（北京市丰台区太平桥西里 38 号　100073）
	http://www.zhbc.com.cn
	E-mail:zhbc@zhbc.com.cn
印　　刷	北京市白帆印务有限公司
版　　次	2020 年 9 月北京第 1 版
	2020 年 9 月北京第 1 次印刷
规　　格	开本/920×1250 毫米　1/32
	印张 10½　字数 195 千字
国际书号	ISBN 978-7-101-14701-8
定　　价	69.00 元

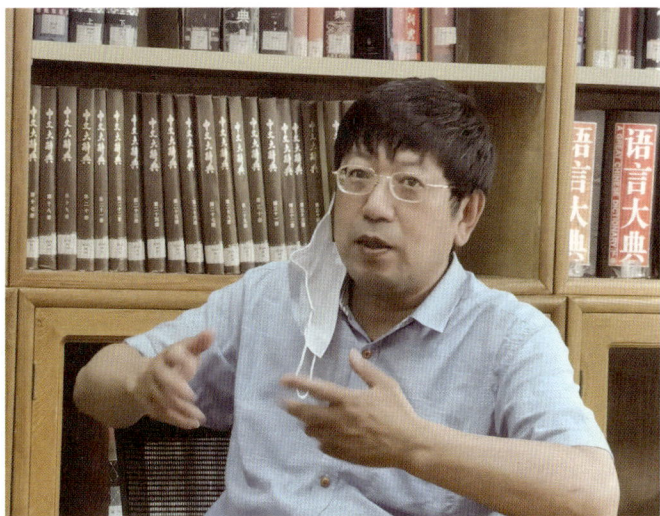

摄于2020年6月13日

荣新江　河北滦南人。1978年考入北京大学历史系，1985年留校任教，现为北京大学历史学系暨中国古代史研究中心教授、北京大学历史系学术委员会主任、中国敦煌吐鲁番学会副会长，先后访学或讲学于日本龙谷大学佛教文化研究所、京都大学人文科学研究所、德国柏林自由大学东亚研究所、美国耶鲁大学东亚研究会、法国高等实验研究院、香港中文大学中国文化研究所、台湾"中研院"史语所等。研究方向是中外关系史、丝绸之路、隋唐史、西域中亚史、敦煌吐鲁番学等，著有《于阗史丛考》(合著)、《归义军史研究》《海外敦煌吐鲁番文献知见录》《敦煌学十八讲》《中古中国与外来文明》《敦煌学新论》《中国中古史研究十论》《隋唐长安：性别、记忆及其他》《辨伪与存真——敦煌学论集》《学理与学谊——荣新江序跋集》《三升斋随笔》等。

目　录

饶宗颐教授与敦煌学研究

小　引

　　饶宗颐先生，号选堂，又号固庵。1917年生，广东潮安人。父亲饶锷先生，颇富藏书，著有《潮州艺文志》等。选堂先生幼承家学，谙熟岭南文献掌故，而且于经史、释道书，皆有深嗜，打下了极好的学问根底。抗战前后，在两广一带整理乡邦文献，并助叶恭绰先生编《全清词钞》。曾应顾颉刚先生之约编《古史辨》第8册，并撰《新莽史》。1949年以后移居香港，先后执教于香港大学中文系、香港中文大学中文系，一度出任新加坡大学中文系主任，并曾从事研究或讲学于印度班达伽（Bhandarkar）东方研究所、法国科研中心（CNRS）、美国耶鲁大学、法国远东学院（EFEO）、法国高等实验研究院（EPHE）和日本京都大学等高等学府。退休后任香港中文大学中国文化研究所、艺术系荣誉讲座教授。

饶先生学艺兼美，早已名闻海内外。但是，由于大陆多年来的封闭，很难看到港台、海外出版的饶先生著作，对饶先生的学问往往不甚了然。自80年代以来，饶先生时常到内地讲学或参加学术会议，著作也不断在北京、上海等地刊出，今天国内学界，饶先生的大名可谓无人不晓了。我因研治"敦煌学"的因缘，早已特别留意饶先生的著作，数年来游学欧洲、日本，见饶先生大著，必购而读之。但饶先生研究方面之广，无有涯际，文章散在四方，常恨搜集不易。今有机会来港，亲承指教，得接道风，并得饱览饶先生"敦煌学"论著。饶先生百科全书式的学问远非我所能述，以下谨就我所熟悉的所谓"敦煌学"范围，略表一二。

所谓"敦煌学"，严格来讲并不能算作一个学科。敦煌只不过是留给后人一大批宝贵的洞窟、壁画、雕塑，特别是数万件遗书。随着遗书的流散，这些内容涉及多种学科的文献，吸引了世界上一大批学人专心于此，探索钻研，各逞其能，"敦煌学"也就应运而生。

敦煌遗书散在英、法、俄、日等国，在英法分别于60年代初和70年代末公布所藏之前，研究起来并非易事。而且写本数量庞大，内容博杂，以佛典居多，所以要从中拣选出最具学术价值的文书，除了要有雄厚的学养外，还要独具慧眼。

一、发前古之秘，凿破混沌——道教研究

1956年4月，饶先生发表第一部"敦煌学"著作《老子想尔注校笺》[①]，将伦敦所藏的这部反映早期天师道思想的千载秘籍，全文录出，兼做笺证，阐明东汉老学神仙家说，书中还就《想尔注》与《河上公注》、索洞玄本《道德经》、《太平经》等做了比较，并辑录《想尔注》佚文，考述张道陵著作，为道教原始思想增一重要资料，于道教研究贡献至巨[②]。其后不久，法国的中国宗教学权威康德谟（M. Kaltenmark）即以此书教授诸生，其弟子们后来有欧美道教研究计划，实与饶先生这部书有关。《校笺》出版后，东西学人探讨《想尔注》者日众，许多关于道教史的专著都采用饶先生的论说[③]，有些日本学者对此书年代有所怀疑[④]。饶先生亦间有补充，先后撰写了《想尔九戒与三合义》[⑤]、《老

---

① 全称《敦煌六朝写本张天师道陵著老子想尔注校笺》，副题《道教原始思想初探》，香港：东南书局，1956年4月出版。

② 参看 Anna Seidel, "Chronicle of Taoist Studies in the West 1950–1990", *Cahiers d'Extrême-Asie* 5（1989–1990），pp. 230, 235。

③ 如汤一介《魏晋南北朝时期的道教》，台北：东大图书公司，1988年。

④ 参看楠山春树《老子传说の研究》第六章老子想尔注，东京：创文社，1979年；麦古邦夫《老子想尔注について》，《东方学报》（京都）第57册，1985年，75–107页；小林正美《六朝道教史研究》第三章老子想尔注，东京：创文社，1990年。

⑤《清华学报》新4卷第2期，台北，1964年，76–84页。

子想尔注续论》①，今并收入1991年11月上海古籍出版社出版的《老子想尔注校证》，其中新刊之《四论想尔注》，利用新出马王堆帛书材料，破除日人对道气论的疑虑，使旧说更为坚实。

饶先生熟悉《道藏》，故能从敦煌残篇断简中找出《道藏》所缺而又能够说明问题的资料。对于《道藏》已存的敦煌道典，饶先生也有不少发明，如判断P.2732残卷为陶弘景《登真隐诀》杨君服雾法七韵之残文，其所注用韵数，今本或缺②。又《敦煌书法丛刊》第27—29卷三册为《道书》，虽然主要是从书法角度选取素材，但其所选的玄宗御注《老子道德经》、葛玄无注本五千文《道德经》、《庄子节本》、《太上洞玄灵宝度人上品妙经》、《太玄真一本际经》、《无上秘要》、《二教论》、《阅紫录仪》、《玄言新记明老部》等，均为道教史上重要典籍，极具参考价值。饶先生曾慨叹"道教典籍久为人所漠视，今之业绩反得力于异国人士"③，故此奋起其间，做出优异成绩。目前，道教研究已在国内广泛展开，但有关敦煌道教典籍的研究尚不多见④。

①《福井博士颂寿记念东洋文化论丛》，东京：早稻田大学出版社，1969年。

②《论敦煌残本登真隐诀（P.2732）》，《敦煌学》第4辑，1979年，10—22页。

③黄兆汉《道教研究论文集》序，香港：中文大学出版社，1988年。

④如1992年上海古籍出版社开始出版《道教文化研究》，但一、二辑中未见有关敦煌道教文献的论文。

二、原始要终，上下求索——文学和乐舞研究

　　饶先生早年治《楚辞》，曾详校敦煌出土的释道骞《楚辞音》[①]。饶先生自言："平生治学，所好迭异。幼嗜文学，寝馈萧选。"[②]他对敦煌遗书中文学作品的研究，更重要的起点是1957年发表的《敦煌本文选斠证》一、二篇[③]。其后不久，伦敦公开出售斯坦因所获写本六千余件的缩微胶卷，饶先生斥资购得一份，爬梳出许多珍贵秘籍，如迄今所知仅有一件写本的《文心雕龙》，即由饶先生于1962年首次影印行世，并且指出胶卷所摄有所夺漏[④]。现此卷研究影刊者又有数家[⑤]，但饶先生首刊之功实不可没。此外，饶先生还据原件校补了敦煌写本《登楼赋》，并考其写作年代[⑥]。又

---

　　① 载所著《楚辞书录》，香港：苏记书庄，1956年版；又收入所著《文辙》上，台北：学生书局，1991年，123–130页。

　　②《选堂字说》，载所著《固庵文录》，台北：新文丰出版公司，1989年，325页。

　　③《新亚学报》第3卷第1期，333–403页；第3卷第2期，305–328页，4图版。

　　④《文心雕龙专号》，香港大学中文学会，1962年。又所附《唐写本文心雕龙景本跋》，今收入《文辙》上，407–408页。

　　⑤ 参看潘重规《唐写文心雕龙残本合校》，香港：新亚研究所，1970年；林其琰、陈凤金《敦煌遗书文心雕龙残卷集校》，上海：上海书店，1991年。

　　⑥《敦煌写本登楼赋重研》，《大陆杂志》特刊第2辑，1962年，511–514页；收入《文辙》上，267–275页。

据S.4327《漫语话》，讨论话本的起源问题[①]。

　　在敦煌文学领域，饶先生的最大成就应推他对曲子词的研究。1971年，饶先生完成《敦煌曲》一书，由法国汉学泰斗戴密微（P. Demiéville）教授译成法语，合法汉两本于一编，由法国科研中心出版[②]。饶先生早年整理清词，后上溯宋、明，有《词籍考》之作[③]。以此深厚的词学功底，和1965年在巴黎、伦敦亲接原卷的有利条件，饶先生精印出一大批前人不知的敦煌曲子词，包括两件难得的俄藏敦煌曲子词写本，嘉惠学林[④]。此书所校录的敦煌曲子词，杂曲之外，兼收王重民《敦煌曲子词集》未收之赞偈佛曲，且作校记，订正旧录之误极多。其所刊新资料，于历史研究也多有裨益，如《谒金门·开于阗》一首，是敦煌与于

---

　　① 《敦煌本漫语话跋》，《东方》（中国小说戏曲研究专号），1968年；收入《文辙》上，443—449页。

　　② 全称 Airs de Touen-houang（Touen-houang k'iu），textes à chanter des VIIIe-Xe siècles. Manuscrits reproduits en facsimile avec une Introduction en chinois par Jao Tsong-yi, adaptée en français avec la traduction de quelques textes d'Airs, par Paul Demiéville, Paris 1971。应当指出的是，此书并不是人们所认为的那样系作者自己抄写的，而是假手他人，故有笔误。

　　③ 《词籍考》，香港：香港大学出版社，1963年。新编《词集考》，1992年由北京中华书局出版。

　　④ 参看杨联陞书评《饶宗颐、戴密微合著〈敦煌曲〉》，原载《清华学报》第14卷第2期，1974年；收入《杨联陞论文集》，北京：中国社会科学出版社，1992年，242—247页；苏莹辉《〈敦煌曲〉评介》，《香港中文大学中国文化研究所学报》第7卷第1期，收入《敦煌论集续编》，台北：新文丰出版公司，1983年，301—320页。

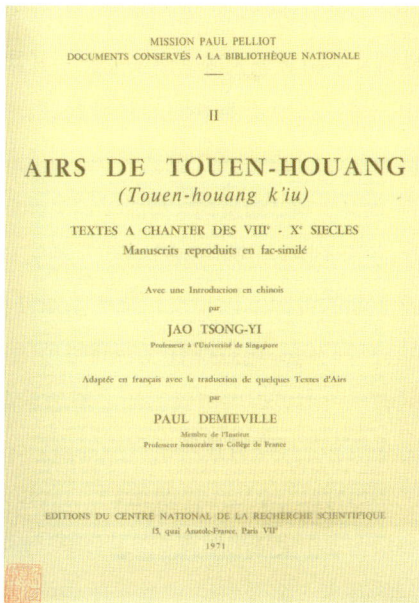

MISSION PAUL PELLIOT
DOCUMENTS CONSERVÉS A LA BIBLIOTHÈQUE NATIONALE

II

AIRS DE TOUEN-HOUANG
(Touen-houang k'iu)

TEXTES A CHANTER DES VIIIᵉ · Xᵉ SIECLES
Manuscrits reproduits en fac-similé

Avec une Introduction en chinois
par

JAO TSONG-YI
Professeur à l'Université de Singapour

Adaptée en français avec la traduction de quelques Termes d'Airs
par

PAUL DEMIEVILLE
Membre de l'Institut
Professeur honoraire au Collège de France

EDITIONS DU CENTRE NATIONAL DE LA RECHERCHE SCIENTIFIQUE
15, quai Anatole-France, Paris VIIᵉ
1971

《敦煌曲》内封

阗关系史的重要篇章，至此时方显于世①。另外，对敦煌曲之年代、作者，词之起源，词与佛曲、乐舞、龟兹乐之关系等问题，均做了切合实际的考察。书中附有敦煌曲系年、敦煌曲韵谱、词调卷号索引等，便于读者使用。此后有关敦煌曲的研究著作，无不取材于此书。但饶先生本人并未满足，而是继续补阙拾遗，又撰有《曲子定西蕃——

①参看张广达、荣新江《关于敦煌出土于阗文献的年代及其相关问题》，《纪念陈寅恪先生诞辰百年学术论文集》，北京：北京大学出版社，1989年，291页。

敦煌曲拾补之一》[①]、《长安词、山花子及其他——大英博物院藏S.5540敦煌大册之曲子词》[②]；并在陆续发表的多篇论文中，进一步申论曲子词的种种问题，如《孝顺观念与敦煌佛曲》[③]、《敦煌曲子中的药名词》[④]、《法曲子论——从敦煌本〈三皈依〉谈"唱道词"与曲子词关涉问题》[⑤]等。1989年出版的任半塘先生著《敦煌歌辞总编》，于《敦煌曲》有些不符实际的批评。近年来，饶先生重新检讨曲子词及其相关的种种问题，先后撰有《后周整理乐章与宋初词学有关诸问题——由敦煌舞谱谈后周之整理乐章兼论柳永〈乐章集〉之来历》[⑥]、《从敦煌所出〈望江南〉、〈定风波〉申论曲子词之实用性》[⑦]、《"唐词"辨正》[⑧]、《敦煌词札记》[⑨]等，并整理影印台北中央图书馆藏《李卫公望江南》[⑩]，阐明自己对曲子词的观点。饶先生说："念平生为学，喜以文化史方法，钩

① 《新社学报》第5期，新加坡，1973年，1—3页。

② 《新亚学报》第11期上，1974年，49—59页。参看魏礼贤（Hélène Vetch）的法译 "Note sur le Tch'ang-Ngan Ts'eu", *T'oung Pao*, LX. 1–3, 1974。

③ 《敦煌学》第1辑，1974年，69—78页。

④ 《明报月刊》第237期，1985年9月号，68—69页。

⑤ 《中华文史论丛》1986年第1辑，53—60页。

⑥ 《中国文哲研究所集刊》创刊号，台湾，1991年，25—38页。

⑦ 《第二届敦煌学国际研讨会论文集》，台北：台湾汉学研究中心，1991年，395—400页。

⑧ 《九州学刊》第4卷第4期，1992年，109—118页。

⑨ 同上，119—120页。

⑩ 台北：新文丰出版公司，1990年。

沉探赜，原始要终，上下求索，而力图其贯通；即文学方面，赏鉴评骘之余，亦以治史之法处理之。"①在曲子词的研究上，正是如此。我于词学是外行，对于任先生的批评，不敢赞一词，但任先生关于一些歌辞年代的界说，如《五台山曲子词》，若依治史方法处理之，则只能说是后唐时的产物，而非武周②。

饶先生对敦煌文学的贡献是多方面的，其成果部分汇集在台湾学生书局1991年出版的《文辙》一书中。

饶先生善鼓琴，通乐理。早在60年代初，就注意到敦煌遗书中保存的珍贵乐谱、舞谱，撰有《敦煌琵琶谱读记》③、《敦煌舞谱校释》④，是这一研究领域里的先驱者之一。80年代以来，饶先生发表《敦煌琵琶谱〈浣溪沙〉残谱研究》⑤、《敦煌琵琶谱与舞谱之关系》⑥、《敦煌琵琶谱写卷原本之考察》⑦、《论□·与音乐上之"句投"(逗)》⑧、《敦煌琵琶谱史事的来龙去脉》⑨等等一系列论文，于琵琶谱的年代及

①《文辙》小引。
②参看拙稿《敦煌文献和绘画反映的五代宋初中原与西北地区的文化交往》，《北京大学学报》1988年第2期，55—62页。
③《新业学报》第4卷第2期，1960年，243—277页。
④《香港大学学生会金禧纪念论文集》，1962年。
⑤《中国音乐》1985年第1期。
⑥1987年香港"国际敦煌吐鲁番学术会议"论文。
⑦《音乐艺术》1990年第4期。
⑧《中国音乐》1988年第3期。
⑨《音乐研究》1987年第3期。

曲体结构，创获最多。有关这方面的论文均收入《敦煌琵琶谱》[1]和《敦煌琵琶谱论文集》[2]两书中。黎键先生《饶宗颐关于唐宋古谱节拍节奏记号的研究》[3]和陈应时先生《读敦煌琵琶谱——饶宗颐教授研究敦煌琵琶谱的新记录》[4]两文已有专门论说，此不赘述。

三、搜虫书鸟语之文，溯龙树马鸣之论——历史语文研究

在历史学领域，饶先生利用敦煌文书，同样做出许多令人瞩目的开拓性工作。

禅宗入藏，是西藏佛教史与汉藏关系史的重要课题，自来研究者皆为欧美日本学者。饶先生在戴密微教授刊布的法藏《顿悟大乘正理决序》之外，新发现了伦敦藏本S.2672，撰《王锡顿悟大乘正理决序说并校记》[5]，并依此文书及相关汉藏文材料，对有关禅宗入藏的宗论与历史、地理、年代问题做了深入的考述。与此相关的还有《神会门

---

① 台北：新文丰出版公司，1991年。
② 台北：新文丰出版公司，1990年。
③ 《敦煌琵琶谱》155-171页。
④ 《九州学刊》第4卷第4期，1992年，121-125页。
⑤ 《崇基学报》第9卷第2期，1970年，127-148页；收入《选堂集林·史林》中，香港：中华书局，1982年，713-770页。

下摩诃衍之入藏兼论禅门南北宗之调和问题》[①]、《论敦煌陷于吐蕃之年代》[②]两文。前者重在讨论摩诃衍禅法的来源，后者则据敦煌文书，论证戴密微提出的敦煌贞元三年（787）陷蕃说[③]。饶先生上述三文，属于这一复杂问题的开创期的研究成果。仅此一例，可见饶先生治学，往往能够抓住一代新学术的重点，而做出奠基性的工作。

翻开《选堂集林·史林》，上至三代，下迄明清，所论极为广博，一些论文，虽非直接讨论敦煌文献，但随处拈来，得心应手。如《论古文尚书非东晋孔安国所编成》[④]，引P.2549《古文尚书孔传目录》为证，说明是西汉临淮太守孔安国撰。《穆护歌考》于敦煌祆教、摩尼教史料采论至广，多有新意[⑤]。《维州在唐蕃交涉史上之地位》一文[⑥]，对P.2522《贞元十道录》有所考订。《论七曜与十一曜——敦煌开宝七

①《香港大学五十周年纪念论文集》上册，香港，1964年，173–181页，图I–IV；收入《选堂集林·史林》中，697–712页。

②《东方文化》第9卷第1期，1971年，1–57页；收入《选堂集林·史林》中，672–696页。

③按此说大致不误，惟因据《新唐书》所记依满十二年计，为贞元三年，实多计一年。目前学界一般取贞元二年说，参看池田温《丑年十二月僧龙藏牒》，《山本博士还历纪念东洋史论丛》，东京：山川出版社，1972年，737页，注6；山口瑞凤《吐蕃支配时代》，《敦煌の历史》，东京：大东出版社，1980年，197–198页；陈国灿《唐朝吐蕃陷落沙州城的时间问题》，《敦煌学辑刊》1985年1期，1–7页。

④《选堂集林·史林》上，398–410页。

⑤《选堂集林·史林》中，472–509页。

⑥《历史语言研究所集刊》第39本下，1969年；收入《选堂集林·史林》中，656–671页。

年（974）康遵批命课简介》①，由 P.4071《康遵批命课》，申论《聿斯经》出自西域都赖水，并考辨"七曜"有摩尼教传入之"七曜"与中国天文数术传统中固有的"七政"两意，引敦煌历书等材料为证。《三教论及其海外移殖》引敦煌本《新集孝经十八章》，证唐代君主的三教汇合论，又指出 S.5645 刘晏《三教不齐论》，即日僧最澄、空海传入扶桑者②。

东汉以来，梵书胡语流入中国，对汉语影响至巨。但陈寅恪先生以后，治汉语史且谙梵文者不多。饶先生曾留学印度梵学研究中心班达伽东方所，从巴朗吉（Paranjpe）父子攻治婆罗门经典，研治《梨俱吠陀》，通晓梵巴诸语文，因而能够揭出刘熙《释名》渊源于婆罗门经《尼卢致论》（Nirukta）③，韩愈《南山诗》实受马鸣《佛所行赞》（Buddha-Carita）影响④等前人未发之覆。饶先生还由敦煌写本《悉昙章》，申论梵文 r̥、r̄、l̥、l̄ 四流音对中国历代文

---

①*Contributions aux études sur Touen-houang*, ed., M. Soymié, Genève-Paris 1979；收入《选堂集林·史林》中，771–793 页。

②《选堂集林·史林》下，1207–1248 页。

③《尼庐致论（Nirukta）与刘熙的〈释名〉》，《中国语言学报》第 2 期，北京，1985 年；49–54 页；又载川口久雄编《古典の変容と新生》，东京：明治书院，1984 年，1190–1196 页；收入《中印文化关系史论集·语文篇——悉昙学绪论》，香港：三联书店，1990 年，1–10 页。

④《韩愈南山诗与昙无谶译马鸣佛所行赞》，京都大学《中国文学报》第 19 号，1963 年，98–101 页；收入《中印文化关系史论集·语文篇——悉昙学绪论》，118–122 页。

学作品的深远影响[①]。又如"敦煌学"界讨论极繁的"变文"之"变"字，饶先生在《从"变"论变文与图绘之关系》一文中[②]，指出即梵文所谓"神变"之Pratiharya。后来美国学者梅维恒（V. H. Mair）在所著《唐代变文》[③]和《绘画与表演》[④]两书中，详考"变"字的印度来源，实未出饶先生此文的篱藩。收入《中印文化关系史论集·语文篇——悉昙学绪论》一书中的各篇文章，虽篇幅不长，但发明极多。

四、他生愿作写经生——书法绘画研究

敦煌艺术以绘画最为脍炙人口，研究敦煌画的人往往只注意壁画和绢画。饶先生独具匠心，留意写本中的绘画资料，曾撰《跋敦煌本白泽精怪图两残卷（P.2682，

---

①"The Four Liqiud Vowels ṛ ṝ ḷ ḹ of Sanskrit and Their Influence on Chinese Literature（Note on Kumarajiva's T'ung Yun. Tun-huang Manuscript S.344），*The Adyar Library Bulletin*, vol. 31-32（Dr. V. Raghavan Felicitation Volume），Madras 1968；许章真译载《国外学者看中国文学》，台北，1982年；英文本收入《选堂集林·史林》下；中文本收入《中印文化关系史论集·语文篇——悉昙学绪论》，29-38页；亦收入许氏《西域与佛教文史论集》，台北，1989年；此外，金文京日译本载《中国文学报》第32号，1980年。

②《池田末利博士古稀记念东洋学论丛》，东京，1980年；收入《中印文化关系史论集·语文篇——悉昙学绪论》，123-137页。

③Cf. *T'ang Transformation Texts*, Cambridge, Massachusetts 1989.

④Cf. *Paintings and Performance. Chinese Picture Recitation and its Indian Genesis*, Honolulu 1988.

S.6261）》①，于此两卷书法绘画，有所考述。后在巴黎讲学之际，将散在写卷中的白描、粉本、画稿等研究敦煌画极重要的材料辑出，编成《敦煌白画》一书，由戴密微等译出，中法对照，有图有说②，于沙州画样来历以及画法、题材，结合画史，多所阐明。以后又在《魏玄石白画论》一文中③，对白画二字来历，有所补充。此书填补了敦煌画研究中的一项空白。近年来，饶先生多次访问敦煌，得以亲睹莫高窟壁画，在陆续发表的文章中，对敦煌壁画中的刘萨诃④、围陀⑤、誐尼沙⑥等形象，皆有新说。

　　饶先生绘画史论文，现集为《画䫅》一书⑦，其中值得特别提到的是《吴县玄妙观石础画迹》一文⑧。此文由台湾

　　①《历史语言研究所集刊》第41本第4分，1969年，539—543页，图1—9。

　　②全称*Peintures monochromes de Dunhuang. Manuscrits reproduits en facsimile, d'après les originaux inédits conserves à la Bibliothèque Nationale de Paris*, avec une introduction en chinois par Jao Tsong-yi, adaplée en français pa Pierre Ryckmans, preface et appendice par Paul Demiéville, 3 v., Paris 1978。

　　③《选堂集林·史林》上，308—310页。

　　④《刘萨诃事迹与瑞像图》，《1987年敦煌石窟研究国际讨论会文集》，沈阳：辽宁美术出版社，1990年，336—349页。

　　⑤ "The Vedas and the Murals of Dunhuang", *Orientations* 20.3, 1989;《围陀与敦煌壁画》，《敦煌吐鲁番学研究论文集》，上海：汉语大词典出版社，1990年，16—26页。

　　⑥《敦煌石窟中的誐尼沙》，《纪念陈寅恪教授国际学术讨论会文集》，广州：中山大学出版社，1989年。

　　⑦台北：时报文化出版公司，1993年。

　　⑧《历史语言研究所集刊》第45本第2分，1974年，255—309页。

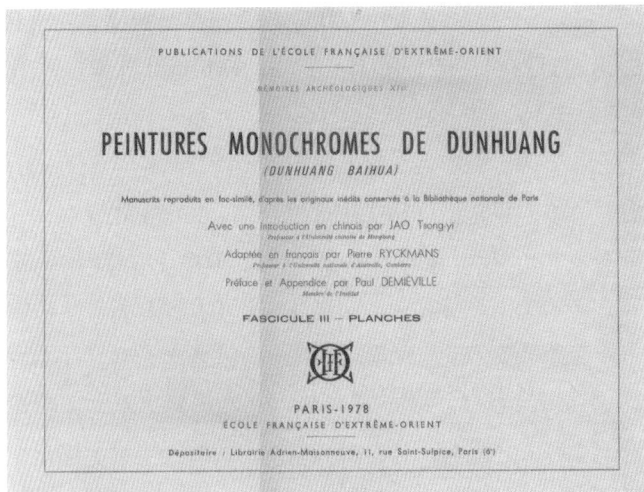

《敦煌白画》封面

史语所保存的石础画像，论到《灵宝度人经变相》，于人们熟知的佛教经变画之外，揭示了道教经变与变相的关系，所引敦煌写本如P.4979所记《道教天尊变》一铺，为许多讨论变文变相问题者所忽略。

　　相对而言，饶先生于敦煌艺术更具开拓性的研究，是对敦煌书法的系统表彰。早在1961年，饶先生就写有《敦煌写卷之书法》①，利用当时所见英伦藏卷，选印精品为《敦煌书谱》。以后1964、1974年两度逗留法京，遍览伯希和取去之宝藏，更扩大规制，选取拓本、经史、书仪、牒

---

① 《东方文化》第5卷，1961年，41–44页，图I–XXIV。

状、诗词、写经、道书中有代表性的精品，辑成《敦煌书法丛刊》29册，于1983—1986年间，陆续由日本二玄社照原大影印，佳书妙品，融于一编。在每册的解说中，饶先生系统揭出敦煌书法作品的艺术价值，其论各个时代的法书风格，可从以下例子中窥之一二：P.4506北魏皇兴五年书《金光明经》："结体诙荡，行笔遒峭，《刁遵》、《高湛碑》之劲美，兼而有之。论其书法艺术，顿挫行阵之中有一片浑穆气象，谓为标准之魏法，可以当之无愧。"P.3471《仁王般若经序》："书写于陈世，必在天嘉以后。坚挺秀整，开唐人之先河，劲古而不媚俗，孰谓经生书为无足观耶？"P.2508《南华真经郭象注》："此为唐初道书之精写本。自袁桷误题《灵飞六甲经》为钟绍京笔，后人悉目此为经生书。此卷当亦属经生书，〔《徐无鬼》卷〕意态飞动，尤为妍秀。因知经生书体类多姿，非仅《灵飞六甲经》一路而已也。"P.3994《词五首》："字极拙重健拔，在欧、柳之间，毫锋取势，可与王寀《汝帖》第十二卷所收李后主书《江行初雪》画卷赵幹题字相颉颃，可定为五代时书风，在书法史上应为极难得之妙品。"我们对照影本读这些典雅的鉴赏跋语，实在是一种美的享受，惟日译往往失去文言意趣，今广东人民出版社重印中文修订本，题曰《法藏敦煌书苑菁华》，正可以弥补此失。

　　饶先生选录此书标准有三：（一）具有书法艺术价值，（二）注明确切年代及有书写人者，（三）历史性文件及重要典籍之有代表性者。包括书法精品《温泉铭》、《化度寺塔铭》、《金刚经》三拓本[①]，以及《十七帖》、《智永真草千字文临本》；经史典籍《周易》、《毛诗》、《古文尚书》、《史记》、《汉书》、《晋春秋》[②]、《大唐西域记》、《沙州图经》、《书仪》；文人诗词及俗文学作品《文选》、《玉台新咏》、《高适诗》、《云谣集》、《王昭君变文》；重要文书《封常清谢死表》、《沙州百姓上回鹘可汗状》、《曹元忠状》、《大云寺安再胜牒》；佛道经典《金光明经》黄绢写经[③]、《东都发愿文》[④]、《生经》、《三阶佛法》、《因明入正理论》、《大乘起信论略述》等等（道书已见上），对所收每件文献，均有考证，多所发明。周绍良先生说："这一百五十多篇提要，既博且精，实为饶先生多年治敦煌学之结晶，不可以寻常书法文字视之。"[⑤]柳存仁教授也称："其所审鉴之《敦煌书法》，益见其

①以上三帖又详见《论敦煌石窟所出三唐拓》，《1983年全国敦煌学术讨论会文集文史遗书编》上，兰州：甘肃人民出版社，1987年，298—304页。

②详见《敦煌与吐鲁番写本孙盛晋春秋及其"传之外国"考》，《汉学研究》第4卷第2期，1986年，1—8页。

③详见 "Le plus ancien manuscrit date (4/1) de la collection Pelliot chinois de Dun-huang P.4506 (une copie du Jinguangming jing 金光明经)", *Journal Asiatique*, 269, 1981, pp. 109—118。

④详见 "Le 'voeu de la capitale de l'Est' (东都发愿文) de l'Empereur Wu des Liang（梁武帝）", *Contributions aux études de Touen-houang*, III, Paris 1984, pp. 143—154 + pl. XVIII。

⑤《一部研究敦煌写经书法的专著》，《人民日报》1986年8月28日。

考索之赡备。"① 人称饶先生"业精六学，才备九能"②，我以为此书最具代表性。

"石窟春风香柳绿，他生愿作写经生。"③ 这两句题画诗，真切地表现了饶先生对敦煌艺术的热爱。

小　结

饶先生研究敦煌遗书，着眼点往往是汉学领域中的大问题，但他所论又往往不限于汉文材料，古今中外，取材随心应手，故而多有创新之论。饶先生对敦煌资料的研究表明，他不愧是一位"当今汉学界导夫先路的学者"④。

（初稿载香港《信报财经月刊》1993年5月号，修订稿载《中国唐代学会会刊》第4期，1993年，37-48页。）

---

① 《庆祝饶宗颐教授七十五岁论文集》序，香港中文大学中国文化研究所，1992年。

② 苏文擢《佛国集后序》，《选堂诗词集》，选堂教授诗文编校委员会，1978年，12页。

③ 《选堂诗词集》，157页。

④ 施岳群《在饶宗颐顾问教授聘书颁发仪式上的讲话》，复旦大学，1992年11月。

季羡林先生主持的"西域研究读书班"侧记

在科班跟随季先生学习梵文的季门弟子面前，我不敢说是季先生的学生，但我一直在北大读书学习，得地利之便，有许多机会向季先生请教。记得我上大学三年级时，张广达先生就带我去拜访了季先生。当时季先生听说我想做于阗的研究，就高兴地拿出 C. Bartholomae 编的 *Altiranisches Wörterbuch*（Berlin 1904）和 É. Benveniste 编的 *Textes sogdiens*（Paris 1940）等书来给我看，并谈到伊朗学对西域研究的重要性。以后，我每当有疑问时，就去向季先生请教；读书略有心得时，也愿意向他做汇报。然而，对我来说受益最大的还是季先生主持的"西域研究读书班"。

"西域研究读书班"是季先生取的名字，顾名思义，是以西域为研究对象的。古代中国典籍中的西域，指称的范围从小到大，包括了今天的新疆、中亚各国、印度乃至伊朗、西亚和欧洲，中心区域是中亚，这里正是许多不同学科的人都关心的焦点。从80年代初，季先生就把一些在研究工作中与西域有关联的学者召集在一起，不定期地聚会，我这个当时还是学生而后来成为教员的小卒，也一直忝陪末席。季先生用"读书班"一词，是表示它不是一个正规的组织，而只以读书为目的的学术聚会，更确切地讲是相当于德国一些大学中的Seminar。时间大体上数月一次，有题即谈，无话则不聚。

开始时，季先生经常讲起德国大学中的Seminar情形。他讲到这些Seminar是不同学科、不同年龄、不同学历的一些人聚在一起，围绕一定的主题，各抒己见，有时争论得脸红脖子粗，甚至一位上了年纪的教授会用拐杖把地板跺得咚咚响。但争论归争论，友情归友情，学术上的不同意见绝不伤害感情。季先生是这样说的，也是这样做的。他当时工作很忙，但只要读书班有活动，他每次必到，而且常常是提前到场。每个人发言，他都会留心听，然后提出疑问，有时是十分尖锐的问题。比如有一次是他指导的博士生王邦维讲他的博士论文题目，即印度佛教的部派问题，季先生就提出了许多质询的问题。在读书班上，有些问题可以通过讨论解决，而有些问题一时是无法解决的，这种质询和争论促进在座的每个人去思考，使一些问题得到深入探讨。

季先生讲过，世界上唯独一个汇聚了古代四大文明的地区就是西域，这是西域研究之所以如此吸引人的地方，也是西域研究之所以如此困扰人的缘由。季先生早年受学于德国哥廷根大学的瓦尔德施米特（E. Waldschmidt）和西克（E. Sieg）两位梵文教授，而他们都是解读西域发现的古代语言的大师，除梵文的极高造诣外，瓦尔德施米特还研究过中亚发现的摩尼教文献和中亚艺术史资料；而西克则读通了灭绝千年的吐火罗文。季先生从两位大师处学得的真本领，完全够他自己做学术研究用的了。但是，季先生从长远的学术发展着眼，利用他的组织力和号召力，把当时以北大为中心的有兴趣于西域研究的人召集在一起，来共同探讨一些西域的问题，这无疑是比每个人都闭门造车要好得多。通过这种形式，学有专长的人之间交流了信息和学术观点，而对于像我这样从学生到初出茅庐者来说，学到的东西就更多了。在将近十年的时间里，读书班断断续续讨论过《大唐西域记》、《南海寄归内法传》、中亚和西藏发现的梵文贝叶经、于阗文资料、粟特文资料、所谓"图木舒克语"资料、新疆新发现的吐火罗语材料和《弥勒会见记剧本》、敦煌吐鲁番文书中的西域史料、汉文典籍中的南亚史料等等。而且，季先生一直想利用读书班的形式，把中亚各种语言的佛典做一个综合的研究。他还有意重新会读并详注《大唐西域记》。

先后参加过这个读书班的成员有：北大历史系的张广达、王小甫和我，北大南亚所的王邦维、耿引曾、段晴、张保胜、钱文忠；社科院南亚所的蒋忠新、郭良鋆；社科

西域读书班时代的季先生与笔者

院外国文学所的黄宝生，中央民族学院的耿世民，文物局古文献研究室的林梅村等。这些人中有研究梵文、于阗文、佉卢文、回鹘文的，有研究南亚、中亚历史的，有研究佛教、摩尼教的，他们对西域的某一方面，都各有各自的研究专长。在这个大家庭中，你可以学到在其他的教室里学不到的东西，也会遇到从未有过的挑战。因为读书班有时邀请一些来京访问的国外的中亚学者一起座谈，每当这时，主从客便，公共的语言换成了英语。这种场合，又是季先生为我们年青人的成长创造的另一种环境。季先生常讲，西域研究是国际性的学问，我们一定要把英文学好，用英文发表我们的研究成果。这虽然不是定性的要求，但从各位读书班成员在各种西文学术期刊上所发表的文章来看，季先生的鼓动不是没有效果的。

在读书班上，常常听到季先生讲起德国人做学问的彻底性（Gründlichkeit）。他曾说过："德国学者无论研究什么问题，首先就是努力掌握与这个题目有关的文献，包括古代的和近代的，包括德国的和外国的。德国学者都广通声气，同世界各国的同行几乎都有联系，因此，全世界的研究动态，他们基本上都能掌握。对自己要研究的问题的各种学说，都有成竹在胸。在这个基础上，或者与此同时就大量搜集资料，不厌其详，不惧其远，只要能搜集到的，全都搜集。这两件工作做完以后，才努力分析资料，然后做出恰如其分的结论。"（《季羡林序跋选》64页）这实际上是季先生在方法论上给我们讲的一课。

在读书班上，季先生反复强调的另一个方面，是学术规范的问题。他说，按照德国大学的制度，一篇博士论文在答辩前一个小时，看到世界任何地方发表了同样的观点，此文即告作废，一点都不含糊。他还说，最初德国的学术刊物不仅要求作者引文要注明页数，而且要注明行数。后来我翻开上个世纪的德国学术刊物一看，果然每一行都编了数码。从我一开始做论文，就努力遵循季先生所讲的这些从内容到形式的学术规范，有时为了一个页码，要跑到图书馆去借出一本刚刚还掉的书。每当想偷懒时，就会想起季先生的话语。

由于种种原因，"西域研究读书班"已经停顿很长时间了。每当我回想起读书班召开时的情景，就感到季先生像一位和蔼可亲的家长，哺育了我们的成长；又像是一个严厉的教授，训导我们按照严格的学术规范前行。

（1996年4月10日完稿，原载《人格的魅力——名人学者谈季羡林》，延边大学出版社，1996年，241–245页。）

贝利教授与于阗语文献研究

　　1996年1月11日，国际知名的印欧语言学家贝利（Harold W. Bailey）教授在剑桥去世，终年96岁。在他漫长的学术生涯中，研究过印欧语系印度伊朗语族中的许多种语言，但他一生的主要贡献，是对敦煌、和田出土的于阗语写本的解读。他的学术成就，值得我们颂扬；他的学术贡献，值得我们纪念。

　　贝利1899年12月16日出生于英格兰，11岁以后到西部澳大利亚，在那里读完大学和硕士。1927年入牛津大学，师从托玛斯（F. W. Thomas）学习梵文，1933年获博士学位。1929–1936年，他任伦敦大学亚洲学院伊朗语讲师。1936–1967年，任剑桥大学梵文教授。1967年退休，获荣誉教授衔。从1944年以来，他除任英国学术院院士、皇家亚洲学会主席等职外，还获得了欧、亚、澳许多国家科学院或大学给予的荣誉称号。他也确实是国际东方学界名副其实的

贝利（Harold W. Bailey）教授

带头人。由于他对学术的贡献，他还获得英国的爵士称号。

贝利虽然是梵文教授，但他的研究范围主要是伊朗语。他对奥塞提语、亚美尼亚语、格鲁吉亚语、粟特语、瓦罕语、吐火罗语、犍陀罗语（印度西北俗语）、中亚混合梵语等都有研究和或多或少的贡献，然而他一生中最重要的工作和成就是对于阗语文献的解读。

贝利自1934年开始从事于阗语文献的研究，其目的纯粹是为了研究伊朗语，即他想从这些公元11世纪以后灭绝的"死语言"所写文书中，找出一个"中古伊朗语"（Middle Iranian）阶段，并由此帮助他对琐罗亚斯德教的经典《阿维斯塔》(Avesta) 的语言做研究。但后来，他的工作不得不部分地转向另一方面，即注释、整理于阗语文献所包括的佛教内容。

贝利围绕着于阗语文献做了大量工作，从词汇的识读、溯源，到写本的转写、比定、翻译。他几乎收罗了他所能找到的所有于阗文残片，包括斯坦因、伯希和、斯文·赫定、大谷光瑞、亨廷顿、彼得罗夫斯基等人所获材料，并全部做了转写，前人的转写，也全部重新校录。这些成果收入他的《于阗语佛教文献集》(*Khotanese Buddhist Texts*, Cambridge University Press, 1st ed. 1951; revised ed. 1981)、《于阗语文书集》(*Khotanese Texts*, I, II, III, IV，V, VI，VII, Cambridge University Press, 1945, 1954, 1956, 1961, 1963, 1967, 1985) 中。他还翻译了相当数量的于阗语佛典和世俗文书，其中敦煌所出于阗文信札的译文，虽不尽完善，但为后人的译释开辟了道路，也使非伊朗语专业的研究者大致了解到这些文书所反映的公元10世纪敦煌及其周边民族的情况，特别是于阗王国与瓜沙曹氏的关系。

贝利通晓多种印度伊朗语，他的《于阗塞语辞典》(*The Dictionary of Khotan Saka*, Cambridge University Press, 1979) 给出每一词的多种语言的对应词，是一部集大成的中古伊朗语著作，具有划时代的意义。他从广阔的印欧语系的背景下来审视中亚的于阗语，并给予它适当的地位。在最后十余年的研究中，他企图在伊斯兰化以前的西域，特别是塔里木盆地，追寻出一种他所说的"北伊朗语传统"（North Iranian Tradition），他利用西域出土的伊朗语文书和汉文、突厥文中保留下来的材料，归纳出"北伊朗语词汇"，这些词汇不能用西伊朗语的波斯语或帕提亚语来解释，甚至和粟特语也不一样。通过这些词汇，他力图说明古代西域历史中的"伊朗特征"（Iranist features），而这一点是许多研究者所忽略的。他1985年出版的最后一本《于阗语文书集》（第7卷），内容不是对文献的转写译注，而是对于阗语文书中出现的部族的研究。他在这本书以及在此前后所写的一些有关部族的文章中，都试图找寻这些部族语言中的伊朗语因素。

从西方中亚史研究的角度来讲，如果说沙畹系统地解译了汉文文献，如果说巴托尔德大量利用了阿拉伯文史料，那么贝利应当是为我们提供了一个广泛的伊朗语文献背景。遗憾的是我国学术界对贝利的学术成就了解的太晚且很不全面。原因之一是贝利的论著散在世界各地，收集不易。80年代初，伊朗设拉子曾出版过他的两本论集（*Opera Minora. Articles on Iranian Studies*），但原订的以下三本迄未见刊出。他的论著目录，《伦敦大学亚非学院学报》（BSOAS）第33卷曾刊出1930–1980年部分，《伊朗学丛刊》（Acta Iranica）第20卷也有1969–1978年的简目，他的弟子恩默瑞克（R. E. Emmerick）教授正在编制其全部论著目录。

笔者1985年留学荷兰莱顿，曾前往剑桥拜访贝利教

笔者拜访贝利教授（1985年）

授。他热情相待并送我许多他的著作和论文抽印本。当时他拿着高本汉（B. J. Karlgren）的字典谦虚地对我说，他不懂汉语，而于阗语文献的进一步研究需要大量的汉语、藏语、突厥回鹘语的知识，加上年老眼花，他决定告别这一领域。实际上，直到1991年为季羡林教授纪念文集写稿，他仍在讨论于阗语文书中的问题。他把毕生精力贡献给了于阗语的研究。

（原载《敦煌吐鲁番研究》第3卷，北京大学出版社，1998年，309—324页，后附之论著目录从略。）

重读敦煌书序　追念恭三先生

在我大学毕业接着上研究生的那一年（1982），邓广铭（恭三）先生创建的北大中古史研究中心正式成立了。我虽然不是邓先生的直系弟子，但是，从上学期间到1985年毕业留在中心工作以后，一直受到先生的关怀和教诲。也由于我和邓先生的女儿小南大学同班，又和他的两个弟子同住一间研究生宿舍，所以也就得知许多恭三先生的"故事"，也常常有机会当面向他老人家请教。

邓先生由于长时期处在中国传统学术研究的两大中心——北大和史语所，所以他经历了许多不同寻常的历史，也细致入微地了解许多学者的"故事"。每次去看他，只要你提一个话把儿，他就滔滔不绝地讲了起来。我有幸听到过他讲的胡适、傅斯年、周作人、齐白石、钱穆、翦伯赞等人的故事，相对来说，听得最多的，还是陈寅恪先生的往事。我毕业后受先生之命做的一件重要工作，就是协助他和其他几位先生编纂《纪念陈寅恪先生诞辰百年学术论文集》，此书具名"中古史研究中心编"，而实际上是邓先生自始至终地主持其事。我按他的指示联络学者，催促稿件，核对史料，并通校了三遍校样。每当有问题的时候，就去请教先生。文稿之外，少不了谈到陈寅恪先生其人其事其书，从他写出《辛稼轩年谱》后陈寅恪亲造其门，到他冒着敌机炮火校对传送陈先生《政治史述论稿》校样；从抗战时傅斯年让他代笔写信请二陈（陈寅恪、陈独秀）到李庄来作学问，到解放军围城时胡适命他一定要在北平城中找到陈寅恪一家。虽然年届八十，但许多亲历之事他

《纪念陈寅恪先生诞辰
百年学术论文集》

仍记忆犹新，陈寅恪先生的风趣言谈，娓娓道来，听之使人入迷。而前辈师友间的一些交谈话语，在今天看来，更值得珍视。

自去年夏天邓先生入院以来，几次去看他，他都说要回家修改他的书稿，我也希望他早日康复，再来给我们讲"故事"。然而，当他离开我们的两天前，我最后一次见到他时，他已经再不能给我们讲下去了。从友谊医院出来，我走了很长一段路，心绪难平。很想就先生当年所述，写篇文章，叙述他和陈寅恪先生的交往。我虽然从来没有告诉过他这个早就有的想法，但当我告诉他1996年末我走访史语所时，恰好见到他们正在把邓先生给陈寅恪的信扫描到电脑中永久保存时，他感到无比的欣慰。

然而，当看到历史系和中古史研究中心纪念邓先生文集的约稿信后，我又放弃了原来的打算，而想把邓先生对北大敦煌研究事业的关怀和推动写出来，因为晚年的邓先生，自有文化托命的感觉，一向视公事大于私事。所以，还是先把邓先生作为中心主任，对敦煌研究的贡献写出来吧。

我们中古史研究中心，一共十来个人，邓先生就像一位家长那样关心着每一个人的学习和研究。要照管一个普普通通的家庭，虽然年龄各异，倒也不难。但要领导这样一个高知识结构的群体，却非易事。中心的人多是1977、1978年恢复高考以后入学的研究生或本科生毕业的，研究范围从汉代的公羊学说到清朝的《四库存目》，而重点在魏晋南北朝隋唐五代宋辽金史。邓先生专攻宋史，对宋代各个方面均有论说，成绩蜚声中外。他同时具有渊博的知识和广阔的胸怀，这也使得初期的中心，在许多方面取得了不少成果。

邓先生在写于1983年9月的《敦煌吐鲁番文献研究论集序》中，说到新创办的中国中古史研究中心拟从事的工作："计划中所要致力的课题，一为属于这一时期的断代史和专题史的研究；二为外国学人研究这段历史的重要著作的介绍和翻译；三为古代史籍的整理；四为敦煌吐鲁番文书的研究。第三、第四两项工作最先上了马，而最先印行问世的则是《敦煌吐鲁番文献研究论集》。"

我最初是被分配在"敦煌吐鲁番研究组"中从事敦煌文书的研究，同时协助王永兴、张广达两位先生编辑《敦煌吐鲁番文献研究论集》。这个组虽非中心的重点，但却为初创期的中心编成五本《论集》，这是和邓先生的直接支持分不开的。这个刊物为了减少错误，雇人手抄。自第3辑开始，我参加编辑工作，主要是传送稿件到住在阜成门的抄者家中，然后取回校对。尽管我们费了心力，但仍有错误。而手抄影印的效果很差，阅读不便，给读者特别是海外母语非中文的读者造成很大麻烦。尽管如此，这几本《论集》由于在某种程度上说代表了当时国内敦煌吐鲁番文献研究的较高水准，受到海内外的广泛重视。一向以写批评性书评而闻名于海外的哈佛大学教授杨联陞先生，撰写

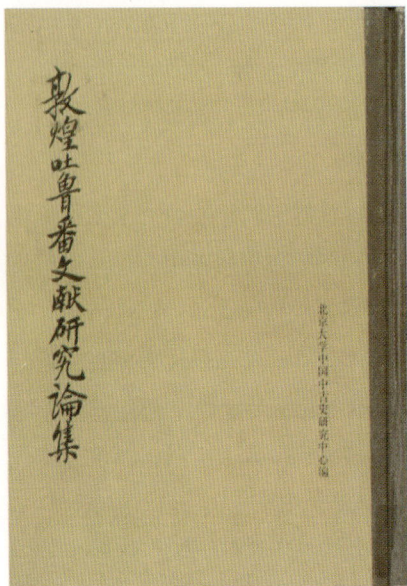

《敦煌吐鲁番文献研究
论集》（1982年）

书评，加以表彰。由此不难看出当年邓先生在中心草创期
就着手办刊并支持它连续出版的学术眼光和魄力。经过十
多年的人员变动和兴趣转移，今天看来，中心成员在上述
四个方面都多少有些成果，而作为中心集体编纂的著作，
则只有这五本《论集》和《纪念陈寅恪先生百年诞辰学术
论文集》。

　　邓先生在《序》中接着说道："敦煌吐鲁番的遗书和遗
物，所涉及的方面均极广泛：历史的，地理的，宗教的，
法律的，政治制度的，社会风习的，学术思想的，语言文
字的，文学艺术的，等等。这决非少数专家学者（即使是

博学多能的）所能全部精通得了的，因而就有赖于斯道同行们群策群力，各攻一面或几面，以期各自有其突破点，我们则乐于为此类论著提供一个刊布园地。众擎易举，踵事增华，正是我们攻克这一学术阵地的最有效方法。"邓先生的意思，是想以中心的刊物作为一个开放的学术园地，集合各方面的力量，来对敦煌吐鲁番遗书和遗物，进行研究。从1982年出版的《论集》第1辑，到1990年的第5辑（也是最后一辑），刊出包括中心成员及历史系学生、校内各系所、全国其他单位乃至海外学者的多篇论文，其中包括旅法敦煌学者左景权、杭州大学姜亮夫、山东大学王仲荦、中山大学姜伯勤、社科院历史所唐耕耦、香港中文大学饶宗颐、中国佛教协会周绍良、四川大学项楚等著名的敦煌学者的论著，使《论集》成为"文革"以后敦煌学复苏期的代表性刊物。我们编委会基本上按照邓先生定的原则，把《论集》变成一个开放的学术园地，团结了国内外的同行，集合起当时最有分量的一批敦煌文献研究论著，其中也包括本中心周一良、王永兴、宿白、张广达，本系祝总斌、吴宗国，本校季羡林、周祖谟、白化文，以及已故王重民先生的大作，他们的论文都在一个方面或几个方面对敦煌学有所贡献。

邓先生接着特别谈到敦煌文书的断代研究的重要性和方法，这是他和宿白先生想努力推动的一个具体研究课题。中心成员薄小莹同志在这方面作了初步努力，编成《敦煌遗书汉文纪年卷编年》（长春出版社，1990年）一书，把当时所能见到的原有纪年的敦煌遗书，不论是文书还是题记，按年代顺序统编起来。此书是敦煌写本断代工作的第一步，提供了据以考订无纪年写本的标本所在。近年来，我们又高兴地看到香港中文大学饶宗颐教授，正在组织相关学者，在中文大学新亚学院敦煌吐鲁番研究中心和泰国华侨崇圣大学中华文化研究院的支持下，着手对敦煌吐鲁番文献进行系统的编年工作，包括已有纪年和没有纪年的文献。目前已经出版的有王素《吐鲁番出土高昌文献编年》（新文丰出版公司，1997年）和王素、李方《魏晋南北朝敦煌文献编年》（新文丰出版公司，1997年）两部，有关唐五代宋初的文献，也在整理考订编排之中。在国内对这类基础研究工作支持力度不够的情况下，我们非常希望饶先生的计划能顺利完成，我本人也拟为此计划贡献绵薄之力，因为这或许可以给倡导这项工作的邓先生以某种慰藉。

邓先生在这篇《序言》中还说到，"专就'敦煌学'的资料整理和文献研究来说，北京大学是具有较久的传统的"。他举出刘复的《敦煌掇琐》、向达的两次敦煌考察、王重民的敦煌学系列著作，来鼓励后辈，"上述教授所已经开辟的路径，所已经做出的贡献，是我们所必须继承并加以发扬光大的。因为，不在继往的基础上是不可能开来的。"他列举北大的敦煌研究传统时，如数家珍，因为邓先生本人对"敦煌学"并非外行。邓先生早年就利用敦煌文书研究过均田制问题。最近，河北教育出版社要出版他的全集，小南让我看一部他1954年的隋唐史讲义。我惊奇地发现，在讲义最后全文抄录的为数不多的参考文献中，却有罗振玉的《补唐书张议潮传》，表明先生对敦煌资料的重视和充分利用。从言谈话语中我早就感到，邓先生受到陈寅恪和傅斯年的影响很大，十分重视新史料，因此在他的研究和教学当中，也就十分关注敦煌资料，力所能及地利用这些新材料，并鼓励相关的同行或学生努力研究。邓先生的《序言》正是从这种认识出发，强调北大具有的敦煌学研究传统，并要我们继往开来，发扬光大。今年恰值北京大学百年校庆，在邓先生《序言》的启发下，我写了篇《北京大学与敦煌学》，在校庆期间召开的汉学大会上，我仅就文章的上半（1949年以前）做了发言。事实上，当我把下篇的材料准备好以后，并没有敢动笔写出来，因为北大往年的辉煌，并不能映照今日的校园，邓先生等一代鸿儒带走的不仅仅是他们个人的学问，而是北大在学林的许多"第一"。今日北大的"敦煌学"研究不容乐观。追念往哲，痛定思痛，微薄小子，岂可闲哉！

（1998年6月29日完稿于六院，时中心"搬家"至此。原载《仰止集——邓广铭先生纪念文集》，1999年3月，494—499页。）

藤枝晃教授与敦煌学研究

1998年7月23日，国际知名的敦煌学家、日本京都大学名誉教授藤枝晃先生，不幸因病逝世，享年87岁。

藤枝晃先生1934年毕业于京都帝国大学文学部史学科，留校任教。1937年任东方文化学院京都研究所研究员。1944年在西北研究所工作。1949年起任职京都大学人文科学研究所，直到1975年退休。以后长年在京都的龙谷大学佛教文化研究所主持吐鲁番佛典研究班，继续从事研究和讲学。

藤枝先生出身京都大学东洋史学科，他早年的主要研究领域是中国古代西北史，涉猎过汉简所记的汉代河西、汉唐西域绿洲王国、草原游牧帝国、所谓"征服王朝"、蒙古史等等，特别是他的《沙州归义军节度使始末》（《东方学报》京都第12-13册，1942-1943年）和相关的《高昌回鹘与龟兹回鹘》（《东洋史研究》第7卷第2-3号，1942

年)、《李继迁的兴起与东西交通》(《羽田博士颂寿记念东洋史论丛》,1950年)等论文,在当时的条件下,使晚唐、五代、宋初西北史的研究进了一大步,特别为归义军史的研究奠定了宽广的基础。50年代以来,英国所藏敦煌文献的缩微胶卷公之于众,藤枝先生感到过去那种到巴黎、伦敦"挖宝式"的研究方法已不足取,他抓住机遇,组织共同研究班,和上山大峻、井之口泰淳、竺沙雅章等先生一起会读敦煌文书。他自己利用英藏敦煌文书和已刊的法藏文书,把对敦煌历史的探讨深入细致地开展下去,陆续写出《敦煌的僧尼籍》(《东方学报》京都第29册,1959年)、《吐蕃统治时期的敦煌》(《东方学报》京都第31册,1961年)、《敦煌发现的藏文文书试释》(《游牧社会探究》第23册,1963年)、《敦煌千佛洞的中兴》(《东方学报》京都第35册,1964年)等系列论文,奠定了吐蕃统治敦煌的历史研究基础,并且整理了与吐蕃至归义军时期的敦煌历史密切相关的佛教史和莫高窟营建史的资料,使中晚唐敦煌的历史真相更清晰地展现在人们的眼前。

与此同时,面对大量的敦煌写本胶卷和照片,藤枝先生感到有必要进行"写本学"(Codicology)的研究,这是有别于版本学研究的一门全新的学问,即要重新恢复制作古代写本的技术,比如各种写卷的纸张大小、如何缀合纸片成卷、如何标识界栏和行栏、如何制作帙皮和引首、如何把长的文献分成卷、怎样在藏书室中保存图书等等,都

需要根据敦煌吐鲁番写本来复原。在这方面，他发表了
《汉简的字体》(《墨美》第92号，1959年)、《敦煌写经的
字体》(《墨美》第97号，1960年)、《敦煌出土的长安宫廷
写经》(《塚本博士颂寿记念佛教史学论集》，1961年)、《北
朝写经的字体》(《墨美》第119号，1962年)、《敦煌册子
本〈观音经〉》(《墨美》第177号，1968年)、《敦煌写本编
年研究》(《学术月报》第24卷第12号，1972年)、《敦煌历
日谱》(《东方学报》京都第45册，1973年)和一些个别写
本的个案研究，从写本的字体、形制、来历、纪年等等方
面，来探讨各个时代写本的特征及其演变情况。为此，他
觉得必须接触原卷，以解决缩微胶卷和照片所不能看出的
问题。他首先接触了日本的一些小收藏品(如京都国立博
物馆、大谷大学、藤井有邻馆等)，觉得这些经过古书商之
手的写本大多数是赝品，难以作为科学研究的基础。因此，
从60年代中叶开始，藤枝先生陆续走访了伦敦、巴黎、斯
德哥尔摩、哥本哈根、列宁格勒、新德里、柏林等地的敦
煌吐鲁番收集品，细心观察了许多标准的敦煌写经和各种
类型文书。他的考察记录在比较通俗的大众读物《日本美
术工艺》(第315-326号，1964-1965年)中陆续发表，不
太引人注目，但我们不难从中看出藤枝先生走访中按捺不
住的惊喜和丰厚的收获。

　　藤枝先生对"写本学"的最重要贡献，一是用英文
发表的《敦煌写本概述》(Tunhuang manuscripts: A general

description），只写了两部分，分别于1966年和1970年发表在京都大学人文科学研究所的西文刊物《人文》（*Zinbun*，9–10）上；二是在《日本美术工艺》（第341–359号，1967–1968年）上连载的小短文基础上写成的《文字的文化史》（东京岩波书店，1971年）一书。前者所刊的杂志发行量不大，但因为用国际学术界通用的英文写成，所以在敦煌学界影响十分深远。可惜的是该文第一部分发表时，正值中国爆发"文化大革命"，藤枝先生或其他有心人寄给北京大学图书馆的一份抽印本，显然没有什么人阅读，可能也没有人把"受领书"寄回，也就没有再收到该文的第二部分了。在80年代中国敦煌学如火如荼的快速发展的年代里，仍然很少有人提到这篇文章，甚至是专门研究敦煌学的论著。直到1996年，我们才有了这篇重要文章的汉文译本，但其中的有些内容实际上已经应当修订了。后者是本小书，但由于它的开拓性，而且图文并茂，出版的第二年就获得法兰西金石与铭文学院颁发的儒莲奖（Prix Stanislas Julien 1972）。这本书在日本多次重印，备受欢迎。1991年，翟德芳、孙晓林两位同志把它译成汉文，题作《汉字的文化史》，由北京知识出版社出版，周一良先生在序言中称之为"一本很有特色的好书"。

藤枝先生走访欧洲的另一个成果，是推动了原东德科学院所藏吐鲁番汉文文献的编目工作。1967年，藤枝先生第一次到东德科学院访问，那时日本和东德还没有建交，每天要从西柏林进入东柏林看文书，晚上回来。经过藤枝先生的穿针引线，一个以龙谷大学教员为主的佛典专家团队陆续访问柏林，与东德汉学研究者梯娄（Thomas Thilo）先生等人一起，比定残片，判断年代，先后编成两卷《汉文佛教文献残卷目录》（*Katalog chinesischer buddhistischer Textfragmente*），于1975和1985年出版。与此同时，藤枝先生又受大阪四天王寺出口常顺氏之托，考释他所藏原德国吐鲁番探险队所获吐鲁番佛典残片。在十多次的柏林之行和长期观摩出口氏藏品的基础上，藤枝先生又建立了吐鲁番写本的年代界说，特别是指明了敦煌写本所缺的早期（公元300–400年）写本的特征。他的这一成果用日、英、汉文先后发表在《古笔学丛林》第1号（1987年）、《匈牙利东方学报》第43卷（*Acta Orientalia Academiae Scientiarum Hungaricae*, 43. 2/3, 1989）、《敦煌吐鲁番学研究论文集》（上海汉语大词典出版社，1990年），对吐鲁番写本的整理和研究具有极重要的参考价值。可惜的是，与《高昌残影——出口常顺藏吐鲁番出土佛典断片图录》（1978年）相配合的解说部分，虽然早已起好了国际通用的拉丁文书名 *Fragmenta Buddhica Turfanica*（高昌佛典残卷），但直到藤枝先生去世，尚未见出版，读者只能从1991年《吐鲁番古写本展》所收出口氏藏卷的解说中，略窥藤枝先生这项工作的一二成果。

　　藤枝先生在探索敦煌写本真卷的各项基本数据的同

时，对来历不明的敦煌写本抱有极高的警惕心理。1961年，当京都国立博物馆馆长、原京都大学同事塚本善隆先生邀请藤枝先生参加整理该馆所藏守屋孝藏氏收集的敦煌写经时，藤枝先生因为感到写本有伪而拒不参加。时过境迁以后，1986年他在《京都国立博物馆学丛》第7号上发表了《关于"德化李氏凡将阁珍藏"印》，指出他对这批藏品怀疑的主要根据是上面所钤的李盛铎藏书印。他的这一看法由京都国立博物馆，扩大到所有日本的小收藏品；由"德化李氏凡将阁珍藏"，扩大到所有盖着李盛铎藏书印的写本。日本的报刊对此加以报道，如《每日新闻》1986年1月22日所载一文，即称日本所藏敦煌写本的99%是伪物！1988年8月，藤枝先生应邀参加在北京召开的敦煌吐鲁番学术讨论会，在参观北京图书馆展出的敦煌卷子时，他当面告诉笔者中国所藏的小收集品和日本一样，大多数是假的。近年来，他对龙谷大学图书馆所藏大谷探险队所获敦煌写经卷子也产生疑虑，而且认为伦敦所藏斯坦因第三次所藏敦煌卷子可能也有伪物。为此，英国图书馆在1997年6月30日至7月2日召开了"二十世纪初叶的敦煌写本伪卷"（Forgeries of Dunhuang Manuscritpts in the Early Twentieth Century）学术研讨会，藤枝先生以86岁高龄亲自到会，并发表了《敦煌真本特征图示引言》（Introduction to chart showing characteristics of genuine manuscripts），会后还在伦敦大学亚非学院作了讲演。笔者有幸与藤枝先生同场发言，同台讲演，为他对敦煌写本学的执著追求而深深感动。

　　在国际敦煌学的圈子里，藤枝晃先生是十分有名的一位，他的论著、他的讲演、他的论学书札，影响和教育了一批批年青的敦煌吐鲁番写本研究者。1987年出版的法国远东学院《远东研究》(*Cahiers d'Extreme-Asie*) 第3卷，是纪念藤枝晃先生的敦煌研究专号；1991年原民主德国科学院出版的《埃及、近东、吐鲁番出土古代东方写本的整理刊布问题》(*Ägypten, Vorderasien, Turfan, Probleme der Edition und Bearbeitung altorientalischer Handschriften*) 论文集，也把藤枝先生列为该论集所纪念的学者之一；2002年英国图书馆即将出版的《敦煌伪本研讨会论集》(*Dunhuang Manuscript Forgeries*)，也同样是纪念藤枝先生的专集。一位东方学者如此受到西方学界的尊重，是和他对敦煌吐鲁番研究的贡献分不开的。

　　由于我们自身的原因，藤枝晃先生与中国学术界的真正交流开始于80年代初。1981年，藤枝先生应天津南开大学邀请，举办敦煌学讲习班，并油印发行了《敦煌学导论》，对中国敦煌学的复兴起到了促进作用。然而就从这时起，中国的敦煌学界流传着一种说法，说藤枝晃先生在南开讲演时曾说："敦煌在中国，敦煌学在日本。"据当时听课的中国学者讲，这话是请藤枝先生来讲演的南开的某位先生所说，意在请大家重视这位对一般学子还比较陌生的敦煌学家。在今天看来，把这句话放在1981年的特定时代，

藤枝晃教授带蓝卡思教授和笔者一起走访京都国立博物馆（1990年）

说的并不过分。但这话一经传开，就使得许多充满爱国主义热情的中国学者十分不满，同时，也激励了中国学者在敦煌学方面加倍努力，力图赶超日本学者，在客观上对中国敦煌学的发展起到了极大的推动作用。

1988年，当藤枝先生前来参加中国敦煌吐鲁番学会在北京召开的敦煌学术讨论会时，会长季羡林先生特别提出"敦煌在中国，敦煌学在世界"的口号，以消除学者间的误会，并表明中国学术界的胸怀。我不知道藤枝先生对此是否有所耳闻。事实上，自中国开放以来，他从1981年开始，曾几次来北京或敦煌，与中国同行进行学术交流。同时，在京都，他也不时招待或关照中国敦煌学界的访问者，笔者就有机会随他参观京都国立博物馆、藤井有邻馆等处收藏的敦煌吐鲁番写本。我感到,在藤枝先生研究的领域,中国敦煌学者在敦煌历史研究上取得了超越前人的成果,但在"写本学"方面还没有机会和条件从总体上赶上藤枝先生已经取得的成绩。

　　敦煌写本散在世界,敦煌学在世界,藤枝晃先生正是这种意义上的敦煌学家。

　　(原载《敦煌吐鲁番研究》第4卷,北京大学出版社,1999年12月,563—576页,发表时有删略。)

才高四海，学贯八书

——周一良先生与敦煌学

2001年10月23日凌晨，本刊主编之一、北京大学历史系教授周一良先生不幸去世，时笔者正在香港中文大学访问研究，闻之不胜悲伤，因与本刊主编季、饶二先生及编委诸位相商，把这卷即将定稿的《敦煌吐鲁番研究》奉献给周先生，以纪念他对"敦煌学"的贡献。

数月以来，笔者先后走访香港、台湾、日本、新加坡，参加学术会议，收集资料，虽马不停蹄，而纪念周先生的文字一直萦绕脑海，有时夜不能寐。寒假有暇，因取周先生文集，重读有关敦煌学的文章，兼取先生自传及新出版的《郊叟曝言》，翻阅一过，现谨就周先生对敦煌学之贡献，表彰如下。

周先生出身于世家，父亲周叔弢先生为实业家，也是北方有名的藏书家。周先生早年在天津家中读私塾，并学习日文、英文。30年代初到北平求学。1932年秋入燕京大

周一良先生

学，受教于邓之诚、洪业两位先生。1936年，因到清华大学旁听，受知于陈寅恪先生，后入南京中央研究院历史语言研究所，从事魏晋南北朝史的研究。1939年秋，获得哈佛燕京学社奖学金，入美国哈佛大学远东语言系学习，主修日本语言文学，兼修梵文和佛教。1944年，以论文《唐代密宗》（Tantrism in China）获哈佛大学博士学位。1946年秋回国，任教于燕京大学国文系，翌年转任清华大学外文系教授，发表有关佛典翻译文学、敦煌学和魏晋南北朝史的研究成果。1952年，院系调整，被调任北京大学历史系教授，转向从事亚洲史的教学和研究。"文革"以后，重操旧业，撰写有关魏晋南北朝史的札记和论文，兼做敦煌写本书仪研究。1986年退休以后，开始翻译新井白石自传《折焚柴记》，研究江户时代日本史和中日文化交流史。晚年以读书自娱，撰写或口述各体杂文，有自传、回忆录、序跋、书评、纪念文及学术小品，为中国学术史积累了许多鲜为人知的史实，并以自己丰富的经历警示后人。

从周先生一生的学术经历，可知他主攻的学术方向是魏晋南北朝，而兼顾的学术领域极为广博，敦煌学可以说是他研究中古史和佛教学的自然延伸。由于自身学养丰富，所以一旦上手，则贡献极多。以下分几个方面，加以叙述。

1.变文溯源

周先生第一篇敦煌学方面的文字，应当是《读〈唐代俗讲考〉》，发表在天津《大公报·图书周刊》第6期，1947年2月8日出版。《唐代俗讲考》是向达先生研究敦煌俗文学作品的各种体裁和演唱形式后的力作，文章结合在英、法见到的新资料，特别是巴黎所藏P.3849背俗讲仪式文，提倡把俗文学作品称作"俗讲"，并详细论述了俗讲的分类、唐代佛寺中俗讲的盛行、俗讲的仪式、俗讲的话本、俗讲文学的演变和对后世文学的影响等等①。周先生的书评式论文，据敦煌写本和僧传材料，对俗讲程式做了进

---

① 文载《文史杂志》第3卷第9、10期合刊，1944年；修订本载《国学季刊》第6卷第4号，1950年；收入作者《唐代长安与西域文明》，北京：三联书店，1957年，294–336页。

一步的解说。更为可贵的是，周先生运用他的佛典翻译文学的方法，依据文献记载，认为"变文者，'变相'之'文'也。""经变原是有故事的画，后来为通俗起见，又抛去原来所据佛典，再以当时文体重述画里的故事，于是就成了变文。""大约变文起源于'变相'之文，后来慢慢喧宾夺主，于是文渐渐独立，而文所依附的变，反而消灭了。"他还参考梵文词典，怀疑"变"字的原语可能是 Citra[①]。现在看来，周先生关于"变"字原语的推测没有落实，但他对变文来源的看法，以及变文和变相关系的解说，都是很有见地的。关于敦煌变文来源问题的讨论，是敦煌学中的热点之一，迄今尚无一个统一的意见。周先生虽然只是一篇书评论文，但无疑是最早的关于敦煌俗文学作品的研究成果，给后人以许多启迪和教示[②]。

---

① 见周一良《魏晋南北朝史论集》，北京：中华书局，1963年，377–383页。按，北京大学出版社1997年版《魏晋南北朝史论集》与中华书局版书名相同，但实际内容是从《论集》和《魏晋南北朝史论集续编》（北京大学出版社，1991年）中选择的，并非一书。又，周先生的文章，比较集中地收入辽宁教育出版社1998年版五卷本《周一良集》中，但本文从学术史着眼，所引文章，均注明原载何处；又为便于读者找读，同时给出首次收入的论文集名称和页码。

② 有关变文讨论的代表性文章，由周绍良和白化文先生编入《敦煌变文论文录》上册，上海：上海古籍出版社，1982年。梅维恒（Victor H. Mair）《唐代变文》（*T'ang Transformation Texts*）一书也有详细讨论。该书1989年由哈佛大学东亚研究委员会出版，1999年香港中国佛教文化出版有限公司出版杨继东、陈引驰中文译本，周一良先生作序，对梅氏多有褒奖。序文收入《郊叟曝言》，北京：新世界出版社，2001年，127–129页。

2.佛典翻译文学

早期的敦煌学研究，由于资料没有全部公布，因此选题和研究都受到很大限制。周先生40年代末到50年代初从事敦煌学研究时，往往能在前人发表的点滴材料中，发前人未发之覆。比如他的《敦煌写本杂钞考》，揭示出《杂钞》所记如何辨木之头尾、马之母子、蛇之雌雄一段故事，系本自北魏吉迦夜共昙曜译《杂宝藏经》卷一《弃老国缘》，也见于北魏凉州沙门慧觉等在高昌所译《贤愚经》卷七《梨耆弥七子品》[①]。又如《跋敦煌写本〈法句经〉及〈法句譬喻经〉残卷三种》，取神田喜一郎《敦煌秘籍留真》所刊P.2381《法句经》十行，与《大正藏》本、巴利文本及藏译Udānavarga（《法集要颂》）详细对勘，厘定经文正字[②]。此外，《跋敦煌写本"海中有神龟"》一文，根据佛教律藏中的记载，追索出"海中有神龟"韵文背后隐藏的故事，以及这个故事的印度来源及其在其他国家流传的痕迹[③]。

周先生这些篇幅不长的文章，也可以归入他的"佛典翻译文学"（或称"佛教翻译文学"）的范围内，因为当

[①]原载《燕京学报》第35期，1948年；收入《魏晋南北朝史论集》，350—351页。

[②]原载《北京大学五十周年纪念论文集》，1948年；收入《魏晋南北朝史论集》，352—354页。

[③]原载《现代佛学》第1卷第5期，1955年；收入《魏晋南北朝史论集》，360—365页。

时他不仅讲授这门课，而且也发表过一系列研究成果，如
《中国的梵文研究》①、《能仁与仁祠》②、《论佛典翻译文学》③、
《汉译马鸣〈佛所行赞〉的名称和译者》④。我们知道，周先
生在学术上所追随的陈寅恪先生回国后在清华国学研究院
所开的课程，就是"佛经翻译文学"⑤，而陈先生在20年代
末、30年代初所写的一批有关敦煌学的论文，如《大乘稻
芊经随听疏跋》(1927)、《有相夫人生天因缘曲跋》(1927)、
《童受〈喻鬘论〉梵文残本跋》(1927)、《忏悔灭罪金光
明经冥报传跋》(1928)、《须达起精舍因缘曲跋》(1928)、
《敦煌本十诵比丘尼波罗提木叉跋》(1929)、《大乘义章书
后》(1930)、《敦煌本维摩诘经文殊师利问疾品演义跋》
(1930)、《敦煌本唐梵翻对般若波罗蜜多心经跋》(1930)⑥，
也是用佛经翻译文学的方法，来处理敦煌发现的写本资料。
周先生无疑是有意在清华大学的讲筵上，继承陈寅恪先生

---

① 原载《思想与时代》第35期，1944年；收入《魏晋南北朝史论集》，
323—338页。

② 原载《燕京学报》第32期，1947年；收入《魏晋南北朝史论集》，
304—313页。

③ 原载《申报·文史副刊》第3—5期，1947—1948年；收入《魏晋
南北朝史论集》，314—322页。

④ 原载《申报·文史副刊》第19期，1948年；收入《魏晋南北朝
史论集》，339—344页。

⑤ 蒋天枢《陈寅恪先生编年事辑》，上海：上海古籍出版社，1981
年，61页。

⑥ 这些文章现均收入陈寅恪《金明馆丛稿二编》，上海：上海古籍
出版社，1980年。

的学术衣钵，因为此时陈先生已患眼疾，不能再读所谓"旁行斜书"（西文书），而且兴趣已经转移到中古史；而周先生刚刚从哈佛学习梵文回国，风华正茂，大有用武之地。周先生能在清华开"佛教翻译文学"课，是得到在此任教的陈寅恪先生认可的[①]，这说明周先生不仅想接过陈先生的衣钵，而且真的接了过来，并发扬光大。可惜50年代周先生改行后，迄今为止，敦煌学界虽然有人在研究佛典和俗文学作品时可以广泛使用汉译佛典，却很少能够熟练运用梵汉对证的方法，追本溯源。

3.写经题记研究

敦煌佛典道经写本后的题记，往往富有研究旨趣，向来为学者所注意。许国霖曾辑北平图书馆所藏为《敦煌石室写经题记》一书[②]，陈寅恪先生在为该书所撰序言中，曾据以论证南朝佛经之北传问题[③]。周先生同样留意于此，除了在《跋隋开皇写本〈禅数杂事〉残卷》中，考释彀翁所

---

①见周一良《毕竟是书生》，北京：十月文艺出版社，1998年，44页

②1937年8月与《敦煌杂录》汇为一编，由上海商务印书馆出版。

③原载《历史语言研究所集刊》第8本第1分，1939年；收入《金明馆丛稿二编》，200–206页。

藏卷子题记中的人物与制度外①，又在《跋〈敦煌秘籍留真〉》一文中，以其对魏晋南北朝隋唐史籍的广博知识，来阐释神田氏所刊敦煌写本题记的内涵，同时以题记来补充史籍所不具备的史事。如从《老子道德经》（P.2347、P.2417）等题记，考证道教男生、女官之称及道教徒的等级制度，并进而指出史籍中有关杨贵妃记录之"女官"当是"女冠"之误，又指出高丽泉盖苏文之子名"男生"，当与道教流传高丽有关。又据《大智度论》（P.2143）普泰二年（532）东阳王元荣写经题记，对比翟林奈（L. Giles）在《伦敦大学东方学院学报》（*BSOS*）第7卷上所刊《仁王经》（S.4415）东阳王题记，在赵万里先生论文的基础上，分析其历年祝愿词之不同，来看北魏末年分裂之局面及世事的变化，并指出敦煌南朝写经的重要性。周先生在文中说："敦煌写本题记单独或无意义，汇而读之，乃可以考史实，窥世变。苟取所有敦煌写本之题记汇集之，当大有助于南北朝隋唐史之考订也。"②周先生的这一愿望，随着大部分敦煌卷子缩微胶卷或图版的公布而渐渐可以实现。1990年出版的池田

---

① 原载天津《大公报·图书周刊》第17期，1947年；收入《魏晋南北朝史论集》，357–359页。按，殁翁所藏这卷敦煌写本，已捐赠天津艺术博物馆，收入《天津市艺术博物馆藏敦煌文献》第5册，上海：上海古籍出版社，1997年，332–344页。

② 原载《清华学报》第15卷第1期，1948年；收入《魏晋南北朝史论集》，366–372页。

温教授《中国古代写本识语集录》①，就是一次集大成的工作成果，大大推动了敦煌写本的研究和中古史的考订。1990年以后，俄藏敦煌文献和中国国内一些小收集品的公布，又提供了不少新资料，周先生期待的写本题记的汇集工作仍需要进行。

4.词语字义的考释

周先生在私塾读书时，祋翁曾请著名文字学家唐兰先生来讲授《说文解字》，在小学方面打下坚实的基础。"周一良史学"的特征之一，就是历史学和语言学的紧密结合，这也是"陈寅恪史学"的特色，周先生的《魏晋南北朝史札记》是这方面的代表作。周先生称他这本《札记》是"甘为乾嘉做殿军"②，实际上是继承乾嘉学术传统并发扬光大的典范。由于他对域外文字的掌握，因此使得史书中许多民族语言和外国文字的记录得到确解。如《〈宋书〉札记》中的《外国表文中梵文影响》、《〈魏书〉札记》中的《尉迟氏》等③，这些都是乾嘉大师写不出来的；又由于他对魏晋南北朝历史具有通识，有些札记实际已不是解释词义的短篇，

① 东京大学东洋文化研究所，1990年。
② 《毕竟是书生》，128页。
③ 《魏晋南北朝史札记》，北京：中华书局，1985年，214-215页；401-402页。

而成为通论性的论文了，如《〈三国志〉札记》中的《曹氏司马氏之斗争》、《〈隋书〉札记》中的《从〈礼仪志〉考察官制》等①。

其实，周先生在早期所写的敦煌学方面的跋文，已经显露出他在文字训诂上的才华。然而，他在这方面的重要贡献，是《"赐无畏"及其他——读〈敦煌变文集〉札记》和《说宛》两篇文章。前者是80年代初整理敦煌本书仪时重读《敦煌变文集》的结果，考释了"赐无畏"、"徘徊"、"伯母"、"助"、"奈何"、"尾头标记一两行"、"手内开拆"、"软脚"、"前头"、"短终"、"乘、逆牙"、"三年乳哺"，引用同时代的文献，特别是敦煌文献中的类似用法，给予该词在变文中的确切含义。他以佛典来证俗文学作品中"赐无畏"的用法，即指"许之无所畏惮也"，并进而指出这种风习在唐朝后期流行的情况②。陈寅恪先生曾说："依照今日训诂学之标准，凡解释一字即是作一部文化史。"③ 周先生此

---

① 同上，26–37页；433–442页。

② 初稿载《1983年全国敦煌学术讨论会文集·文史·遗书编》下，兰州：甘肃人民出版社，1987年，238–250页。修订稿曾提交1987年在香港举行的国际敦煌吐鲁番学术会议，周先生自订《周一良简历及著述年表》记此文发表于《国际敦煌吐鲁番学术会议论文集》（见《周一良先生八十生日纪念论文集》，北京：中国社会科学出版社，1993年，8页），实则该论文集拖了很长时间才以饶宗颐主编《敦煌文薮》上册的名义出版（台北：新文丰出版公司，1999年），大概因为周先生修订本已收入《魏晋南北朝史论集续编》（北京：北京大学出版社，1991年，275–287页），因而未再收入会议论集。

③ 《陈寅恪集·书信集》，北京：三联书店，2001年，172页。

条札记足以当之。《说宛》一文，是根据敦煌唐人卷子和其他唐人及日本古写本，来审视日本传存的唐代小说《游仙窟》和日僧圆仁《入唐求法巡礼行记》中用作动词的"宛"字，指出其实由唐人俗写"充"字演化而来①。这篇文章题目很小，处理的又是日本古代写本中的文字问题，所以鲜见人引用。但它作为一篇方法论的成功范例，却不会被明眼人遗漏。蔡鸿生教授《从小说发现历史——〈读莺莺传〉的眼界和思路》一文，把陈寅恪先生考释"会真"词义时所运用的方法称作"训诂史学"，以为"曲高和寡"，但"如果要从国内外学术界中寻觅这方面的'和'者，名列前茅的可能有两个人：周一良先生的《说宛》，及已故美籍华裔学者杨联陞先生的《报——中国社会关系的一个基础》。两文题材各异，但在方法论上却有暗合之处，即训诂学与文化史的融合。透过这些凤毛麟角，似乎可以听到寅恪先生'会真'释义的余音遗响，也许它还会发扬光大吧"②。周、杨两位当年都是陈先生的得意门生，他们的确把寅恪先生的"训诂史学"发扬光大了。

---

① 原载北京大学中国中古史研究中心编《纪念陈寅恪先生诞辰百年学术论文集》，北京：北京大学出版社，1989年；收入《魏晋南北朝史论集续编》，294—299页。按，《周一良集》第3卷432—439页所收此文的两条注释，被误植到465页《读〈敦煌与中国佛教〉一文后。

② 蔡鸿生《学境》，香港：博士苑出版社，2001年，41页。

5.书仪研究的拓展

80年代初，邓广铭先生创建北京大学中国中古史研究中心，其所实施的科研项目之一，就是敦煌吐鲁番文书研究。当时北大图书馆全力支持中心的敦煌学研究工作，特别把图书馆二楼的一间小房子（219）腾出来作为敦煌学研究室，并且把新购的英、法、中三国国家图书馆所藏敦煌卷子缩微胶卷放在该室，而且调集馆内所藏敦煌学的中外图书数百册，极便使用。但由于受"文革"影响，图书馆的外文藏书有缺，周先生无私地把自己的藏书拿出来，供大家使用。我记得1970年出版的《法国国立图书馆藏敦煌汉文写本目录》第1册（*Catalogue des manuscripts chinois de Touen-houang* I)，就是"一良收到"的国内难得一见的珍本[1]。

对于中心的敦煌学研究来讲，更重要的支持来自周先生对研究本身的参与。在《〈敦煌写本书仪研究〉序言》中，周先生说："北京大学中国中古史中心成立后，设立了敦煌研究小组，分配给我的任务是书仪研究。"[2] 这里，周先生用他自己常用的"分配给我的任务"来说自己的书仪研究缘由，实际上，据我所知，这次不再是领导分配，而是周

---

[1] "一良收到"是周先生常用的图书封面题识语。

[2] 赵和平《敦煌写本书仪研究》，台北：新文丰出版公司，1993年，1页；收入《周一良集》第3卷，470页。

先生的自我选择。他以卓越的识见，看到书仪是敦煌卷子中自来整理较少的一组文献，因而勇敢地向这个很少有人问津的领域开拓。

敦煌书仪是唐五代人写信的范本，内容涉及礼法、婚丧、风俗、文体等许多方面，周先生有深厚的旧学功底，处理起来，得心应手，先后写出《敦煌写本书仪考（之一)》①、《敦煌写本书仪考 (之二)》②、《唐代的书仪与中日文化关系》③、《敦煌写本书仪中所见的唐代婚丧礼俗》④、《书仪源流考》⑤。这些文章，对于书仪的源流、唐代书仪的分类、敦煌写本书仪的类型、书仪所反映的社会文化现象，以及书仪对日本的影响等，都做了系统的论述，可以说是填补了敦煌学的一项空白。1985年，周先生访问日本，就唐代书仪问题做过几次演讲，受到日本同行的重视，其中《敦煌写本书仪中所见的唐代婚丧礼俗》一文的讲演稿，由东京大学池田温教授译成日文，发表在日本东方学会的刊物

①原载北京大学中国中古史研究中心编《敦煌吐鲁番文献研究论集》，北京：中华书局，1982年；收入《魏晋南北朝史论集续编》，207–223页。

②原载《敦煌吐鲁番文献研究论集》第4辑，北京：北京大学出版社，1987年；收入《魏晋南北朝史论集续编》，224–244页。

③原载《历史研究》1984年第1期；收入《中日文化关系史论》，南昌：江西人民出版社，1990年，49–69页。

④原载《文物》1985年第7期；收入《魏晋南北朝史论集续编》，245–260页。

⑤原载《历史研究》1990年第5期；收入《魏晋南北朝史论集续编》，261–274页。

《东方学》上[1]；据《敦煌写本书仪考（之二）》所写的日文讲演稿《唐代书仪的类型》，则收入池田温编《敦煌汉文文献》[2]，要知道，这是这套《讲座敦煌》丛书中发表的唯一一篇中国大陆学者的文章，在当时被满脑子灌输了由日本学者声称"敦煌在中国，敦煌学在京都"而引起的爱国主义思想的我，看到周先生的敦煌学论文在日本发表，真的是觉得他为中国争了光。

7. "敦煌学"的新定义

20世纪的敦煌学，由于新材料不断发表，学者们在各自专长的题目里不断深化，不断进取，虽然专题研究突飞猛进，但有关敦煌学的理论探讨却微乎其微。自30年代初陈寅恪先生在《陈垣敦煌劫余录序》中提出"敦煌学"一名以来，没有人对此提出疑义或进一步发挥。

1984年，周先生在《王重民敦煌遗书论文集序》中说："敦煌资料是方面异常广泛、内容无限丰富的宝藏，而不是一门有系统成体系的学科。如果概括地称为敦煌研究，恐怕比'敦煌学'的说法更为确切，更具有科学性吧。"[3]后来，

---

① 《敦煌写本の书仪に见える唐代の婚礼と葬式》，《东方学》第71辑，1986年，135—147页。

② 《唐代书仪の类型》，池田温编《敦煌汉文文献》（《讲座敦煌》第5卷），东京：大东出版社，1992年，693—709页。

③ 北京：中华书局，1984年；收入《周一良集》第3卷，458页。

他又在《何谓"敦煌学"》中进一步指出："从根本上讲，'敦煌学'不是有内在规律、成体系、有系统的一门科学。"[①]周先生这样看，除了上面说的敦煌只是材料，而不是学的道理外；还有一点，就是作为从旧社会过来的知识分子，认为用地名或国名等固有名词构成的"某某学"，如印度学、日本学、汉学之类，是西方殖民主义时代的产物，给人以不太愉快的联想。所以，他觉得"敦煌学"这一名词不够科学，因此建议把"敦煌学"永远放在引号里。周先生的这种看法，实际上早就见于他给"汉学"所下的定义："所谓'汉学'，包括中国的历史、考古、语言、文学、宗教等等各个方面的研究，而不是一门有它自己的完整体系的科学。"[②]

　　按照笔者的理解，周先生并不是要取消"敦煌学"这个名称，他的《周一良集》第3卷，即名为"佛教史与敦煌学"。周先生说"敦煌学"不是严格意义上的一门科学，主要的意思是说敦煌是一个资料宝藏，要做好敦煌学的研究，"必需在某一方面学有专长，以之为依据或基础，去解释敦煌新材料，或者利用新材料以解决旧有的或新出现的问题。"[③]他还说："只靠罕见的新鲜材料，而缺乏这一领域内

<hr />

① 原载《文史知识》1985年第10期；收入《魏晋南北朝史论集续编》，300页。

② 《记巴黎的青年汉学家年会》，原载《文汇报》1956年10月12日；收入《郊叟曝言》，166页。

③ 《何谓"敦煌学"》，《魏晋南北朝史论集续编》，302—303页。

系统而渊博的知识，很难取得成就，也很难充分利用新材料。"①也就是说，要立足于某一领域内系统而渊博的知识，来研究敦煌的材料，解决新旧问题。周先生本人研究敦煌学的实践，正好可以说明他的这一理论。他不仅以一个领域的系统知识，而是以几个领域的系统知识为基础，取用敦煌的资料，在中古史、佛教学、社会史、语言文字学、俗文学等方面取得成绩。

30年代，陈寅恪先生有感于当时"吾国学者，其撰述得列于世界敦煌学著作之林者，仅三数人而已"的现状，高呼"敦煌学者，今日世界学术之新潮流也"，鼓动大家"预流"②。80年代中叶，周先生面对敦煌学大潮的到来，提醒学者们，特别是《文史知识》的青年读者们，要打好专业基础，才能做好敦煌学研究；要用开阔的眼光看待敦煌学，而不能把它封闭在自己的圈子里。在这里，周先生并不是和陈先生唱对台戏，而是在陈先生的基础上，从理论上发展了对敦煌学的认识。

8.治学方法

正像陈寅恪先生一样，周先生出身世家，加上自己的天赋和机运，他所受到的学术训练，是今天一般的学子难

---

① 《王重民敦煌遗书论文集序》，《周一良集》第3卷，458页。
② 《陈垣敦煌劫余录序》，《金明馆丛稿二编》，236页。

以企及的。因此，笔者实际上还没有资格来总结周先生的治学方法。不过，重读周先生的论著，有几点感受不吐不快。上面已经提到了他精通多种外文，可以梵汉对证；具有小学功底，可以做"训诂史学"；勇于开拓，精于选题；这些不再赘述。以下只谈记忆力、书法、书评三点。

记性好是一个学者的基本素质，而周先生可谓是记忆力极好的一位。我很喜欢读周先生晚年所写的随笔式的文章，特别是他对清末至民国时的一些掌故，虽然经过多年的阶级斗争和清洗头脑运动，而丝毫没有忘却。因为患帕金森症后，周先生的文章都是口授由他人笔录下来的，他主要是靠过去的记忆来讲述文稿。他曾经让人把笔录的《百年感怀》[①]和《敦煌写经与日本圣德太子——纪念藤枝晃先生》[②]两文交给我，让我看看有没有写错的地方，我都仔细核对过相关的专名，每篇只有一、两处误记，这使我感叹不已。

周先生在私塾读书时，曾刻苦练习过书法。他从来不夸耀自己的书法水平，也很少给人题写书名，但却对篆、隶、楷、行、草各体书法都深知其中三昧。作为学者，周先生在自己的研究中，特别是敦煌学研究中，充分运用辨识字体的本事。比如他据"刘字与邓字古人写法相近，故

---

①　原载《英国收藏敦煌汉藏文献研究》，北京：中国社会科学出版社，2000年；收入《郊叟曝言》，109—112页。

②　原载《读书》2000年第11期；收入《郊叟曝言》，104—108页。

每致混淆",因此可以据敦煌写本题记中的"邓彦",改正《周书》、《北史》作"刘彦"之误[1]。又如据草书"我"字的字形与"乘"字形相近,而使得敦煌写本《维摩诘经讲经文》中的"乘"字径录作"我"字有了根据[2]。他的《说宛》,辨"宛"、"充"二字的古代书体变化,是更好的一个范例。周先生在给元史专家周清澍的《元蒙史札》作序时,表扬他注重古人书法[3],这可以说是他本人注重书法的一个注脚。

周先生受过严格的西方学术的训练,不论在燕京大学,还是在哈佛大学,因此,他在撰写论文、札记的同时,一直坚持写书评。他对书评的看法,可以从他表彰杨联陞先生撰写书评的文字里体现出来:"我认为莲生(即杨联陞)的书评可以媲美法国汉学家伯希和。"[4]从某种意义上讲,写文章是写自己,只要把自己的研究成果端出来就行;写书评是写别人,往往要站在学术史的高度,从方法论上加以评述,有时比写文章还难。周先生在中国的社会环境下,当然无法和杨联陞相比,但他写书评的作法,是许多与他同龄甚至比他年辈还晚的中国学者所不具备的。周先生的书评范围很广,从早年的《评冈崎文夫著〈魏晋南北朝通

---

① 《跋〈敦煌秘籍留真〉》,《魏晋南北朝史论集》,371页。

② 《"赐无畏"及其他——读〈敦煌变文集〉札记》,《魏晋南北朝史论集续编》,286页。

③ 《〈元蒙史札〉序》,《郊叟曝言》,153页。

④ 《纪念杨联陞教授》,《毕竟是书生》,180页。

史〉》[①]，到晚年的《马译〈世说新语〉商兑》[②]和《马译〈世说新语〉商兑之余》[③]，都是按照书评的学术规范，提出了严肃的商榷意见。在敦煌学方面，他撰写过《王梵志诗的几条补注》，对王梵志诗的校本提出批评意见[④]。还有《读〈敦煌与中国佛教〉》，虽然以介绍为主，但也有指正的地方。我们从这些书评中，可以窥见周先生的一些研究方法。

周先生在《何谓"敦煌学"》的最后讲道："如果我国学者尤其是中青年同志，能打好坚实的基础，积累丰富的知识，并和外国同行互通信息，取长补短，以由小见大的方法，把微观的考订与宏观的阐释结合起来，来从事敦煌文献的整理与利用工作，定能把我国的'敦煌学'大大推向前进！"[⑤]这是对我们的希望，也是示我们以津梁。

最后，我想，我们应当感激周先生对本刊的关心和指导。记得1994年我在京、港两地为创办《敦煌吐鲁番研究》专刊奔波时，曾几次向他汇报，得到他的鼓励和支持。9月

---

① 原载《大公报》1936年4月23日第11版；收入《周一良集》第1卷，795—809页。

② 与王伊同合撰，原载南港《清华学报》新20卷第2期，1990年，收入《周一良集》第1卷，763—779页。

③ 原载北京大学中国传统文化研究中心编《国学研究》第1卷，1993年，收入《周一良集》第1卷，780—794页。

④ 原载《北京大学学报》1984年第4期；收入《魏晋南北朝史论集续编》，288—293页。

⑤《魏晋南北朝史论集续编》，307—308页。

周一良与季羡林、饶宗颐、任继愈在北大

上旬，饶宗颐先生借来京办画展之机，到北大与季先生、周先生会面，共同商订新刊事宜。三位先生共同担任主编，给本刊以极大的荣耀。我们编委同仁商议，请周先生写发刊词，但因为不久周先生去了美国，未能执笔，改由编委集体撰作。虽然周先生年事已高，不过问刊物的具体运作，但每次截稿以前和出版以后，我都去向他汇报，他时有评点，给予方向性的指导。他的言谈话语，仍然历历在目。

周先生虽然走了，在他的身后，却给我们留下丰厚的学术遗产。

（2002年2月20日完稿，原载《敦煌吐鲁番研究》第6卷，2002年8月，26–37页。）

周一良先生与书

　　2001年10月23日上午，我来香港中文大学做访问研究刚刚一周，从北京回来的饶宗颐先生这天上午来中大，谈话中他问我周一良先生的情况，因为他在京时任继愈先生请季羡林、周一良和他三位先生吃饭，而周先生因为身体原因没有去。我15日离京前不久，曾去看望他，觉得先生身体尚好，和以前没有什么两样，因此向饶公汇报，说周先生身体还好。没想到与饶公饭后，刚回到新亚的研究室，就接到家里和学生打来的电话，噩耗传来，真是难以接受。

　　我不能去参加追悼会（虽然我让李孝聪兄在签到簿上签了个名），心里极不是滋味。那天晚上，久久难寐。第二天起来，想写篇文章，作为对他的送行，可是二十多年来，受先生教诲和鼓励，有不少事情，一时条理不清，无从下手。真是郁闷在心，不吐不快，而又吐不出来，十分难耐。之后，我从香港到台湾，又从京都到新加坡，四处奔波，直到今年1月中旬，才得暇整理资料，并重读先生的一些文章。

从先生去世以后，我也读到不少纪念文字，先生的道德、文章，已经有一些总结和表彰，我也撰写了《才高四海，学贯八书——周一良先生与敦煌学》，从学术史的角度，全面叙述了先生在敦煌学方面的贡献。然而，我觉得先生作为一个学者和书生，他和书的许多故事值得记述，而作为并非他的入门弟子的我，之所以能够在二十年来亲炙先生之训诲，在很大程度上也是因为书。我想以"周先生与书"为题，来纪念这位"书生"。

先谈谈读书

记得是上大学二年级的时候，大概在79年下半年或80年上半年，我和卢向前兄一起到燕东园拜访先生。因为我们不知道先生的"洋习惯"——要事先打电话，而且这段时间来找他请教的人不多，所以先生开门后有些吃惊的样子，我俩也有些紧张，但气氛很快就平缓下来，谈起我们热衷的敦煌文书来。给我印象最深的，是会客室里的书，有线装的，有日语的，有英文的，角落里一个书架上是一些新书，大概是新收到的——这里是我以后每到周府最为关注的一角。

当时，北大中古史研究中心刚刚成立，而北大图书馆也正好购进英图、法图、北图三大馆藏的敦煌写本缩微胶卷，还有从图书馆调集的三百多本敦煌学的书籍，都集中在图书馆二楼的一间小房子里，我负责掌管这间研究室的钥匙，各位先生来看胶卷时，我要帮他们准备。当时有不少机会接触周先生，时而谈起一些新出版的书，我发现一本书出版不久，先生就已经读过了，而且可以讲述。当时刚刚步入学术门槛的我，对先生的学养和记性，真是佩服得五体投地。

先生解放前就以魏晋南北朝史名家，并曾留学哈佛，学习梵文，所以兼治佛教史和敦煌学。解放后除了上述领域更为深入外，对中外关系史和日本史也多有贡献。晚年写自传、回忆录和各类杂文，对清末以来的学术史有不少真知灼见。由于有这样的学术背景，先生除了精读基本史籍外，对新材料十分关注。1984年9月，我有机会到欧洲访学，行前向先生报告，打算借此机会，调查收集流散于欧洲的中国西北出土文献资料。当我说到芬兰赫尔辛基大学收藏的Mannerheim Collection有一批没有公布的吐鲁番写本时，他说："你要是把芬兰的东西弄回来（胶卷、照片），也就不虚此行了。"可惜的是，由于日本学者先行一步，把所有写本拍摄成照片，带回日本。所以，我虽然有欧洲著名汉学家许理和（E. Zürcher）教授的举荐，馆方仍以写本保存状况不佳为由，婉言拒绝。先生给我的任务没有完成，直到今天，Mannerheim Collection仍是我的一个未了情结。

对于中外学者的最新研究成果，先生也十分关注。80年代末，我还见到他在北大图书馆西文期刊室翻阅西文和日文新刊。这个阅览室在图书馆的四楼，没有电梯，对于一个年逾古稀的老人，要自己爬上去，实在是可敬可佩。他曾给我们上过一学期"魏晋南北朝史专题课"，分专题讲研究动态，他所评述的海内外学人研究成果，有专著，有论文，有书评，还有刚刚答辩的博士或硕士论文，使我们不仅知道相关课题的研究进展，而且了解到学人研究的深浅。

先生出身世家，曾祖是清末的大员，父亲是全国政协副主席，其家族数代有着广泛的社会关系，因此十分熟悉清末以来的许多掌故。先生晚年因患帕金森症，行动不便，92年右腕骨折，无法执笔，但不废读书。他以惊人的毅力，读完了几部大部头的日记，据我所知，有《忘山庐日记》、《王文韶日记》、《郑孝胥日记》、《吴宓日记》，当然我不知道的可能还有不少。90年代以来，因为我做一点敦煌学学术史的研究，也喜欢听清末民初的掌故，所以每次到周家，常常和先生谈起相关的一些话题，也把一些新书信息告诉他。他撰写过文章的《郑孝胥日记》五册，就是我代他买的。后来我告诉他叶昌炽的《缘都庐日记》影印本出版，线装六函，1200元，他马上命令我去代他买一套。可惜的是，大概因为这部书部头太大，而且未经整理，阅读不便，所以没有见到先生的有关文字。

先生知道我的兴趣，不仅时时当面解决我提出的问题，而且把自己读书时看到的一些重要材料抄示给我。记得1991年我从日本回来，写了一篇调查静嘉堂文库所藏吐鲁番出土写经的文章，提交给92年在房山召开的敦煌学研讨会。这组过去不为人知的写经残片，都已经装裱成册，每函封面上均有"素文珍藏"的题识。素文其人，被有的日本学者误认为是Sven Hedin（斯文·赫定）的缩写，我从一些敦煌写本的收藏题跋和罗福颐《敦煌石室稽古录》中得知，素文名玉书，因清末监理新疆财政，所以得到不少出土写经。我把会议论文送给周先生不久，周先生抄示蒋芷侪《都门识小录》（宣统三年/1911年）中一条重要的梁素文史料，解决了我的疑惑。后来，我把这段史料转录到拙著《海外敦煌吐鲁番文献知见录》中。先生涉猎范围之广，读书之细，于此可见一斑。

再谈谈送书

先生出身藏书之家，父亲叔弢翁是北方著名藏书家，这对周先生产生了很大的影响。他在自传中曾说："我在为人处世、出处大节上固然受父亲影响，而他爱书的癖好也深深熏染了我。"弢翁曾在1952年把毕生所聚715部善本书全部捐给国家，入藏北京图书馆。周先生也随之把自己珍藏的夔翁所赠赵城金藏本《法显传》捐献给北图。我在和先生的接触中感到，先生治学，不太讲究珍本秘籍，而以从习见之书中发现问题，即所谓"读书得间"取胜。但是，他对于北图收藏的那些原来属于周家的善本书，一直是十分关怀的，他曾向我问起过善本部都有哪些人，从哪毕业的等情况，他当然是希望有像冀淑英先生那样的版本目录学专家来看护着它们。我曾有幸陪同饶宗颐先生，看过经任继愈馆长特批而从"战备库"拿出来的夔翁旧藏宋本《文选》，饶公爱不释手，连连说好。我们不难想象，作为夔翁后人，先生对这批书的珍爱。

先生在自传中又说："他（夔翁）对于我的鼓励，也往往采取给与书籍的方式。"其实，先生对于自己的晚辈学生的鼓励，也采取同样的方式。他曾送给过我许多书，有他自己的著作，如《魏晋南北朝史札记》、《中日文化关系史论》、《周一良集》、《毕竟是书生》、《郊叟曝言》等；也有关于夔翁的书，如《周叔弢传》、《夔翁藏书年谱》等；还有他编的《杨联陞论文集》，他和夫人合译的《日本》等书；但最值得纪念的是他有三次特意要送我的书。

一次是95年7月初，我因为向先生汇报《敦煌吐鲁番研究》第1卷的编辑情况到他家，他告诉我因为要从燕东园搬到朗润园，地方不够大，所以除了自己要用的外，想把日文书、中文平装书处理掉，他的意思是想把这些书送给中古史中心和历史系的年轻人。我当时建议他，日文书最好给中心的图书馆，因为这些书一般没有副本，给了某人后别人不易见到，而放在图书馆里则什么人都可以利用，周先生表示同意。大约十天后，他把我叫去，送给我一套特别选出来的冯承钧的《西域南海史地考证论著汇集》和一套《西域南海史地考证译丛》，后者那时还没有重印，是他一本一本凑齐的，我捧着这些书，感到沉甸甸的。实际上，好书还不止这些，他让我在过道中的三个书架上，随便选取他已经检出的平装本书。这些书虽然没有什么珍本秘籍，主要是解放后出版的，但许多是我所缺少的，而且有些上面有先生珍贵的眉批。我当时本着一个原则，即我已有的就不能再拿，可是有一本书实在不肯放手，就是《积微翁回忆录·积微居诗文钞》，因为上面有比较多的先生批语。大概是受父亲的影响，先生买到或收到一本书时，常常在封面上题"一良某年某月买于何处"或"某年某月何人见赠"，而很少用印。他看书时，有时写眉批，文字十分简炼。读完后，有时在书的封面或前面几页空白处，写一段题记，文字稍长。我当时选取了四十多本书。这四十多本书虽然批语和题记不多，但仍然是寒斋最值得珍视的藏书。以后，他每清出一批书，就让一位年轻人去选，同时也都特意准备一套相关的书相赠。赵和平学长获得一本向达《中外交通小史》，他知道我的兴趣，所以转赠给我，加之先生早先所赠《中外文化交流史》，更增添了先生送我中外关系史图书的分量。

第二次是同年10月，我去先生家拿借给他的纪念清华国学研究院会议的论文，因为我八、九月份分别去了新疆和香港，很长一段时间没有去看先生。我向他汇报完新疆吐鲁番、库车以及香港的见闻后，他郑重地递给我一本纸色发黄的旧书，我一看，是 Stanislas Julien 的 *Methode pour dechiffrer et transcrire les noms sanscrits qui se rencontrent dans les livres chinois*，1861年巴黎出版，封面上的空白不多，左边是先生买书时所书"一良从伦敦买到"，右边是最近题写："此书不足道，而儒莲氏签名却可宝贵。新江同志熟习西洋汉学，因以赠之。一九九五年，周一良。"我仔细一看，封面的上方有极其纤细的儒莲题词和签名。这本书在欧洲汉学史上，特别是汉语语音研究史上，是有贡献的（参看戴密微《汉学论集》/*Choix d'etudes Sinologiques*，457页和蒲立本在《欧洲研究中国论集》/*Europe Studies China*中的文章，340页），加上儒莲的签名、周先生的题字，就更加珍贵了。我不讲求善本，因为住房狭小，也基本不买线装书，所以先生送我的这本书，可以说是寒斋所藏最老的一本书了，封面上有"MDCCCLXI"为证，我把它当作善本，宝之如同拱璧。

第三次是2000年2月，我和赵和平一起去拜年，先生指着书架上一个信封说，"那是给你的"。我取出来一看，是伯希和题为 La Haute Asie（高地亚洲）的小册子，上面有先生早年所题"伯希和盗宝罪证"，署"一良藏书"，中

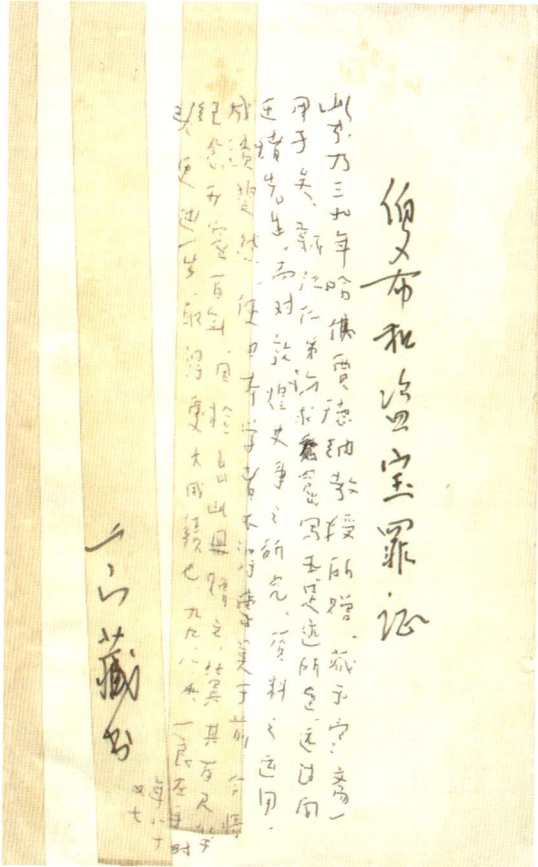

周一良先生赠伯希和La Haute Asie 小册子并题词

间夹写先生送我此书的赠语："此书乃三九年哈佛贾德纳教授所赠，藏于寒斋一甲子矣。新江仁弟访求石窟写本，足迹所至，远过向、王诸先生，而对敦煌史事之研究，资料之运用，成绩斐然，使日本学者不得专美于前。今将纪念开窟百年，因检出此册赠之，冀其百尺竿头，更进一步，取得更大成绩也。九九、八、五，一良左手，时年八十又七。"伯希和是当年从敦煌盗取宝藏的法国汉学家，贾德纳（C. S. Gardner）是先生在39年协助工作的哈佛教授，向达、王重民是早年到英、法调查敦煌写本的中国敦煌学前辈学者，先生选择这样带有纪念意义的书，在这样有纪念意义的时刻，以左手吃力地写出这样有纪念意义的题词，可见其良苦用心。此册放在先生书架上有半年时间，而我那个学期非常忙碌，一直没有去周家，读到先生的题赠词，真是惶悚之至。

今天回想起来，先生深知我对中外关系、西洋汉学、敦煌写本与史事最感兴趣，所以用赠书的方式，予以关怀和鼓励，如此恩情，永世难忘。

去年6月初，我和邓小南一起主办"唐宋妇女史研究与历史学"国际学术研讨会，我俩分头去请几位老先生参加开幕式，以壮声威。周先生很快就答应了，而且答应讲几句话。6月5号那天，他坐着轮椅来到会场，并且早已打好了腹稿，对比他曾工作过的史语所和今日北大中古史中心，说今日中心不比史语所差，对中心和中心的研究人员给予肯定。台下坐着现任史语所的所长黄宽重先生，先生晚年没有机会去南港，他所说的史语所还是20世纪30年代的情况，其实今日史语所的条件远比中心要强得多，但他讲了许多真情的话，感动得黄先生开幕式后赶忙与他握手，而在座的中心年轻人也无不为之动容。

先生很高兴参加这次学术会议，他把在会上发言的一张照片（朱玉麒摄），放在《郊叟曝言》图版第一页的下面，上面是他和老伴的钻石婚纪念照。会议结束大约一周后，先生给我来电话，说中心新的房子建好后，他要有所表示，问我一些图书中心是否有收藏，我一一作答，最后，先生决定把20年代出版的伯希和《敦煌石窟》图录（*Grottos de Touen-houang*）捐赠给我们。先生之高谊，令人感动。我曾向中心领导谈到此事，因为新房子里装修的气味太重，打算转年开春时再请先生们正式来参加中心新址的落成仪式，可惜在春天即将到来的时候，先生却遽归道山。

先生的遽然离去，我在离京前完全没有想到。回想起来，庆幸有两件事没有留下遗憾。

件事是，先生编《郊叟曝言》，但一直没有见到自己作序的中译本《唐代变文》，因为这篇序是我代两位译者请求的，而和我联系的一位早已出国，所以书出来后没有给周先生寄来。这事我也有责任，所以赶紧把我的一套以译者的名义给先生拿去，先生看了很高兴，把序文收入这本自选集中。

另一件事是，6月初我和朱玉麒整理完日本学者仓石武四郎的《述学斋日记》后，考虑到仓石先生在北京留学时曾买到过弢翁的藏书，仓石的女婿池田温先生对周先生十分敬佩，而且先生对30年代的北京学界十分熟悉，所以很想请他为我们的整理本《仓石武四郎中国留学记》写篇序。我和他一讲，他立刻答应。后来，我把特别给他放大复印的整理本送到周宅，过了一个多月，他通知我可以去笔录他口述的序。8月10日，我和朱君一起去做笔录，才知道先生为写这篇序，借来了好几种仓石以及同时留学北京的吉川幸次郎的书来参考，在北大、北图借不到的，还请北京日本学研究中心主任滹添庆文先生托人从日本复印寄来，而且，他还仔细审读了我们的整理稿，改正了几处错字和不妥的提法。先生的序文署的是8月10日，实际上他以后又有改订，有时是叫我们去他那儿，有时是他打来电话。记得18日他来过电话，又改订序言中的一句话，先生做学问的认真态度，至可感人。先生手颤，抓不牢电话，声音时断时续，有些话无法听清，只听到他说我送给他的《敦煌学十八讲》是"up to date"。在修订序言的过程中，我听说先生正在编一本自选集，包括口述的序跋，我征得先生同意，马上给新世界出版社张世林先生打电话，希望把《仓石武四郎中国留学记序》编入先生的新文集，他同意。我们立刻把序言定稿用特快专递寄给张先生，这就是收入

《郊叟曝言》书序类的最后一篇文章，比先生的前言完稿的时间还晚。我非常感谢张世林先生的帮助，如果这篇序言等到《留学记》的出版，那先生就看不到了。

写到这里，三个多月来的悲伤似乎已经过去，夜深人静，仿佛先生就在面前，听我讲述上面的话语，时而莞尔一笑。

（2002年2月24日凌晨完稿，原载《读书》2002年第6期，114—120页。）

纪念马尔沙克
——兼谈他对粟特研究的贡献

　　2006年8月初，我先后收到美国宾夕法尼亚大学梅维恒（V. H. Mair）教授和俄罗斯科学院圣彼得堡东方学研究所所长波波娃（I. Popova）女史的来信，告诉我一个不幸的消息：伟大的粟特学家马尔沙克（Boris Ilich Marshak）教授于7月28日在他从事考古工作的片吉肯特（Pendjikent）去世，并按照当地的习俗，于当天埋在他长年从事考古工作的遗址旁。一年多来，我不时想起他的音容笑貌，也陆续翻阅他有关粟特研究的丰富论著，希望能从学术和交往上，写一篇纪念文字。

　　马尔沙克1933年7月9日出生于苏联（今俄罗斯）列宁格勒（今圣彼得堡）。1956年获得莫斯科大学考古学的硕士学位。1965年在列宁格勒考古研究所毕业，获得考古学博士学位。1956–1958年在杜尚别的塔吉克科学院历史所从事研究。从1958年开始，任职于国立艾米塔什博物馆（State Hermitage Museum）。自1978年开始，担任该馆中亚和高加索部主任。

从1954年开始，马尔沙克参加片吉肯特遗址的考古发掘工作，从1978年开始担任考古领队，每年夏秋都到这里进行考古发掘，发现了大量壁画和雕像，并揭示了这一古代粟特遗址的面貌。

马尔沙克的主要研究领域是中亚考古学和艺术史，以及欧洲中世纪和东方的金银器，在这些方面发表了大量的论著，涉及方方面面，对于我们今天认识粟特本土的历史和文化，做出了巨大的贡献。以下就按年代顺序，提示他发表的相关主要论著，并简要介绍部分论著的内容。由于语言的限制，我这里很少提示他用俄文所写的论著，好在他从20世纪70年代以来的主要论著，都用国际学术界更为通行的英、法、德语书写，或者有这些语言的翻译。他的几乎全部论著目录，见 *Ērān ud Anērān. Studies Presented to Boris Il'ič Maršak on the Occasion of His 70th Birthday,* eds. M. Compareti, P. Raffetta and G. Scarcia, Venezia: Libreria Editrice Cafoscarina, 2006，读者可以参看。

1971年，马尔沙克最早用西文发表的有关粟特考古的重要文章是和他的老师别列尼茨基（A. Belenitski）合写的《1958–1968年考古新发现所见之片吉肯特的艺术》（L'art de Pendjikent a la lumière des dernieres fouilles（1958–1968）），载法国《亚洲艺术》（*Arts Asiatiques*）第23卷，涉及粟特神像和宫廷绘画、故事画，奠定了此后粟特绘画研究的基础。同年，马尔沙克在莫斯科出版一本小书《粟特银器》（*Sogdian Silver*），用俄文撰写，但附有详细的英文摘要，因此在英语世界也有影响。

1981年，他与别列尼茨基合撰《索格底亚纳的绘画》（The Painting of Sogdiana），作为阿扎佩（G. Azarpay）的《粟特绘画：东方艺术中的图像史诗》（*Sogdian Painting. The pictorial epic in Oriental art*）一书的第一部分，篇幅很长（11–77页），是这部书的一半篇幅，系统阐述了粟特绘画的题材和内容。

1986年，在德国莱比锡出版《东方银器：3–13世纪的金属工艺及其后的发展》（*Silberschätze des Orients. Metallkunst des 3.-13. Jahrhunderts und ihre Kontinuität*），此书是在《粟特银器》基础上写成的，但范围要广阔得多。书分上下两编，上编讨论10世纪以前伊朗的萨珊、中亚的嚈哒、粟特以及10–13世纪及其后的中亚、北部伊朗和叙利亚的银器制作，其中也包括对部分中国出土器物的论述；下编从文化史的角度讨论3–13世纪东方金属工艺的发展历程。书中有很多对我们熟知的萨珊、粟特器物的观察结论，值得重视，但国内学术界对此书没有给予应有的关注。

1987年，马尔沙克与夫人腊丝波波娃（V. Raspopova）合撰《一个农业大神的粟特图像》（Une image sogdienne du dieu-patriarche de l'agriculture），载《伊朗学研究》（*Studia Iranica*）第16卷第2期。同年，两人还合写《游牧民族与

粟特人》(Les nomades et la Sogdiane)，提交给"中亚的游牧民族与定居民族"学术研讨会，1990年在巴黎出版的会议论文集中发表（*Nomades et sédentaires en Asie Centrale*: *apports de l'archélogie et de l'ethnologie*, texts réunis par H.-P. Frankfort, Actes du colloques franco-soviétique Alma Ata（Kazakhstan）17−26, octobre 1987, Editions de CNRS, Paris, 1990）。

1989年，与日本学者穴泽咊光（Wakou Anazawa）合撰《北周李贤及其妻墓出土银制水瓶研究》，发表于《古代文化》第41卷第4号；张鸿智汉译文《宁夏固原北周李贤墓及其中出土的饰以古希腊神话故事的鎏金银壶述评》，载《固原师专学报》1992年第2期。

1990年，马尔沙克与腊丝波波娃合撰《片吉肯特一所带有谷仓的房子中发现的壁画（公元8世纪前25年）》(Wall Paintings from a House with a Granary. Panjikent, 1st Quarter of the Eighth Century A.D.)，载《丝绸之路考古与艺术》（*Silk Road Art and Archaeology*）第1卷，考证其南壁所绘的是粟特神祇Wašagn与Wananč或Wašagn与Čista；北壁主神像是骑狮子的娜娜女神，其下是丰收宴饮图；东西壁也是宴饮图，描绘王家招待会，有四个国王形象出现在不同场景中。同年，马尔沙克还发表《片吉肯特发掘报告》(Les fouilles de Pendjikent)，是给《法国金石与铭文学院院刊》（*Académie des Inscriptions & Belles-Lettres. Comptes rendus des séances de l'année 1990*）所写的报告。

1991年，与腊丝波波娃合撰的《粟特的公共信仰和私人信仰问题》（Cultes communautaires et cultes privés en Sogdiane），发表于巴黎出版的《伊斯兰以前中亚史的文字史料和考古资料》（*Histoire et cultes de l'Asie centrale préislamique. Sources ecrites et documents archeologiques,* eds. P. Bernard et F. Grenet）专题论文集中。

1992年出版的《亚洲研究所集刊》新辑第4卷《费耐生纪念伊朗文化研究专辑》（*Bulletin of the Asia Institute. New Series, 4, In honor of Richard Frye. Aspects of Iranian Culture,* 1990/1992），发表了马尔沙克与腊丝波波娃合撰的《片吉肯特发现的一幅狩猎图》（A Hunting Scene from Panjikent），讨论的是1988年发现的一幅最好的粟特狩猎壁画图像，仔细分析每个细节，旁及瓦拉赫沙（Varakhsha）红厅壁画中的狩猎图、阿夫拉西亚卜（Afrasiab）狩猎图所见中国形象等，并阐明粟特狩猎图的萨珊影响等问题。同年，马尔沙克自己又发表《粟特历法的历史文化意义)》（The Historico-Cultural Significance of the Sogdian Calendar），载《伊朗研究：英国波斯研究所集刊》（*Iran. Journal of the British Institute of Persian Studies*）第30卷，内容涉及中文史料记载的粟特历法的解读问题。

1993年，发表《中亚的金属制作与正仓院宝物》（Central Asian Metalwork and the Treasures of Shosoin），载

《1991年奈良丝绸之路研讨会报告集》（*Nara Symposium '91, Report*）。

1994年，马尔沙克发表了一篇重要的文章：《撒马尔干阿夫拉西亚卜"大使厅"壁画的图像程序》（Le programme iconographique des peintures de la 'Salle des Ambassadeurs' à Afrasiab（Samarkand）），载法国《亚洲艺术》第49卷。他认为8世纪康国王拂呼曼宫廷壁画表现的是其权力的各种来源：西壁用外国来使表示对神祇与正义的保护，北壁展现中国人的力量和生活方式，这是他政治上和商业上的伙伴；南壁表现王朝的祖宗信仰，用新年的出行来体现；东壁已残，估计所绘是天下四方的神祇。他在文中对比了安阳出土的粟特石棺屏风上的出行图。同年，他和腊丝波波娃合撰《片吉肯特二号殿址北厅中的供养人像》（Worshipers from the Northern Shrine of Temple II, Pendjikent），载《亚洲研究所集刊》新辑第8卷《前苏联学者有关中亚考古与艺术研究专辑》。

1996年，马尔沙克发表《比亚–纳衣曼（Biya-Naiman）发现的瓮棺上的图像》（On the Iconography of Ossuaries from Biya-Naiman），载《丝绸之路考古与艺术》第4卷（1995/6）。这也是一篇研究粟特神像的重要论文，详细评述了前人对这件1908年发现的著名图像的解说，并提出自己对其中一幅图像的比定。同年，又发表《由死复生的虎：片吉肯特发现的两幅壁画》（The Tiger Raised from the

Dead: Two Murals from Pendjikent），载《亚洲研究所集刊》新辑第10卷《里夫茨基纪念专辑》(*Studies in Honor of Vladimir Livshits*)。另外，本年还发表了《片吉肯特的新发现与萨珊、粟特艺术的比较研究问题》(New Discoveries in Pendjikent and a Problem of Comparative Study of Sasanian and Sogdian Art)，原为提交"从亚历山大到10世纪的波斯与中亚"国际学术研讨会的论文，收入本年度出版的会议论文集 (*La Persia e l'Asia Centrale da Alessandro al X secolo*, Roma 1996)。

1996年联合国教科文组织出版的《中亚文明史》第3卷 (*History of Civilization of Central Asia*, III) 的第10章《索格底亚纳》(Sughd/Sogdiana) 第一部分《粟特及其周围地区》，由马尔沙克执笔撰写。

1998年，他与腊丝波波娃合写的《片吉肯特发现的佛像》(Buddha Icon from Pendjikent)，发表在《丝绸之路考古与艺术》第5卷（1997/98）。我们知道，粟特地区的佛像发现很少，这篇文章证明了玄奘的相关记载，也为我们认识粟特地区佛教流行的情况提供了素材。两人合撰的另一文《片吉肯特二号殿址东北厅的新发现》(Les trouvailles dans la chapelle nord-ouest du Temple II de Pendjikent. À propos de l'héritage classique dans l'art sogdien)，载《亚洲研究所集刊》新辑第12卷。可以说，学术界有关片吉肯特的考古发现主要就是来自他们两位的恩赐。同年，他与葛乐耐（F.

Grenet）合撰《粟特美术中的娜娜信仰》（Le mythe de Nana dans l'art de la Sogdiane），发表于法国《亚洲艺术》第53卷，利用汉文史料和摩尼教文书，来解释粟特的娜娜神信仰。此外，他本人还发表《一些晚期萨珊银器的装饰及其主题》（The Decoration of some late Sasanian Silver Vessels and its Subject-Matter），载《古代波斯艺术与考古论集：对帕提亚与萨珊帝国的新探索》（The Art and Archaeology of Ancient Persia. New Light on the Parthian and Sasanian Empires, ed. by V. S. Curtis, R. Hillenbrand, and J. M. Rogers, London, New York）。

1999年，他给朱万（P. Chuvin）编《中亚艺术》（Les Arts de l'Asie Centrale）一书撰写了《4—9世纪的粟特美术》（L'art Sogdien（IVe au IXe siècle）。同年，又发表《弗利尔美术馆所藏一只粟特银碗》（A Sogdian Silver Bowl from the Fleer Gallery of Art），载美国《东方艺术》（Ars Orientalis）第29卷，考释了该馆所藏的一件粟特银器。此外，又与科索拉波夫（A. I. Kossolapov）合著一本小册子，名为《丝绸之路上的壁画：艺术史与化学实验的综合研究》（Murals along the Silk Road. Combined Art Historical and Laboratory Study），由华盛顿的美国国家美术馆视觉艺术高等研究中心和圣彼得堡国立艾米塔什博物馆合刊，对粟特、吐火罗、龟兹、敦煌的壁画颜色、材料、技术，从艺术史的角度加以分析，并用化学实验的手法来验证。这本书是俄、英对照本,《新疆师范大学学报》2005年第2-3期发表了杨军涛的汉译文,很值得参考。

2000年出版了1996年2月在巴黎举行的"西域:公元1至10世纪艺术、宗教、商业的交流之地"国际学术研讨会论文集（*La Sérinde terre d'échanges, Art, religion, commerce du Ier au X^{er} siècle, Acte du colloque international Galeries nationales du Grand Palais 13—15 février 1996*, eds. by Monique Cohen, Jean-Pierre Drège et Jacques Giès）,收入马尔沙克的《伊朗、粟特和西域艺术》(L'art Iranien, sogdien et sérindien) 一文,从广阔的视野谈伊朗、粟特艺术与印度佛教艺术在西域的影响和交融。本年还发表《瓦拉赫沙宫廷的天花板》(The Ceilings of the Varakhsha Palace),载《帕提亚论集》(*Parthica, Incontri di Culture nel Mondo Antico*, Istituti Editoriali e Poligrafici Internazionali, Pisa, Roma, 2000)。

2001年,他在《法国金石与铭文学院院刊》(*Académie des Inscriptions & Belles-Lettres, Comptes rendus des séances de l'année 2001 janvier-mars*) 上发表《6世纪下半叶中国艺术中的粟特主题》(La thématique sogdienne dans l'art de la Chine de la seconde moitié du VIe siècle),对中国出土的粟特系统的石棺床图像提出了详细的阐释,其中包括对安阳、Miho、虞弘、安伽、天水五套石棺床或围屏石榻的综合研究。同年,他又给纽约举办的"僧侣与商人"展

览图录《僧侣与商人：公元4–7世纪中国西北甘肃宁夏的丝路遗宝》(*Monks and Merchants. Silk Road treasures from Northwest China. Gansu and Ningxia, 4th-7th century*, eds. by A. L. Juliano & J. A. Lerner) 一书，撰写了《粟特人在故乡》(The Sogdians in Their Homeland)，这当然是他最有资格撰写的文章。

2002年是马尔沙克又一个学术成果丰收的年份，这是和他的学术已经融入西方主流学术圈有关。他本年发表了四篇比较通论的文章，即 (1)《3至7世纪的中亚》(Central Asia form the Third to the Seventh Century)，这是提交给上一年在纽约亚洲学会召开的"中国丝绸之路上的牧民、商人和圣僧"国际学术研讨会的论文，收入会议论文集（*Nomads, Traders and Holy Men. Along China's Silk Road. Papers presented at a symposium held at The Asia Society in New York, November 9–10, 2001*, eds, by A. L. Juliano and J. A. Lerner）出版；(2)《前伊斯兰时期伊朗人的绘画及其雕塑和装饰艺术的来源》(Pre-Islamic Painting of the Iranian Peoples and Its Sources in Sculpture and the Decorative Arts)，是《完美无双的图像：波斯绘画及其来源》(*Peerless Images: Persian Painting and Its Sources*, eds. Eleanor Sims et al., New Haven and London: Yale University Press）一书的第一章；(3)《突厥人与粟特人》(Turks and Sogdians)，载土耳其安卡拉出版的《早期的突厥人》(*The Turks Early Ages*)

一书；(4)《帕提亚和萨珊帝国统治下的伊朗的琐罗亚斯德教艺术》(Zoroastrian Art in Iran under the Parthian and the Sasanians)，载《一幅琐罗亚斯德教的挂毯：艺术、宗教与文化》(*A Zoroastrian Tapestry. Art, Religion and Culture*, ed. Ph. J. Godrej & F. P. Mistree, Ahmedabad)。此外，他在这一年还在纽约出版了专著《索格底亚纳艺术中的传说、故事与寓言》(*Legends, Tales, and Fables in the Art of Sogdiana*, with and Appendix by V. A. Livshits, New York: Bibliotheca Persica Press)，对片吉肯特壁画中的故事图像做了综合的研究。

2004年，发表《Miho石棺床及6世纪下半叶其他中国-粟特艺术作品》(The Miho Couch and the Other Sino-Sogdian Works of Art of the Second Half of the 6th Century)，这是2002年在日本Miho美术馆的讲演稿，发表在《Miho Museum研究纪要》第4号，其中包含了他亲眼看到虞弘、安伽图像以后的看法，应当是他关于粟特石棺床类作品的最后看法。又发表《从吐鲁番文献看粟特本土的壁画》(The Murals of Sogdiana in Comparison with the Turfan Texts)，载《重访吐鲁番：丝绸之路艺术与文化研究百年纪念学术论集》(*Turfan Revisited - The First Century of Research into the Arts and Cultures of the Silk Road*, ed. by D. Durkin-Meisterernst et al., Berlin: Dietrich Reimer Verlag, 2004)。他还给美国大都会博物馆"走向盛唐"展览图录(*China.*

Dawn of a Golden Age, 200-750 AD.）写了《中国发现的中亚金属制品》（Central Asian Metalwork in China），图录中还包括他给这些中国出土金银器或仿金银器的铜器所写的词条，集中展示了他对中国出土金银器的看法，很值得我们参考。

从以上的简要介绍中，我们可以看到一个高大的学术伟人留给我们的文化遗产有多么丰厚，他是值得我们纪念的人物，他的论著也值得我们努力学习。

当我一回忆起马尔沙克先生，眼前就浮现出他——数点着我俩见面的情景，的确很值得讲一讲。我和他先后见过七次，而每一次都在一个不同的地点，这或许也多少体现了国际上粟特研究的对话。

1. 巴黎：1997年6月，我应法国高等实验研究院（École Pratique des Hautes Etudes）戴仁教授的邀请，作为访问教授去巴黎一个月，在该院做四次有关吐鲁番研究的演讲。到那以后不久，正巧一次在路上遇到魏义天（E. de La Vaissière）和马尔沙克、葛乐耐两位先生，魏义天介绍我认识了马尔沙克，我知道他正好也在这个月受法兰西学院邀请来巴黎做四次讲演。马尔沙克给我的第一印象是非常温文尔雅，对中国人表示了特别的友好，记得当时他还询问有关固原的粟特人墓葬情况。以后我赶上了两次他的讲演，记得有一次他讲粟特考古中的琐罗亚斯德教神祇，用一些摩尼教残卷的内容来说明祆教的情形，再来印证壁画或雕像中的主题或一些表征符号。讲演后的交谈中，他向我要我所写的关于塔里木盆地粟特移民的文章，并且说他虽然看不了中文，但他可以请同事们帮忙。第二周去听讲，我就把拙文《西域粟特移民考》送给他。由于这个缘故，后来在2006年我奉献给他的70岁纪念文集（*Ērān ud Anērān. Studies Presented to Boris Il'ič Maršak on the Occasion of His 70th Birthday*）的文章，就是这篇拙文改订后的英译本，我想他看到时会是很高兴的。

2.北京：2001年初，北京大学考古系林梅村教授和我商议，请马尔沙克夫妇来北京一趟，进行学术交流，因为北大提供的经费有限，我申请了唐研究基金会的资助，使得他们两位在5月下旬顺利来到北京，也安排国内一些粟特研究专家来北京和他会面。19日上午，我和姜伯勤、罗丰两位一起到勺园五号楼拜访马尔沙克，送给他我帮忙编辑的《中国考古与艺术摘要》（*China Archaeology and Art Digest*）"中国的祆教研究专号"和我的几篇英文文章。他也送给我们《丝绸之路上的壁画》和一些文章抽印本，并和我们讨论了中国新发现的祆教遗迹。下午，唐研究基金会组织座谈会，与他讨论中国出土的祆教遗迹和伊朗系统的文物，在场的还有山西考古所张庆捷先生。20日，马尔沙克做第一次讲演，由林梅村主持，我来介绍讲演人的情况。这次他主要介绍片吉肯特的壁画内容，非常细致，听讲的人中有不少北大的学生。5月22日，他做第二场报告，专门讲中国出土的四套石棺床：安阳、Miho、虞弘、安伽，对比粟特图像，给予许多精细的比定，可以说是赏心悦目，精彩纷呈。

3.耶鲁：2002年4月，耶鲁大学韩森（V. Hansen）教授主持召开一个小型的"中国发现的粟特墓葬研讨会"，以纪念在耶鲁教书的马尔沙克，我也从普林斯顿赶去参加，其他还有从法国来的葛乐耐、魏义天、黎北岚（R. Penelope），从日本来的影山悦子和许多美国学者。会上马尔沙克讲了他对虞弘和安伽墓葬图像的看法，补充了在北大讲演时还没有找到的资料，即与虞弘墓酿造葡萄酒图像相对应的罗马镶嵌画。在会议最后的总结中，他对我在会上关于无人骑乘马的说法做了回应，指出对于新发现的粟特图像，所有问题都要继续讨论，而没有结论。晚上在韩森家的招待会上，我告诉他11月要和他一起去Miho讲演，他很高兴。他说没有见到益都的材料，我把带在身边的简报送给了他。

4.柏林：2002年9月，我到柏林参加德国柏林科学院、国家博物馆、国家图书馆合办的"重访吐鲁番：丝绸之路艺术与文化研究百年纪念学术研讨会"，再次见到马尔沙克先生，感到非常高兴。他告诉我他在《法国金石与铭文学院院刊》上发表的《六世纪下半叶中国艺术中的粟特主题》一文，是他去中国以前写的，有一些小的地方要修改。

他在这次会议上讲的是恒宁（W. B. Henning）所刊吐鲁番伊朗语写本摩尼教故事与粟特本土壁画的相同主题。我很早就读过恒宁的文章，但从来没有去想摩尼教的故事怎么会和更多受琐罗亚斯德教影响的粟特壁画有关，所以听了他的报告很有启发。参加这次会议的俄国学者和中国学者，都被安排在位于博物馆岛的洪堡大学招待所里居住，而会议在Dalhem区的印度艺术博物馆举行，每天往返，坐很长时间的车。这本来让我有很多机会和他交谈，但车轮轰轰作响，他有点耳背，大声讲话又不礼貌，影响了我们的交谈。

5.Miho美术馆：2002年11月，日本收藏有粟特石棺床的Miho美术馆为了纪念开馆十周年，特邀马尔沙克夫妇和我去做主题讲演，这对我来说是非常光荣的事。头一天，Miho的稻垣肇先生带我们三人去参观大阪府立近つ飞鸟博物馆，当时正好有"西域之道：丝绸之路与大谷探险队"展览。马尔沙克先生对丝织品也有很深入的观察，和他一起参观，学到不少知识。23日那天举办"中国的中亚人：丝绸之路东部的新发现"国际研讨会，上午是讲演会，由吉田豊教授主持，我先讲"丝绸之路上粟特聚落的日常生活"（Daily life in Sogdian colonies along the Silk Road），然后是马尔沙克讲"Miho石棺床及6世纪下半叶其他中国－粟特艺术作品"，接着是腊丝波波娃讲"Miho石棺床浮雕所见的生活与艺术习俗"（Life and artistic conventions in the

马尔沙克教授在讲演

"中国的中亚人：丝绸之路东部的新发现"国际研讨会（右起：马尔沙克、腊丝波波娃、吉田豊、笔者）

reliefs of the Miho couch）。我们用英文讲演，有日文翻译，且都有图片，听众颇有兴致。下午是研讨会，参加过固原粟特墓葬发掘的菅谷文则教授谈固原考古发掘情况，吉田丰介绍粟特语言和民族、宗教，我谈中国粟特考古的意义和目前对图像的不同看法，马尔沙克讲粟特本土的考古发现和图像的比定问题。这是马尔沙克一年中第三次见到我，所以他也感到非常高兴。

6. 斯坦福：2004年1月，我到美国加州大学伯克利分校参加叶文心教授主办的"历史思考与当代中国人文研究"学术研讨会，从来听会的学生那里知道马尔沙克正在斯坦福大学讲学，我随即联系了斯坦福的丁爱博（Albert Dien）教授。第二天中午，丁先生请马尔沙克夫妇和我吃饭，然后到马尔沙克的研究室（也就是著名的美术史家Michael A. Sullivan原来的研究室），我给他看史君墓新发现的图像，并一起讨论了一番。很可惜的是，我邀请他4月份时来北京参加我们和法国学者共同举办的"粟特人在中国——历史、考古、语言的新探索"国际学术研讨会，他因为在美国讲学，无法脱身，没能参加，我们也就没有听到他对史君墓图像的正式看法，后来也没有读到他有关的文章。

7. 圣彼得堡：2005年7月，应波波娃的邀请，我与柴剑虹、郝春文、高田时雄教授等到圣彼得堡考察敦煌文献。中间我抽出半天时间去艾米塔什博物馆拜访马尔沙克，他见到我来，非常高兴，还特别打电话告诉他夫人我来看他。

他带我和郑阿财教授参观了正在筹备的粟特展厅和粟特壁画修复室，讲述粟特壁画、粟特银器、萨珊银器等，现身说法，使我们受益良多。最后他带我们到他的研究室喝咖啡，吃点心，又送我最近四年撒马尔干的考古调查报告，每年一册。他下周就又要去撒马尔干去做发掘工作了，所以他说我来得非常之巧。临别时，他再次数点起我们俩见面的地点，说下一次在什么地方呢，我回答说在撒马尔干。

　　没想到，这次会面成为永诀。不过我答应他在撒马尔干和他再见，所以我会去看他。

　　（2007年12月4日完稿，原载《艺术史研究》第9辑，中山大学出版社，2007年12月，451–460页。）

哭季先生

早上接到季羡林先生的弟子段晴的电话，说季先生走了，走的没有任何痛苦。作为受季先生多年栽培的私淑弟子，我庆幸他终于离开301医院的"病榻"，进入了西方"净土"世界。对于一个近百岁的老人来说，离开目前媒体制作的各种氛围，总算是安静下来可以休息了。

我是一个主张"纯学术"的人，在学术上和季先生有很多交往。在我眼里，季先生一方面有着根深蒂固的欧洲纯学术精神，同时又有着强烈的忧国忧民的中国文化本性。记得季先生曾把我叫到朗润园13公寓的住所，说有电视记者采访有关敦煌的话题，让我帮忙讲讲。可是镜头一架好，我话没说三分钟，季先生就接过去，滔滔不绝就是二十分钟或半个小时，镜头感极佳。他这种双重的性格，使得他即使到了晚年，还用英文撰写了吐火罗语《弥勒会见记》(*Fragments of the Tocharian A Maitreyasamiti-Nataka of the*

Xinjiang Museum, China. Berlin and New York, 1998）这样的纯学术专著，同时又频频出现在媒体和报端，挂名主编一些"丛书"、"著作"，受他人利用。最后，他被以医护的名义送进301医院，我没有机会见他，只觉得辛未以来一位坚持非官方化的纯学者的形象逐渐消失。我在电视里看到他的样子、听他说的话，已经不是我所知道的季先生了，所以我也就不再看、也不会信了，因为季先生给我留下的最后印象仍是一位极其纯粹的学者。

　　我和季先生最后的一次见面，记得是2002年的事情。季先生的秘书李老师打电话让我去看看他，说是老先生想我了，因为季先生年纪大了，我一般也不会去打扰他。我的自行车刚刚停在长满"季荷"的未名湖后湖岸边的13公寓门前，李老师就打开左边的阳台门让我进去，其实过去我们都是和季先生在东面的书房谈学问，进到西边的屋里，说明季先生在下午3点的时候已经不像往常那样做学问了。

　　但季先生仍然关心着学术的进步，他和我谈到《大唐西域记》的修订增补问题，他觉得《大唐西域记校注》出版于1985年，工作主要是在80年代初做的，那时国内学术刚刚复苏，条件还很差，许多国外的西域历史、语言、宗教等方面的研究成果和考古资料没有看到，加上二十多年来的相关研究的进步，应当做一部多卷本的新《校注》，比如说一卷一本，他希望在他的有生之年，看到新的校注本的出版。我当然表示愿意参加这项工作，在西域研究方面

笔者与季先生在季先生家

贡献一份力量，但我不是研究《大唐西域记》的核心部分印度学的学者，所以有些地方有劲也使不上。

季先生谈到他正在应汤一介先生的约请，写一本《龟兹佛教史》，感到许多海外学者研究吐火罗语文献的资料不在手边，让我来帮他留意相关的研究成果。季先生在做吐火罗语《弥勒会见记》时，因为他的弟子们多数不在国内，所以我成为他收集资料的助手之一。记得有一次我帮他借来北京图书馆藏 Alexander Soper 的《中国早期佛教艺术的文献印证》(*Literary Evidence for Early Buddhist Art in China*) 一书，到了还书的期限，他说怎么也找不到了。那还得了！结果我和他以前的秘书李铮老师奋斗了两个多小时，终于在他的书房里重新"发现"了那本书。由于这样的缘故，季先生曾在《再论"浮图"与"佛"》这篇文章的后记里，把我称作"小友"而感谢了一番。其实从帮他借书找资料的过程中，我学到的知识更多。季先生这次谈起他是中国唯一懂吐火罗语的人，但后继无人，感到格外悲伤。因为除了焉耆新发现的《弥勒会见记》之外，他知道龟兹地区也发现了不少木板和纸本文书或佛典，这些都是研究龟兹佛教史的重要资料，但无人整理。他谦虚地说自己只懂吐火罗语A方言，即焉耆语，而不能读吐火罗语B方言，即龟兹语，希望他和我能一起努力联系龟兹石窟研究所和法国的Pinault教授，整理这批材料。我为此做过一番努力，但最终还是没能完成季先生交给的任务。

季先生还谈到《敦煌吐鲁番研究》杂志，当时我还在帮助他编辑该刊，但由于经费和审稿意见的分歧，我建议暂时停一停，季先生也表示同意。后来找到了其他经费来源，杂志转交郝春文教授来继续负责编辑，我也就算是了结了一桩事情。

我也向季先生汇报了粟特的考古新发现和研究进展，还有我所知道而他不了解的一些学界情况，当然还有他每次都念叨的某些海外学人的情况。

拉拉杂杂地谈了很长时间，其间有几批访客，都让李老师以季先生不在家的话给拒之门外。到了吃饭的时候，季先生还要听我说话，所以他一边吃着粗茶淡饭，一边听我讲话。我过去曾陪同季先生到泰国参加华侨崇圣大学建校典礼，觉得他对于眼前的山珍海味从不拒绝，所以身体强健，这回看着他吃花生、咸菜，喝稀粥，啃馒头，才知道这才是他的长寿秘诀。

季先生习惯早睡，等他吃完饭，我就告辞了。

这次辞别，是我最后一次见季先生。但他刚刚住进301医院的时候，仍在写《龟兹佛教史》，不时还托人向我借一些相关的书，比如贝利（H. W. Bailey）的《古代操伊朗语的于阗塞人的文化》（*The Culture of the Sakas in Ancient Iranian Khotan*）、《于阗语文书集》（*Khotanese Texts*）、《于阗语佛教文献集》（*Khotanese Buddhist Texts*）、刘茂才（Liu Mau-tsai）用德语翻译的《龟兹传》（*Kutscha und seine*

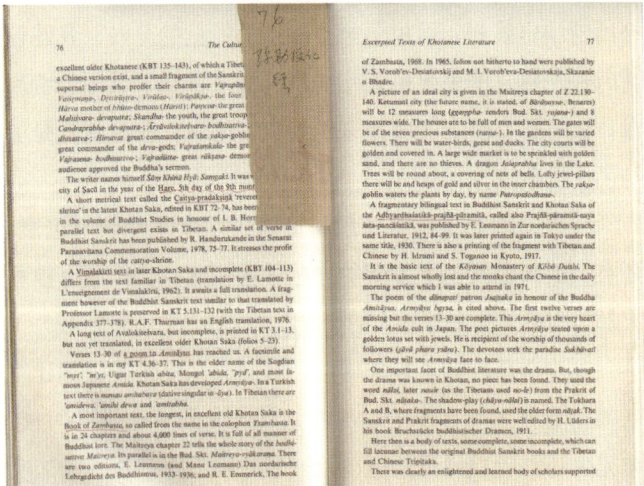

季先生在所借作者藏贝利《于阗语文书集》上的笺条

Beziehungen zu China）等等，我都是按照他的纸条，把书送到蓝旗营一位杨老师的家里，书拿回来时，里面都夹着笺条，季先生从来不在书上写眉批，他的字都写在这些纸条上。看着这些纸片上熟悉的文字，也就像看到季先生本人一样，感受到他那追求学术的性格，也好像看见他和蔼可亲的笑容。

今天，季先生走了，我写这篇文字，送他一程……

（2009年7月11日完稿于北京大学，原载香港《明报》2009年7月15日副刊《世纪》。）

季羡林先生与书

　　一个学者都是喜欢书、爱护书的，在我接触的老一辈学者当中，大概季羡林先生是我所见到的一位最爱书的人了。

　　从20世纪80年代初开始，因为参加季先生在北京大学主持的"西域研究读书班"，开始有机会到季先生家里去问学。以后因为先后帮助季先生编辑《敦煌吐鲁番文献研究论集》（第1—5辑，1982—1990年）、《纪念陈寅恪先生诞辰百年学术论文集》（1989年）、《敦煌吐鲁番研究》（第1—5卷，1995—2001年）等书刊，所以有更多的机会去季先生在朗润园13公寓的住所去请益。特别是在80年代末、90年代初的一段时间里，他在考释吐火罗语《弥勒会见记剧本》时，我帮他查找一些有关的资料，借阅北大、北图的一些外文书刊，所以有更多的机会登堂入室，在季先生的书房里海阔天空地聊天。

季先生在安静的未名湖后湖畔的13公寓东面这个单元的一层有两套房子，西面的一套主要是起居、会客的地方，以前老祖和他夫人也在那边，所以是生活空间。东面的一套是书房，聊天的地点主要是在东面。找季先生的人都是敲西边的门，所以一般并不影响季先生的工作，我们熟了以后，有时候就直接敲东面的门，季先生也知道敲东边门的人不是一般的访客，所以都会开门延入。

进门是个窄窄的过道，放了几个书架，上面是些不常用的书。里面有三个书房，大小居中的一间四壁放的主要是佛学方面的书，包括一套原版的《大正新修大藏经》，中间一个方桌，看这些大书时可以放在上面阅读。最大的一间四周都是书架，上面的书范围很广，包括有关西域、印度等方面的书，比如有一套绿色封面精装的"德国梵文学家文集丛书"，就放在一进门的书架上，整齐又有震撼力。房间中部有个大桌子，周围是沙发凳子，靠窗户处还有一个躺椅，我们就坐在桌子的四周聊天，有时把书摊开讨论。里面是一间小房间，是季先生写作的主要地方，放的是一些他写作时要在手边用的书，还有就是书桌旁的一个有书架那么高的保险柜，好像主要是存放季先生的手稿，因为我看到过他从里面拿手稿出来，然后又放了回去，并且上了锁。后来房间不够用，又把封闭的阳台当作一间书房，季先生早上起得很早，阳光很好，又不热，所以这里成为又一个写作的美好天地。

　　看着书架上这么多好书，有些是图书馆里也借不到的专业书，我很想借去阅读，但不敢开口，因为我听其他人说，季先生一般是不借给人书的。我曾经向邓广铭、周一良等先生借过书，他们都很热情，但我轻易不敢问季先生为什么不借书给人。

　　有一次，季先生问我认识不认识历史系一位搞佛教考古的老先生，我说认识。季先生又问我去没去过他家里，我说去过。季先生说："你什么时候去他家的时候，帮我看看有一本《大正藏》第19卷放在什么地方，回来告诉我在客厅还是书房的哪个书架的第几层。"他解释说这一本《大正藏》是从他这借去不还的，他的整套《大正藏》成了残书，而且这本是《密教图像部》，经常要用，可是却无法使用。他说等我侦查清楚在什么地方，他就找个机会冲进他家，拿起那本《大正藏》就跑，完璧归赵。我听着这像小孩子淘气般的话，看着的却是非常认真的面部表情，我感到他对书的那种挚爱，可以说到了无以复加的地步。我虽然不敢遵照他的指令去那位老先生家去侦探，但我明白了季先生为什么不借书给人了。季先生是一位学者，他对书的热爱是和做学问紧密联系在一起的，没有了书，影响了他的治学，他那焦急的心情可想而知。

　　后来，他的日本学生辛嶋静志在日本东京神保町的旧书店里买到了这卷《大正藏》的零本，作为"束脩"奉献给老师，使季先生的《大正藏》终于成为"完璧"。以后，那位老先生也已作古，季先生也就再也没有提到这事了。季先生在治学中非常重视《大正藏》，这只要看看他的论著就一目了然，所以当我获得霍英东基金的奖学金后，他第一句话就是"去买一套《大正藏》"。从我当时的主要需求来说，不是在图书馆能够看到的《大正藏》，而是一些伊朗学方面的西文书，所以我1991年去欧洲时，用这笔经费购买了一批西文书，包括 W. B. Henning 的 *Selected Papers I–II*（Acta Iranica 14–15, Leiden: Brill, 1977），M. Boyce 的 *A Reader in Manichaean Middle Persian and Parthian.*（Acta Iranica 9, Teheran and Liege 1975）和 *Word-list of Manichaean Middle Persian and Parthian*（Teheran and Liege 1977）等等，这些在当时的国内是找不到的书。

说季先生不借给人书，那也不是绝对的，一些其他地方都没有的书，我也只好鼓足勇气向季先生开口，而每当这时，季先生都会非常痛快地把书借给我。回想起来，这样的借书前后共有三次。

一次大概是在1991–1992年前后，那时我和邓文宽先生正在一起整理敦煌市博物馆藏本《六祖坛经》，在季先生家看到韩国金知见寄赠给他的所编《六祖坛经的世界》（汉城：民族社，1989年）一书，其中不仅有金知见的《校注敦煌六祖坛经》一文，还有中国社会科学院宗教研究所杨曾文先生的《敦博本〈坛经〉的学术价值》一文，文中附有敦博本《坛经》首尾照片，是敦博本原貌的首次公之于众。所以，这本书是非看不可的，只好向季先生开口，并得到他的慨允，借了出来，还把相关的两篇文章做了复制。我和复印的人商量，由我亲手来印，不能压的太重，免得损坏了图书。

另一次大概也是在借《六祖坛经的世界》的前后，这次借书似乎有点底气，因为我向他借的是Werner Thomas的 *Tocharische Maitreya-Parallelen aus Hami*（Sitzungsberichte der Wissenschaftlichen Gesellschaft au der Johann Wolfgang Goethe-Univeristat Frankfurt, XXVII, 1. Stuttgart 1990） 和 *Zwei Weitere Maitreya-Fragmente in Tocharisch A.*（Stuttgart 1991）。这是我1991年上半年在英国时，从德国订购并让 Otto Harrasowitz 书店直接寄给季先生的，因为我知道那时他正在研究吐火罗语《弥勒会见记剧本》，所以买了送给他。借出来这两本小册子一看，原来作者是根据季先生已经发表的焉耆出土残卷来和季先生商榷的，但愿我从那么老远寄给他的书没有让他不高兴。他借给我这两本小册子时，评价了几句Thomas的工作，但说了些什么，我现在一点儿也想不起来了。

还有一次是他的《新疆博物馆藏甲种吐火罗语弥勒会见记残卷》的英文本（*Fragments of the Tocharian A Maitreyasamiti-Nataka of the Xinjiang Museum, China.* Transliterated, translated and annotated by Ji Xianlin, in collaboration with Werner Winter and Georges-Jean Pinault, Berlin and New York:

Mouton de Gruyter, 1998）出版后，我在翌年的北京国际书展上看到，但只能翻翻，无法阅读。后来季先生收到了样书，正好汤一介先生让我给《季羡林与二十世纪中国学术》写一篇文章，我就想写季先生关于吐火罗语《弥勒会见记剧本》的研究，但手边无书，只好去向季先生借他那里的英文原版，季先生当时只收到一本，马上借给我了。我随后撰写了《敦煌吐鲁番研究的典范——〈吐火罗文弥勒会见记译释〉读后》（载乐黛云编《季羡林与二十世纪中国学术·纪念季羡林教授九十寿辰》，北京大学出版社，2001，42–46页），但并没有马上归还，心里还寄希望季先生会不会再得到几本样书，发慈悲心让我留下这本。但德国的出版社没有这么大方，季先生也只得到这么一本，所以李老师不久就来要书了，我也只好爱而释手。

季先生一般来说不外借书，但他却大方地送给人自己的著作。粗粗看看寒斋书架上的藏书，其中季先生陆续送给我的书就有：《印度古代语言论集》（中国社会科学出版社1982年版）、《罗摩衍那》（8卷，人民文学出版社1984年版）、《佛教与中印文化交流》（江西人民出版社1990年版）、《季羡林学术论著自选集》（北京师范学院出版社1991年版）、《季羡林序跋集》（四川人民出版社1991年版）、《留德十年》（东方出版社1992年版）、《季羡林佛教学术论文集》（台北东初出版社1995年版）、《季羡林文集》（24卷，江西教育出版社1995–1996年版）、《文化交流的轨迹——中华蔗糖史》(经济日报出版社1997年版)。他给我的书，都只写"赠新江"三个字，前后十多年，没有任何变化。季先生出版的书很多，有学术著作，也有散文，还有他人编辑的各种书籍，现在回过头来看他送给我的书，除了《留德十年》一种之外，都是纯学术著作。我知道季先生送给我这么多的书，目的是鼓励我成为一个纯粹的学者，今天看着这些书，就像看到季先生一样，因为书中的许多内容，他都给我讲述过，有的还不止一遍。

季先生走了，他的书还在……

今天是季先生去世一周年的忌日，谨以此文，寄托哀思。

(2010年7月11日完稿，原载刘梦溪主编《中国文化》第32期（2010年秋季号），2010年10月，1—3页。)

读书须先识字

——记王永兴先生的教诲

去年9月，王永兴先生不幸去世，他的弟子们倡议编辑纪念文集，我虽然不是王先生的正式弟子，但在他的几乎所有弟子成为他的弟子之前，我应当算是他给予教诲较多的"弟子"。

1978年我考入北大历史系中国史专业，和那些经过"文革"的大哥哥、大姐姐们相比，显得年幼无知，他们中间有的人《资本论》读过两遍，有的通读过《资治通鉴》，而我除了《水浒传》一百单八将的绰号背得滚瓜烂熟外，其他好像没读过什么正经的书，所以开始的一年多，都在借助北大图书馆的丰富藏书，按照自己的兴趣，无目的地读书。

大三时，王永兴和张广达两位先生给我们开设"敦煌文书研究"课程。他们俩，一位"文革"时被发配到山西而不久前才调到北大历史系来任教，一位是二十多岁被打成"右派"而刚刚获得上课的权力，所以都非常认真地给

大学期间与王永兴、张广达先生在课间讨论，另二人是同学张建国、卢向前

我们讲课，在课下与学生的交流非常多，指导也非常多。当然，这门课的主要承担人是王先生。而我，因为是中国史班的学习委员，因此也就成为这门课的课代表了，我的工作就是协助老师们上好这门课。

王先生是我们敬仰的陈寅恪先生的弟子，给学生上课也秉承陈先生的做法，用一个大包裹皮兜着一堆书去教室，他当时住在未名湖北的健斋，而上课一般在文史楼，所以我每到上课的时候，就骑车先到健斋去接王先生，把他要带到课堂上的书挂在车把上或驮在后座上，和王先生一起，一边聊一边走向教室，上完课再送他回去。记得冬天下雪时，我也不敢骑车，就一手提着那个大包裹，一手搀扶着王先生，可惜那时候没有数码相机，如果把这个镜头记录下来，那的确是80年代初叶师生之间情谊的真实写照。

王先生上课，也是按照他从陈寅恪先生那里学来的方法，强调"读书须先识字"，所以他讲敦煌文书，就是一个字一个字地认，一个词一个词地考释。那时他以敦煌文书《天宝十载敦煌郡敦煌县差科簿》为例，来讲解敦煌文书的研究方法和史料价值。在此之前我们上的课都是"大路货"，政治事件、战争、经济制度、主要思想家和文学家的著作，如此等等，不涉及具体的问题。王先生的课"从小处着手，大处着眼"，对于敦煌《差科簿》记录的每一种色役，都做了详细的解说，并从其中某种役在唐宋时期的变化，来看某些制度的演变、人身依附的逐渐减轻等等问题，这些具体的问题是同学们平日较少深入的领域，所以大家听得津津有味，并不嫌繁琐。记得有一次王先生讲到"傔"，这是给节度使等高级官员当差的人员，像后来担任了安西四镇节度使的封常清，年轻时就曾是一个傔人。就这么一个我们过去从来没听说过的"傔"，王先生整整讲了一堂课，我们都十分过瘾，而那堂课正好来了教务处的人旁听，下课的时候问我们："有必要讲这么繁琐吗？"我们回答说："有用。"

就在王、张两位先生在北大开设"敦煌文书研究"课程的同时，北京图书馆通过交换的方式，换来了全部法国国立图书馆所藏敦煌汉文写本的缩微胶卷，北大图书馆马上复制了一套，同时也把先前北图所有的英国图书馆藏斯坦因所获汉文文书和北图所藏《敦煌劫余录》著录部分的缩微胶卷也一道购回，其中法、英藏卷中包含着大量的世俗文书，虽然20世纪60年代初公布的英藏世俗文书已经被日本学者先一步做了大量的研究，但当时的中国学界其实对于日本学者的研究成果了解不多，而法藏文书虽然有日本学者用挖宝式的方式获得了许多珍贵文书加以研究，但全部公开是70年代末的事情，所以对于大多数世俗文书来说，都还没有人整理研究过。——这就是80年代初我们热衷于敦煌研究的一个契机。

王、张两位先生不仅开设了"敦煌文书研究"的课程，而且由于他们的倡导，在他们周围也逐渐形成了一个敦煌研究的圈子，包括东语系的季羡林先生、历史系的周一良先生和宿白先生、中文系的周祖谟先生等等，都和这个圈子有或紧或松的联系，这些先生的研究生和我们78、79级中国史班的一些学生，更是在这个圈子里面。北大图书馆对于王先生为主导的这个敦煌研究小组给予很大的支持，特别把图书馆的219房间，作为并没有正式名称的这个敦煌小组的研究室，把图书馆新近购得的法、英、中三国所藏敦煌卷子的缩微胶卷全部存放到这个研究室里，还特别允许我们从图书馆的书库中选取几百本书，集中放到这个研究室，为这个圈子的人来使用。北大图书馆有老北大、燕京、中法大学三个学校合并的图书，特别是敦煌学家向达先生曾任馆长，其所藏有关敦煌的中外文图书在国内可以说是首屈一指的，张广达先生又以其对中外图书的熟悉，把大批极富参考价值的图书集中起来，这中间包括罗振玉只印了一百套的《鸣沙石室佚书》，有日本敦煌学的"金字塔"《西域文化研究》六大册，有钱玄同送给胡适的签名本《敦煌零拾》，有斯坦因、伯希和等西域考察探险家的考古报告和调查记录，有西方语言学家关于于阗、粟特、回鹘、藏文的研究著作，比如我经常翻阅的 *Khotanese Texts* 等等。我作为学习委员，也负责这个研究室，我拿着这个屋子的钥匙，所以除了上课的时间，我都在这个屋子里"值班"，这既给我浏览全部敦煌文书缩微胶卷的机会，也使我得以饱览集中到这个研究室中的敦煌学著作。不论是老师还是研究生来，都是我帮他们找到要看的那卷缩微胶卷，或者是相关的图书。这中间来的最多的当然是王先生，所以我和王先生的来往也就日益密切，我经常把他从图书馆借的书送到他健斋的家里，因为他那时一个人住，所以后来连换煤气罐、到邮局送信发电报之类的活，都是我来帮他做的了。

　　王先生给每个选修"敦煌文书研究"课的同学选择一件文书，按照他讲授的方法，先做字词的注释，然后做历史的考释，最后结合其他文书和文献材料，来讨论本文书所能推进的历史问题。王先生当时交给我的文书是 P.3016

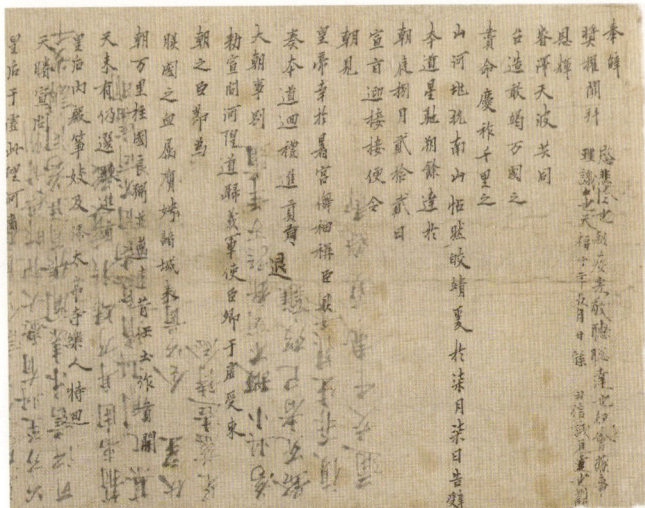

确定笔者研究方向的 P.3016 号文书

号文书，文书的正面是题签不详的书和一件牒文，背面是正倒相间抄写的五件牒状，其中包括《天兴七年十一月于阗回礼使索子全状》和《天兴九年九月西朝走马使□富住状》，这里的"天兴"被日本学者那波利贞看作是北魏的年号，但我很快就发现这是于阗王国的年号，年代应当在与敦煌的归义军时代相仿的唐末五代宋初。我感到我没有能力做这样一件文书，因为一来我一直在抄有关经济史方面的资料卡片，比如《白孔六帖事类集》中的"格"呀、"式"呀之类；二来我作为本科三年级的学生，图书馆规定不能进外文期刊阅览室，我从一些目录上知道于阗的研究散在许多西文日文刊物上，可是我没法进一步阅读。邓小南从王先生那里领到的文书是 P.2555《肃州刺史刘臣璧答南蕃书》，和吐蕃史有关，与她自己感兴趣的制度史无关，所以她和我一起找到王先生，希望给我们换个题目。王先生脾气很拧，说这是练习，谁都不能换文书，他让邓小南去民族学院找治藏学的王尧先生，让我去和张广达先生好好谈谈这篇文章怎么做。

后来我战战兢兢地和张广达先生谈话，说要做于阗的研究，需要看 Harold Bailey 的文章，而我连外文期刊阅览室都无法进去，所以没办法做这件文书。结果张先生把他在"文革"期间用长镜头的照相机和过期相纸拍的一篇又一篇的 Bailey、Pulleyblank、Hamilton 等人的文章借给我，我一篇篇地读，然后和张先生讨论，最后完成我第一篇文章《关于唐末宋初于阗国的国号年号及其王家世系问题》的初稿，经过张先生的反复修订补充，大概经过近两年的时间最后完稿，发表在王、张两位先生主持，以中国中古史研究中心名义编辑出版的《敦煌吐鲁番文献研究论集》（1982 年）中。由于王先生为我选择的文书，把我送上了西域研究的方向，所以我在大学的最后两年里，主要是阅读西域史和西北史地方面的论著，等到最后考隋唐史的研究生时，王先生曾经表示希望我回过头来跟他做隋唐史，但那时我已经在西域史上走得很远，而在隋唐史方面落后于其他同学了，所以我还是选择了跟从张广达先生学西域史，当时的系主任周一良先生也确定我为张先生的研究生。

从上研究生到毕业以后的一段时间里，我虽然仍协助王先生编辑《敦煌吐鲁番文献研究》（共出五辑），但因为专业的关系，受到王先生教诲的时间越来越少，但他在我大学期间给予的训诂、考证、补史、证史方面的教育，让我一直受益匪浅，也感激不尽。

（2009年4月13日完稿，原载《通向义宁之学——王永兴先生纪念文集》，中华书局，2010年6月，208–212页。）

季羡林先生《西域佛教史》读后

《西域佛教史》是季羡林先生晚年的著作，收入《季羡林全集》第16卷①，据卷前说明，这是作者为《中国佛教史》撰写的专著，原拟题"龟兹佛教史"，完成于2001年4月。从本书的内容来看，既不是一部完整的"西域佛教史"，也超出了原拟的"龟兹佛教史"范围，季先生的本意显然是要写焉耆、龟兹的佛教史，大概只是因为其中的第9节"弥勒信仰在新疆的传布"包括了于阗等地的内容，所以称之为"西域佛教史"，其实从整部书和作者的本意来说，应当叫作"龟兹、焉耆佛教史"更恰当一些。

这部书共分十节，分别是（1）两地的名称；（2）中国史籍中有关两地的记载；（3）中国西行求法高僧行纪中有关两

①《季羡林全集》第16卷《学术论著》八《佛教与佛教文化》（二），北京：外语教学与研究出版社，2010年4月。

地的情况，特别是佛教信仰的情况；(4) 佛教传入龟兹和焉耆的道路和时间；(5) 吐火罗文A、B两方言（焉耆文为A，龟兹文为B）中的佛教经典；(6) 鸠摩罗什时代及其前后两地的佛教信仰；(7) 玄奘时代及其后两地的佛教信仰；(8) 龟兹研究三题；(9) 弥勒信仰在新疆的传布；(10) 龟兹之密宗。

季先生出生于1911年，写作本书时年事已相当高，像如此高龄的人，一般是不再做新的研究工作了，但季先生有一股"生命不息、战斗不止"的劲头，从来不服老，所以在近九十高龄的时候，仍然奋笔写作这样一部"西域佛教史"，真的是让人无比敬佩。然而，我们从学术的立场上也应当承认，"西域佛教史"也罢，"龟兹、焉耆佛教史"也好，都是极其难治的学问，因为这不仅需要透彻地了解汉文文献的相关记载，还要熟悉散在世界各地的梵文、吐火罗文文献的内涵和研究成果，还有就是要对当地的佛教石窟、寺院的遗存和从中发掘而得的各种佛教文物及其研究成果有相当程度的把握，如果延续到回鹘到来以后的时期的话，那还需要对回鹘文文献有所了解。因此，这不是一件容易的事情，所以也是一直没有一个人能够独立完成的著作。从中国学术界来说，季先生由于掌握汉文、梵文、吐火罗文文献资料，是撰写"龟兹、焉耆佛教史"的一个最佳人选，这大概也是季先生想在生命的最后一段时间里努力撰写这样一部著作的某些缘由。

但毕竟年龄不饶人，正像本书的责任编辑柴剑虹先生告诉笔者的那样，这部书的有些部分，与其说是著作，不如说是札记。的确，许多有关龟兹、焉耆历史发展和佛教状况的史料只是抄录在一起，没有详细的分析。其实季先生在抄录这些材料时，是做过研究的，比如对于两《唐书·龟兹传》的记载，他就找我借去刘茂才的德译本及注释[①]，加以对比研究。但我们现在从出版的这部《西域佛教史》的相关部分，看不出作者这些研究的成果，估计是还没有系统地写出来，所以就没有写在正式的稿本上。因此，我们不能把这部《西域佛教史》当作季先生的完整著作来看，只能说这是一部"龟兹、焉耆佛教史"的初稿或半成品。

即便说这部《西域佛教史》是一部初稿，但仍然有两点值得表彰。

第一点是，本书利用了大量吐火罗语的文献来研究龟兹、焉耆的佛教史。我们知道，有关龟兹、焉耆佛教史的最基本资料，应当是汉文文献中的佛经目录、序跋、高僧传记和求法僧的记录，当地出土的梵文佛典、吐火罗语佛典及题跋和当地的寺院文书，当地佛寺、洞窟遗址的现状和此前从这些佛教遗址中发现的文物。早期的西域佛教史研究，主要靠传世的汉文文献材料，如羽溪了谛的《西域之佛教》[②]。以后随着19世纪末、20世纪初西域出土的写本

---

①Liu Mau-tsai, *Kutscha und seine Beziehungen zu China*. Wiesbaden 1969.

②羽溪了谛《西域之佛教》，法林馆/森江书店，1914年。贺昌群译本，北京：商务印书馆，1999年。

佛典和文物资料的陆续发表以及解读研究，人们对于西域佛教史的认识也是日新月异，但由于资料的发表并非一日而就，而像吐火罗语这样的"死文字"的解读也延续了很长时间，所以迄今并没有非常理想和全面地利用这些所有基本资料来撰写的佛教史，即便是多人执笔的著作，也并不能全面，更何况一个人执笔的著作，更难兼顾。如普里（B. N. Puri）的《中亚佛教》[①]、李特文斯基（B. A. Litvinsky）的《西域佛教史》[②]、耶特玛尔（K. Jettmar）主编《伊斯兰时代以前的中亚宗教》[③]等书，也都难以全面。季先生的这本《西域佛教史》的第5节，利用西克（E. Sieg）、西克灵（W. Siegling）刊布的《吐火罗语B方言写本残卷》[④]和《吐火

[①]B. N. Puri, *Buddhism in Central Asia* (Buddhist Traditions 4), Delhi 1987.

[②]B. A. Litvinsky, *Die Geschichte des Buddhismus in Ostturkestan* (Studies in Oriental Religions 44), Wiesbaden 1999.

[③]K. Jettmar (ed.), *Die vorislamischen Religionen Mittelasiens*, Stuttgart: Verlag W. Kohlhammer, 2003.

[④]《吐火罗语B方言写本残卷》指以下三本书：(1) E. Sieg and W. Siegling, *Tocharische Sprachreste, Sprache B*, Heft 1: Udānalankāra−Fragmente, Text, Übersetzung und Glossar, Göttingen: Vandenhock & Ruprecht, 1949; (2) E. Sieg and W. Siegling, *Tocharische Sprachreste, Sprache B*, Heft 2: Fragmente Nr. 71−633, aus dem Nachlaß, hg. V. W. Thomas, Göttingen: Vandenhock & Ruprecht, 1953; (3) E. Sieg and W. Siegling, *Tocharische Sprachreste, Sprache B*, Teil I: Die Texte. Band 1: Fragmente Nr.1−116 der Berliner Sammlung, neubearbeitet und mit einem Kommentar nebst Register versehen von W. Thomas, Göttingen: Abhandlungen der Akademie der Wissenschaften zu Göttingen, 1983.

罗语A方言写本残卷》①，分别对本自焉耆的吐火罗语A方言
（一称焉耆语）所写文献和本自龟兹的吐火罗语B方言（一
称龟兹语）所写文献做了详细的介绍，也包括法国学者列
维（Sylvain Lévi）刊布的龟兹语文献②，和作者本人刊布的
焉耆语《弥勒会见记剧本》③，等等，比较全面地用汉文揭示
了吐火罗语佛典的基本内涵。虽然作为读者，特别是像我
这样的吐火罗语的外行，可能会感到介绍的文字太过简略，
有许多梵文专有名词也没有汉译出来，但这对于汉文学术
圈的读者来说，无疑是最详细的介绍了，是具有开创性的
贡献。同样的贡献，也见于第10节讨论龟兹的密宗时，根
据列维④和菲利奥札（J. Filliozat）⑤刊布的巴黎所藏龟兹语

①按，季先生在介绍这部分内容的前面没有给出他的根据（196–
197页），但不难知道所据应当就是《吐火罗语A方言写本残卷》一书，
指E. Sieg and W. Siegling, *Tocharische Sprachreste, Sprache A*, I Band. Die
Texte. A. Transcription, Berlin–Leipzig: de Gruyter, 1921.

②S. Lévi, *Fragments de textes koutchéens(Udānastotra, Udānalamkara
et Karmarvibhanga)*, Paris 1933 .

③*Fragments of the Tocharian A Maitreyasamiti-Nataka of the Xinjiang
Museum, China,* transliterated, translated and annotated by Ji Xianlin, in
collaboration with Werner Winter and Georges–Jean Pinault, Berlin and New
York: Mouton de Gruyter, 1998. 参看荣新江《敦煌吐鲁番研究的典范——
〈吐火罗文弥勒会见记译释〉读后》，乐黛云编《季羡林与二十世纪中国
学术·纪念季羡林教授九十寿辰》，北京：北京大学出版社，2001年，
42–46页。

④S. Lévi, "On a Tantrik fragment from Kucha（Central Asia）",
Indian Historical Quarterly XII, 1936, pp. 197–214.

⑤J. Filliozat, *Fragments de textes koutchéens de Médecine et de Magie*,
Paris 1948.

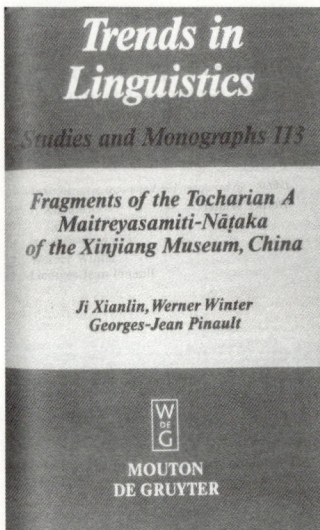

季羡林著
《吐火罗文弥勒会见记译释》

的密教经典，做了详细的汉文翻译和注释。这些文献出自龟兹本地，对于相关问题的论证无疑是有参考价值的。

第二点是，季先生在书里提出了一些龟兹、焉耆佛教史研究中应当注意的问题，虽然限于材料，有些问题目前还无法解释，但这些问题的提出是作者积数十年的研究心得而发出的。我以为这些问题非常值得关注，现将部分问题抄出，以提示我们今后需要留意的问题：

（1）在谈到法显时，季先生说："最后，我还想提出一个问题来：龟兹一向是丝绸之路中道重镇，经济发达，佛教兴隆，为什么法显已经到了焉耆，龟兹近在咫尺，他却不亲临其地，而是从焉耆'直进西南'，到了于阗？其中必

有原因，有待于我们进一步地探索。"（148页）

（2）在讨论龟兹、焉耆的大乘与小乘问题时，季先生说："总之，B残卷中有大量的大乘经典，这是彰明较著的事实。这与A方言形成了明显的对比。其原因何在？殊大有探讨的必要。我们已经知道，大乘佛教在龟兹地区曾经流行过。到了玄奘时代，是否还有人信仰大乘，钻研大乘经典，这是一个问题，我们还无法回答。"（190页）

（3）在讨论玄奘《大唐西域记》记阿耆尼（焉耆）佛教僧徒"经教律仪，既遵印度，诸习学者，即其文而玩之"和记屈支（龟兹）僧徒"经教律仪，取则印度，其习读者，即本文矣"两段文字时，提出一个重要的问题："'即其文而玩之'……也就是根据梵文来研习，用不着译文。那么，我们今天发掘出来的数量颇大的吐火罗文A残卷，又该做怎样的解释呢？玄奘似乎没有注意到这些残卷——当时或者还不残——，以玄奘之精细，这种情况颇难以解释。"（234页）"玄奘在这两地只强调印度的影响，只强调梵文的佛经，对吐火罗文A、B二方言所译的佛经似乎毫无所知，我上面已经说过，殊不可解。"（236页）在20世纪80年代初，季先生曾领衔主持玄奘《大唐西域记》的整理，出版了详细的校注本[1]，并撰写了长篇导言《玄奘与〈大唐西域记〉》，所以对于玄奘的记录尤为关注，因此可以提出这样

---

[1] 季羡林等《大唐西域记校注》，北京：中华书局，1985年。

尖锐的问题。季先生在书中没有接着做出解释,给我们晚辈留下继续研究的空间。这里不妨试做一个方面的解释:我们从《大慈恩寺三藏法师传》中不难看出,玄奘因为是一个大乘信徒,所以很看不起焉耆、龟兹的小乘教徒①,这或许导致他根本不关心这些小乘教徒用自己的语言(吐火罗语)所写的文献了。

(4)在讨论慧超记载龟兹的"汉僧行大乘法"时,季先生问道:"我们不明白,汉僧究竟住在什么地方。是长期留住的汉僧呢?还是临时路过此地而挂单的?还有一个更深层的问题:为什么汉僧独独喜欢大乘?这一点在整个中国佛教史上都有所流露。难道信仰小乘或信仰大乘竟与民族性有联系吗?这些,我认为,都是非常有趣的问题,须要认真探索的。"(237页)对于龟兹汉僧的来历及住地问题,我曾在《慧超所记唐代西域的汉化佛寺》一文中略有涉及②,指出他们大概是随着唐朝势力的进入西域而来的,并且建立了统辖整个安西四镇地区的僧官系统,其最高僧官领袖——都僧统,就驻锡在龟兹王城西面不远的库木吐拉石窟。至于龟兹汉僧信仰大乘的问题,广中智之在《慧超所见于阗大乘佛教的戒律》一文中③,也有相关的探讨,读

①《大慈恩寺三藏法师传》卷一,北京:中华书局,1983年,25–26页。

②《冉云华先生八秩华诞寿庆论文集》,台北:法光出版社,2003年,399–407页。

③《敦煌学辑刊》2005年第4期,67–76页。

者可以参考。

季先生提出的以上这些问题，都是非常值得我们思考和关注的，也指明了今后研究的方向。谨此两点，可见季先生《西域佛教史》一书虽然是未定稿，但其中不时闪烁着作者的智慧结晶。

季先生这部书搁笔于2001年4月。最近十年来，有关龟兹佛教方面的研究又有了不少的进步，不妨借这个机会，略述一二。

在吐火罗语文献方面，由于一些年轻学者的努力，基本上调查清楚了世界各地收藏的文献状况，这些报告集中发表在2007年出版的Melanie Malzahn主编《吐火罗语文献导论》一书中①。我们也可以通过这本书，大体上了解西方关于吐火罗语文献解读研究的主要成果。2008年，皮诺（Georges-Jean Pinault）出版了《吐火罗语文献选读：文本与语法》一书②，其中包括四百多页的吐火罗语文献的转写、翻译、与梵文本的对照研究、词汇解释等。这些著作以及许多单篇论文的出版，对于我们今后利用吐火罗语文献研究龟兹、焉耆佛教史，都提供了较西克、西克灵时代更为丰富的材料。

---

①M. Malzahn（ed.）, *Instrumenta Tocharica*, Universitätsverlag Winter GmbH Heidelberg, 2007.

②G.–J. Pinault, *Chrestomathie Tokharienne. Textes et grammaire*, Leuven–Paris: Peeters, 2008.

　　与吐火罗语佛典同时出土于龟兹、焉耆地区的梵文佛典，也是研究这两地佛教的重要依据。其中德国吐鲁番探险队所获梵文佛典，其实主要是出自龟兹、焉耆地区，经过长年不懈的努力，这些佛典残片已经集中在《吐鲁番发现的梵文写本丛刊》中刊布，到2008年为止，已经出版了十卷[1]。如果把这些语言学家和佛教学家整理出来的文献残片，对号入座地放回到龟兹、焉耆古代遗址当中，再结合吐火罗文佛典、汉文文献和其他佛教遗存，一定会对两地佛教史产生进一步的深入看法。

　　相对于西方学者对于梵文、吐火罗文文献的整理与研究，近年来国内学术界、特别是新疆龟兹石窟研究所（现为新疆龟兹研究院）的学者们则在石窟寺的考古调查、壁画内容的解读等方面做出了许多贡献。作为石窟寺研究的基本建设，龟兹石窟研究所经过长年的积累，2000年出版了《克孜尔石窟内容总录》（新疆美术摄影出版社），2008年出版了《库木吐喇石窟内容总录》、《森木塞姆石窟内容总录》，2009年出版了《克孜尔尕哈石窟内容总录》（以上三种均为文物出版社出版）。这些著作对于每个洞窟的位置、形制、雕刻和壁画内容和现状，都做了详细的记录，大多数洞窟都附有平面、剖面图，有些还有壁画的线描图，

---

[1] *Sanskrithandschriften aus den Turfanfunden*, pts. 1–10, eds., by E. Waldschmidt, L. Sander, H. Bechert, and K. Wille, Wiesbaden – Franz Steiner Verlag Stuttgart, 1965–2008.

每册书前有相关石窟的概述，有的还附有洞窟形制、佛教壁画内容、前人揭取壁画等事项的一览表，极便学者使用，是今后龟兹石窟研究必不可少的工具书。在相关的研究方面，霍旭初出版了《考证与辨析——西域佛教文化论稿》（新疆美术摄影出版社，2002年）、《西域佛教论考》（宗教文化出版社，2009年），陈世良出版《西域佛教研究》（新疆美术摄影出版社，2008年），史晓明出版《克孜尔石窟艺术论集》（新疆美术摄影出版社，2008年），王征出版《龟兹佛教石窟美术风格与年代研究》（中国书店，2009年），还有新疆龟兹学会编《龟兹学研究》第1–3辑（新疆大学出版社，2006–2008年）所收单篇论文，在佛教石窟艺术和龟兹地区的其他佛教遗迹的研究上，都有极大的推进，为全面探讨龟兹佛教史打下坚实的基础。

相对而言，有关焉耆佛教遗迹的研究却极为少见，这和我们从吐火罗语A所写文献而得到的焉耆佛教的辉煌景象，显然是不相符合的，希望今后这方面的研究得以加强。

（2011年1月29日完稿，原载《敦煌吐鲁番研究》第12卷季羡林先生纪念专号，上海古籍出版社，2011年7月，45–50页。）

邓恭三与陈寅恪

一到过春节，就会去给几位老先生拜年，虽然我在北京过年的机会也不是很多，但在的时候都会去拜年。拜年主要是听老先生们聊天，长见识。现在回想起来，记得最多的可能要数邓恭三（广铭）先生给我们讲的事了，他的话匣子一打开，就滔滔不绝，问什么讲什么，从学习方法、治学做人，到学人掌故，听得我们总是不忍离去，直到下一拨拜年的人把我们"赶走"。现在又是拜年的时候了，回想起来，我听得最多的是邓先生讲他和陈寅恪先生交往中的一些事情。

我们78级入学的时候，邓先生是系主任，给我们请了很多有名的学者来上课，我记得的有杨伯峻、王利器、马雍、李学勤、陈高华、刘乃和等等，他也自己做讲座，讲他治学的"四把钥匙"。在他讲到目录学的时候，拿着一本《四库全书总目提要》，以他自己编写《辛稼轩年谱》为例，

邓广铭先生1936年春在
老北京大学灰楼宿舍前

来提示目录学的重要。他很得意地说，清华大学教授陈寅恪先生看到他的《〈辛稼轩年谱〉和〈稼轩词疏证〉总辨正》后，要从城外的清华园跑到城里来"亲造其门"，前来拜访他。后来我读到陈寅恪先生的《邓广铭宋史职官志考证序》（1943年1月作于桂林），更加钦佩邓先生的学问，也从中看出陈寅恪对年轻的邓恭三有如伯乐识马，一眼看中这是个人才，所以极力推崇。寅恪先生称赞年轻的邓恭三道："其用力之勤，持论之慎，并世治宋史者，未能或之先也。……神思之缜密，志愿之果毅，逾越等伦。他日新宋学之建立，先生当为最有功之一人，可以无疑也。"邓先生这篇长文有陈寅恪的序，加上发表在当时最高水准的《中央研究院历史语言研究所集刊》上，也就使邓恭三在中国史学界站稳了脚跟，甚至说奠定了坚实的学术地位。

有一次说到作序，邓先生说陈寅恪先生一生给别人作的序不多，他曾听陈先生说，在抗日战争的艰苦环境下，写序也不是一件容易的事。总的来看，寅恪先生写的序的确不多，但每写一序，都有创见。后人在谈论寅恪先生对中国历史的总体看法时，时常引用一句话，就是"华夏民族之文化，历数千载之演进，造极于赵宋之世"，以说明他对于宋朝历史地位评价之高。此话即出自给邓恭三《宋史职官志考正》所写的序中。其实在寅恪先生说这句话的时候，宋史研究还很薄弱，后人对于宋朝历史贡献的阐释还不足以支撑他的说法，而真正把宋代历史全面加以阐述的，应当是恭三先生的贡献，他通过对王安石、岳飞、辛弃疾、

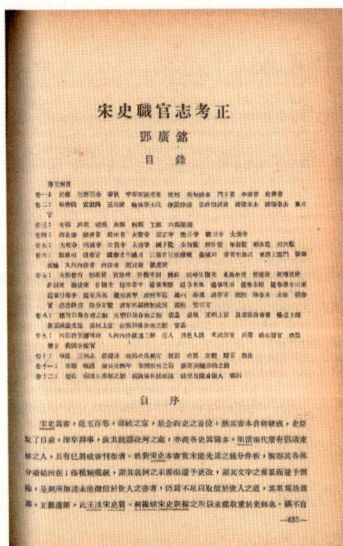

《宋史职官志考正》

陈亮等人物的论述，让世人了解到，不论在政治，还是在文学、思想方面，赵宋一朝的华夏民族文化都达到了怎样高的境界。

关于这篇序，邓先生还和我说起一件事：这篇序在《史语所集刊》发表时，文中都用"先生"来指称邓广铭。恭三先生看到后，就给寅恪先生写信说：按照辈分，您不能称我这个晚辈为"先生"。寅恪先生说：那好，以后如果结集出版，就改作"君"。可是这篇序在1980年由上海古籍出版社印入《金明馆丛稿二编》时，仍然用的是"先生"。于是邓先生写信给编辑此书的蒋天枢先生，说你的老师答应我把序中的"先生"都改成"君"，你怎么还用"先生"呢？蒋先生回信说：他受命编校先师的文集，其实每个字都是寅恪先生自己确定的，他只做编校工作，而不敢改动一字！这件事一方面可以看出恭三先生对于长辈的尊敬和爱戴，一方面也表明寅恪先生对于邓恭三学术成就的再认定。而我们可以从这次通信中了解到，上海古籍版《陈寅恪文集》的每个字，都是陈先生本人"钦定"的，虽然有些文字恐怕在当时的环境下出版时有所省略，如"晚岁为诗欠砍头"的"砍"字用了我们整理敦煌文书时处理残字的"□"，其实原本没有缺字，这是我后来在香港徐伯郊先生收藏的寅恪先生夫人抄送友朋的亲笔诗笺上看到的。今天的三联版虽然把这些文字补上了，但整个文集的文字已经不能说是寅恪先生自己钦定的了。恭三先生的一番话，对于我们研究寅恪先生，还是很有参考价值的。

邓先生不仅学问好，而且在驾驭文字上是很受当年长辈学者看好的。他其实有两个时期对中国学术的贡献非常之大，一是在抗战时期的昆明和李庄，他帮助北大文科研究所所长、后来是史语所所长的傅斯年先生写信；另一是抗战复原回到北平后，他作为北京大学胡适校长的秘书，代他起草或按其旨意给相关学者写信。1996年我第一次去台湾参观史语所的时候，图书馆员正在把邓先生的信扫描存档，如果我们有机会一一阅读这些信的话，一定会对那个时期中国的学术史有细致的了解。在和邓先生聊天的时候，他曾说道，当时傅斯年在李庄，最想把两个姓陈的人弄来，一个是陈寅恪，这是大家都能想到的，另一个则是陈独秀，这是大家恐怕想象不到的。大概1939–1940年的一段时间里，内迁的北大文科研究所和史语所都在昆明青云街靛花巷3号院，寅恪先生是史语所研究员兼北大文科研究所导师，恭三先生则是北大文科研究所高级助教，他们两位和其他老师一起同吃同住。傅斯年特意把他安排在寅恪先生的楼下住，这样寅恪先生一旦有什么事情，就用脚跺跺地板，恭三先生就会上楼来。邓先生说，每次到楼上，就看到寅恪先生既不看书，也不写字，多数时候是卧床呻吟，说我身体不行了，恐怕熬不了多久，但他总是说："如果我不写完这两稿，就死不瞑目！"所谓"两稿"者，即《隋唐制度渊源略论稿》和《唐代政治史述论稿》。可见，寅恪先生对于他这两部书的自我期许，而这两本篇幅不大的书，的确成为中国中古史划时代的"巨著"，影响极其深远。

谈到《唐代政治史述论稿》，邓先生还和我说起一件事情。寅恪先生此书完稿后，交重庆的商务印书馆出版。正好恭三先生1942年春应聘到重庆主编《读书通讯》，后来又在迁到北碚的复旦大学史地系任教，于是寅恪先生就把这本书的校对工作托付给他。他数次抱着寅恪先生的手稿，在日寇飞机炮火的轰炸中，传送稿件。可是他辛辛苦苦忙到最后，商务的编辑说原稿没有了，硬说是邓先生给丢了，因为当事人只有两位，所以邓先生有口难辩，背了一个黑锅。此书于1943年5月在重庆出版，虽然是战争时期，但很快产生了不小的影响。读这本书的人恐怕都不知道恭三先生在背后所做的贡献。到了1985年，这部书的稿本居然重显于世。上海古籍出版社根据曾在上海浙江兴业银行任职的民族资本家、上海市政协委员王兼士保存的稿本，影印出版。邓先生看到这个影印本后，笑着对我说：我应当找当年的那个编辑去打官司，这书不是没丢吗？他大概是还给了陈先生，却说是给我了，陈先生的书若是丢了，我怎么担待得起！

在陈寅恪先生与大家一起住的时候，傅斯年还给恭三先生另外一个"任务"，让他每天大家一起吃饭后，把寅恪先生在饭桌上聊天的话记录下来。我过去从照片上看陈先生，都是非常文弱的样子，想象不出来他在大家面前说话的神态。邓先生告诉我，寅恪先生说起话来，别人是插不上嘴的，往往一顿饭，都听他在讲，其中当然很多话是在谈学问，所以孟真先生希望记录下来。邓先生说，他们当时朝夕相处，没有特别感到这事的紧迫，而自己又于公于私都有不少事情要做，所以就没有逐日去记，后来想想，有点后悔。顺便说一句，我和朱玉麒君一起整理仓石武四郎《述学斋日记》，读到他记录陈寅恪在饭桌上的谈吐，说"陈氏论如利刃断乱麻，不愧静庵先生后起矣"，和邓先生说的情形正好相符。

在我们今天的晚辈看来，陈寅恪与邓恭三是唐史研究和宋史研究的两座丰碑。从年辈上来讲，寅恪先生是长辈，但他对邓恭三关爱有加，并且敬称为"先生"；而恭三先生虽然在后来陈寅老的纪念会上，当着寅恪先生众弟子的面说自己不敢冒称寅恪先生弟子，但实际上他对陈先生是以"师"相待。在兵荒马乱的民国时期，两位学者在多个场合不期而遇，"学术"像一条无形的丝线，把他们两位联系在一起，在各自的学术生涯中，为对方做了一些让我们永远难忘的事情。陈寅恪的故事今天已经被许多人翻来覆去地讲述着，而邓恭三的故事，则还有很多鲜为人知……

（壬辰正月初五/2012年1月30日完稿于香江，原载张世林主编《想念邓广铭》，新世界出版社，2012年4月，185—190页。感谢邓小南、聂文华两位对原稿的订正。）

冯其庸先生与西域研究

 我几乎不看报纸，一次偶然从"往复"上看到《光明日报》记者写的一篇短文，题为《西域学，在今天远航》，报导了中国人民大学国学院西域历史语言研究所建立的消息，并且谈到冯其庸先生为它的成立而前后奔波呼吁的"内幕"。看到这篇报导，倒是勾起我对旧话新题的一些记忆，随手写下，免得又如过眼烟云，被时间消尽。因为在国学院西域所的成立过程中，我也帮助冯先生做了一些力所能及的事情，从而也知道一点从这篇报导中所看不到的"内情"。

 自清代开边，不少学人由于种种原因到了新疆，于是嘉道以来，"西北舆地之学"颇为盛行，以徐松《西域水道记》为代表的学术研究成绩，受到法国大儒沙畹（E. Chavannes）的推崇，并间接影响到西域考古探险家斯坦因（M. A. Stein）。可惜的是到了清末民初，当西方列强在中国西北大肆进行考古发掘的时候，积贫积弱的中国，既没有正规的考古学，也没有"斯坦因"，所以北京书斋中的学者眼睁睁地看着伯希和（P. Pelliot）把西域各种胡语文献捆载而去。从资料的拥有上来讲，中国学术界已经落后了一大步，更何况要学会这些属于印欧、阿尔泰语系中的语言。要知道，这种语言学的训练在中国传统的学术里并没有太多的根基。

进入20世纪以后的西域学，在传统的利用丰富的汉文史籍外，解读西域当地的各种胡语文献就越来越重要了，这也使得这门学问逐渐走向"绝学"，和经世致用的"西北舆地之学"渐渐疏远。30年代初，从欧洲回国的陈寅恪先生，曾经跟从德国最好的中亚古文字专家缪勒（F. W. K. Müller）等学习过多种西域胡语，但我从他回国后写的文章和他后来卖给北大东语系的洋书上的眉批来看，他主要的功夫是在梵、藏、汉文佛典与敦煌讲经文的对证上面，而那些有关中古波斯文、粟特文、于阗文、回鹘文的著作上，很少有他的读书笔记。40年代回国的季羡林先生，也是德国最好的中亚语言学家训练出来的，但他面对的是个"巧妇难为无米之炊"的局面，不论是"混合梵语"，还是"吐火罗语"，既无原始文献，又没有欧洲出版的同行著作，难以开展真正的解读工作。"文革"期间，季先生在北大38楼打扫卫生的间隙中，翻译了梵文巨著《罗摩衍那》，但这已经和西域胡语距离遥远。听说"文革"以后季先生抱着八册中译本到德国送给他的老师瓦尔德施密特（E. Waldschmidt）教授，教授随手丢在地上说："我教你做的不是这个！"

季先生没法向他的老师解释清楚，只有埋首重来。80年代初，他在繁忙的校务工作（时任北大副校长）中挤出时间，在北大南亚研究所主持不定期的"西域研究读书班"，希望推动西域研究。我在上大学、研究生乃至变成青年教师后，在这个读书班里学到了很多东西。季先生自己当时正好得到新疆博物馆提供的焉耆发现的吐火罗语A方言《弥勒会见记剧本》的写本，开始着手解读，但当时的条件很差，从50年代以来有关吐火罗语的书籍几乎是空白，季先生所用的参考书，很多是我们这些学生出国留学、进修、开会时帮他复印或购买的，他在一篇文章中曾感谢我这位帮忙的"小友"，我也是当之无愧的。

西域研究发展到20世纪80年代，在语言、历史、宗教、考古、美术等等方面都有了深厚的积累，学术的分工也更加细致，在国际上，已经不可能有懂得多种西域胡语的"大家"了，如法国的伯希和、德国的缪勒或是英国的贝利（H. W. Bailey），因为不论是干阗语还是粟特语，也不论是突厥、回鹘，还是吐火罗、古藏文，每种语言的研究都已经发展成独立的学问，西方研究西域语言的专家，往往都是守住一门语言，而旁及其它。西域研究的其它领域，也和语言研究相似，更加专门，更加学术。但80年代以来，随着中国经济建设的重新起步，在"古为今用"的口号下，西域的纯学术研究并没有受到应有的重视；国家的经费还没有大量投入，学者个人的财力又十分有限。虽然西域研究的课题也像其它学术研究一样被有识见的学者所认知，但研究的深度受到资料信息的阻障，特别是国外学者有关西域胡语的研究成果，我们没有系统的图书储备，许多文献因为语言的障碍，更没有理解、消化。

90年代初，一些颇有成就的中年学者或则过早地去世，或则因故出走，或则提前退休，或则长期游学海外，用西文发表论著，对国内学术影响不大。于是西域研究迅速下滑，一些刚刚崭露头角的年轻学者，以后纷纷转行，只有少数学者在中外关系史、蒙元史、敦煌吐鲁番研究的范围内，惨淡经营。胡语研究人才的缺失，"后现代"对于汉文典籍记载的质疑，国际上批判民族主义的浪潮，也都给西域研究造成了负面的影响。那时，我常常慨叹，不知西域研究是否还有前景。

正是在这样一个困难的环境下，我认识了冯其庸先生；认识了关心、热爱西域研究的冯其庸先生；认识了成为中国西域研究巨大推动力的冯其庸先生。

本来，我所知道的"冯其庸"这样的名字，当然是和"红学"、和脂砚斋本《红楼梦》联系在一起的。后来，虽然在1995年有机会和冯先生一起到新疆吐鲁番开会，并一起访问龟兹石窟，但他是大人物，许多人前呼后拥，我只是仰望而已，对于冯先生一把年纪跑这么老远的新疆来，不明其理，对于他与西域的关系，更是所知不多。后来从友人朱玉麒、孟宪实那里，才更多地听到冯先生确实对西域"情有独钟"，曾经多次到新疆考察古迹、交通道路，追寻玄奘的行迹，同时用摄影的手法，记录天山南北的风光与遗迹。再后来，看了冯先生的摄影集《瀚海劫尘》，在艺术的美餐之余，从他的题诗中体会到一点儿冯先生在西域问题上的追求。从1986年以来，冯先生每次到新疆考察，都用散文记录下自己的行程，其中间有一些史地考证文字，如他的《西域纪行》、《秋游天山》、《流沙今语》、《两越塔克拉玛干》（以上均收入《冯其庸文集》卷一《秋风集》）。他自己常说，他去西域考察，是重走唐朝经西域前往印度取经的玄奘法师走过的路，他把自己的学术考察成果，陆续写成《玄奘取经东归入境古道考实——帕米尔高原明铁盖山口考察记》、《玄奘西天取经的第二个起点——〈吐鲁番市志〉序》、《流沙梦里两昆仑——玄奘东归最后路段的考查》，对于玄奘在西域的行程和事迹的研究多所补论。他的一些长篇序跋，其实也是一篇篇学术文章，如他的《〈敦煌吐鲁番学论稿〉书后》、《〈西域地名考录〉序》、《〈东方的文明〉初读》、《对新疆石窟艺术的几点思考——〈常书鸿文集〉序》等（以上均收入《冯其庸文集》卷二《逝川集》），都是西域研究、敦煌吐鲁番学研究者不应忽略的篇什，比如对日本西域研究权威羽田亨关于克孜尔"画家窟"中画家图像解说的批评，可谓极具慧眼，也是作为书画家的冯其庸先生细致观察龟兹壁画的结果，是他多次实地考察的收获。冯先生的感人之处，是他的学术论文都是和他的亲身考察紧密联系在一起的。

然而，真正让我感动的，是许多人都不知道的一件事。那是在1999年，当时我负责编务的《敦煌吐鲁番研究》第4卷"吐鲁番专号"遇到经费困难，我多方求援，都没有着落，而这一卷比平常的卷都厚，因为要发表的是北大与耶鲁大学合作项目"重聚高昌宝藏"的相关论文，是颇具学术份量的一个专辑。而且这里面的作者既有我的老师，又有参加项目的国内外同行，万一不能出版，于公于私，我如何担待？当我们把相关情况向冯先生说明后，冯先生慷慨解囊，个人斥资（今天看来也是不少的），使得这个有关吐鲁番研究的专辑得以顺利出版，也把我从艰难中拯救出来。由于这件事情，我对冯先生的感激之情，难以言表。

2005年9月中旬，在冯先生连同季先生为西域研究而上书中央领导之前，让我就所知道的情况，写一篇《关于西域胡语研究状况以及人才培养、图书资料积累的几点说明》，我立刻放下手边的事情，花了两整天时间，给他准备了五千多字的材料，据说这份说明作为两位老先生上书的附件而递交上去了。

随后的同年"十一"前后，我和孟宪实、罗新、朱玉麒一起随冯先生前往楼兰考察。从米兰穿罗布泊到楼兰，

随冯其庸先生考察楼兰

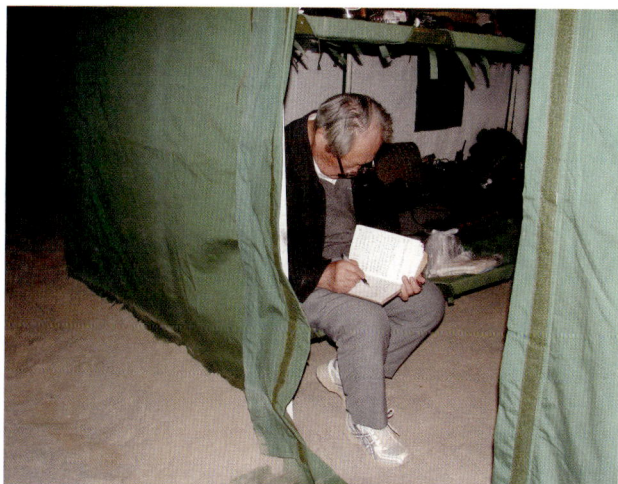

冯其庸先生在楼兰

又经白龙堆、三垄沙，经过八天艰苦行程，最后到达敦煌。冯先生以83岁高龄，和我们一样走过这趟艰辛的旅途，实在让人钦佩。我们住在同一个大帐篷中，每天傍晚，当我们在聊天的时候，冯先生都利用天光消失前的时刻，补写当天的日记。同行的日子里，我们听到他对玄奘回程的道路、楼兰王国的兴废、沙漠绿洲的变迁等问题的看法。一路上，冯先生还不断谈到西域研究的状况和他的设想，当他在楼兰时通过卫星电话得知中央领导批示支持人大国学院的西域研究时，无比高兴。回京后就着手将他的"大国学"、"西域学"的设想一步步实实在在地规划出来。不久以后，冯先生热衷的西域历史语言研究所居然在中国人民大学国学院的下面正式建立起来了，还聘请了学有专长的沈卫荣先生出任所长。回想大概在1989年下半年的艰难日子里，季羡林先生在北大主持最后一次"西域研究读书班"时，只有段晴、林梅村、钱文忠和我五个人参加！今天在人大又有了西域研究的机构，研究西域的人又有了一个活动的中心，想到这里，不能不感慨系之。

　　2007年7月15日中国人民大学国学院西域历史语言研究所正式举办成立大会，我不喜欢凑热闹，也不愿去听没有什么内容的"官腔"，所以虽然冯先生一再叮嘱我参加，但我还是"溜了"。下午场面上的人撤了，西域所新任所长沈卫荣教授留下一些学者开个座谈会，我又晚到，没有听到前面精彩的发言，自己也记不得说了些什么。虽然我不太知道国学院的事情，但我可以说，没有冯先生，就没有国学院的西域历史语言研究所。

"西域历史语言研究所"的名称，表明这个研究机构不仅从事历史学的研究，也同时重视西域胡语的研究。此处所说的西域胡语，主要是指西域（也包括广义的西北地区）古代流行的汉语以外的语言文字，如梵语、藏语、回鹘语、吐火罗语、于阗语、据史德语、粟特语、中古波斯语、帕提亚语、叙利亚语、西夏语、蒙语等等，这些古代语言文字的材料大量出土于古城、寺院、洞窟遗址当中，是研究古代西域及其与中原王朝的关系、研究西域文明历史，以及研究佛教、摩尼教、景教（基督教）东渐史的原始材料，与当地出土的汉文资料、传世的汉文典籍交相辉映，共同构成多个学术领域的研究基础。

但是，由于大多数胡语材料都是在19世纪末、20世纪初被西方探险家从新疆及其他西北地区攫取并带到西方国家，现在保存在英、德、俄、法、日等国的博物馆或图书馆中，因此，西方学者反而是近水楼台先得月，比我们更早看到这些材料。加之这些胡语主要是属于印欧语系系统的语言文字，他们解读起来相对容易一些，因此在近百年有关西域胡语的研究方面，西方学者一直走在前面。

近年来，中国学术在各个方面都取得了举世瞩目的成绩，在西域胡语方面虽然也有进步，但与西方和日本相比，还有很大距离。而近年来新疆各地又陆续出土了不少各种语言文献的残卷，有些我们可以自己解读，有些却不得不请外国同行帮忙。出于民族自尊的考虑，这种状况应当早日改变。

人民大学国学院西域历史语言研究所在冯先生的亲自关怀下，陆续引进了一些人才，并派人到海外学习，目前已经有了有能力处理古藏文、蒙文、梵文、吐火罗文、粟特文等方面的专门人才，加之西域所与北京其它学术单位的合作，可以把握于阗文、回鹘文、叙利亚文、中古波斯文等多种西域语言文献材料，一个西域历史语言研究的新天地，已经慢慢展开。而且，要研究西域，汉语文献毕竟是最重要的资料，西域胡语需要和汉语文献相发明，才能有所突破。相对于海外西域研究而言，这方面国学院有着绝对的优势，国学院孟宪实、李肖教授参与主持的"新获吐鲁番出土文献"的整理研究，就是突出的例证。其成果《新获吐鲁番出土文献》一书完成之际，冯先生欣然题写书名，予以肯定。现在，此书荣获中国出版物的最高奖项——第二届中国出版政府奖（图书奖）。这是对作为项目参与方之一的中国人民大学国学院西域历史语言研究所成绩的一个肯定，也是西域所对冯先生的一项汇报。

（2007年9月27日初稿，2011年5月9日改订，10月16日三稿，原载《师友笔下的冯其庸》，文化艺术出版社，2012年4月，180–185页。）

敦煌：饶宗颐先生学与艺的交汇点

前　言

　　今年又是敦煌学的一个丰收的年份。4月份在美丽的西子湖畔，6月中旬在宁静的北京，现在我们又来到高爽的鸣沙山麓，集聚一堂，为庆祝蜚声国际的敦煌学家、国学大师饶宗颐先生九五华诞，召开敦煌学国际研讨会。承蒙敦煌研究院樊锦诗院长的信任，主办方让我来做一个主题发言，当张先堂先生把这个意思告诉我的时候，我很爽快地答应下来，因为不论从在敦煌学方面教导我近二十年的饶先生这一面来讲，还是从大约近三十年来一直给予我大力支持的敦煌研究院这一方来说，我都义不容辞。

　　但是，此事并非易事。饶先生是当今中国学术界年辈最高的国学耆宿，其治学范围可以说是上下五千年，东西数万里，宏通古今中外。从内容上说，既有传统的经、史、子、集，又有20世纪初叶以来新兴的考古学、美术史、历史语言学等诸多方面，尤其钟情于出土文献，举凡甲骨、金文、简帛、敦煌吐鲁番文书、金石铭文，都在涉猎范围之内。此外，饶先生学艺兼美，琴棋书画，样样精通。小子如我，怎敢随便发言。

好在1992-1993年第一次到香港从饶先生游学时，可以在书本之外，略窥选堂（饶先生号）一些奥妙。尤其对饶先生的敦煌学研究成果，有过系统的研读，并应香港《信报财经月刊》之约，撰写了一篇《饶宗颐教授与敦煌学研究》①，得到饶先生的首肯。在这篇文章中，我大略按照饶先生治敦煌学的时间顺序，从道教、文学、乐舞、历史、语文、书法、绘画等方面，来阐述饶先生的贡献。这里我想换个角度来谈饶先生与敦煌学。

我们知道，饶先生除了学问之外，还多才多艺。他出版了许多种学术著作、诗文集、书画集，看起来他的学和艺是分开的，艺文只是他学术的补充而已。其实我觉得，饶先生有的学问是和艺术没有关系的，但也有几个方面的学术是和他的艺术紧密相关的，而能够把他的学和艺连接起来的点，固然可以举出几个，但我想我们今天所在的敦煌，正是一个饶先生学艺兼修的极佳的交汇点。

---

① 原载香港《信报财经月刊》1993年5月号；修订稿载《中国唐代学会会刊》第4期，台北，1993年，37-48页；收入拙著《辨伪与存真——敦煌学论集》，上海：上海古籍出版社，2010年，379-391页。

以下主要从三个方面来对此看法略加阐释。

一、外师造化，中得心源——饶先生的敦煌绘画研究

来到敦煌的人，无不被敦煌莫高窟的石窟雕凿而震撼，也无不被如此色彩华美、内容繁缛的壁画所感染。昨天，我们又参观了"莫高余馥——饶宗颐敦煌书画艺术特展"，透过饶先生的画笔，感受到敦煌绘画的一种升华之美。

和许多以敦煌艺术为描绘对象的画家不同，饶先生所画的敦煌画不是从临摹壁画开始的，而是以研究英、法所藏敦煌藏经洞出土的白描、粉本和画稿等绘画素材起始的。1969年，他曾撰写《跋敦煌本白泽精怪图两残卷（P.2682，S.6261）》一文①，在讨论内容之外，对于这两个卷子上的书法和绘画，也有所考述。以后又借在巴黎讲学的机会，把巴黎藏卷中保存的各种绘画资料汇集成《敦煌白画》一书，并结合画史，对沙州画样的来历以及画法、题材等做了详细的研究。这本书由法国汉学泰斗戴密微（Paul Demiéville）教授安排翻译成法文，中法对照出版，并附有

---

① 《历史语言研究所集刊》第41本第4分，1969年，539–543页，图1–9。

饶宗颐先生沙州画样

全部讨论的绘画资料的图版①。从学术上来说，这无疑是在敦煌壁画、绢画的研究之外，开拓了一个敦煌画研究的新天地。而且，壁画和绢画都是根据这些白画、粉本、刺孔等素材做成的，因此这些资料的解读对于敦煌绘画的来历、绘制过程和技法等许多方面，都是极有说服力的，可以说这本书填补了敦煌画研究中的一项空白。

记得1991年我在巴黎A. Maisonneuve书店买《敦煌白画》时，被告知是最后一本，相信许多人并不一定见过这本在法国出版的书。但今天我们不难从上海古籍出版社出版的《法藏敦煌西域文献》中见到这些白画资料。把这些白画原稿与饶先生的临本两相对比，我们就可以明白饶先生创作的敦煌画首先来自敦煌的白画。饶先生透过自己的笔，根据这些白画文稿，重新总结提高，制成"沙州画样"。可以说，这些白画表现的是敦煌画最本质的部分，所以饶先生的敦煌画的成就不在敷彩，而是骨法，讲求的是风范气韵。我不懂绘画，但感觉得到饶先生关于敦煌绘画的研究成果和摹绘作品是相得益彰的。

上世纪80年代以后，饶先生有机会多次访问敦煌，得以亲睹莫高窟壁画，并摹写敦煌图像。同时就他自己感兴

---

① 全称 *Peintures monochromes de Dunhuang. Manuscrits reproduits en facsimile, d'après les originaux inédits conserves à la Bibliothèque Nationale de Paris*, avec une introduction en chinois par Jao Tsong-yi, adaplée en français pa Pierre Ryckmans, preface et appendice par Paul Demiéville, 3 v., Paris 1978。

饶宗颐先生写敦煌壁画

趣的题材，如敦煌壁画中的刘萨诃、誐尼沙、围陀等形象①，在学术上有所阐发。他有关绘画史的论文，现在都结集为《画颢》一书，我们可以集中读到他对敦煌绘画艺术的看法，以及他研究敦煌绘画艺术的成果②。

二、以书通禅，以学通艺——饶先生的敦煌书法研究

传统的书法家对于唐人写经的"经生体"是不太看重的，由于大多数敦煌写本是写经，所以敦煌书法开始也是不受重视的。可是，敦煌写本的内涵是非常丰富多彩的，就以写经而言，其中既有普通经生所写，也有隋唐王朝的宫廷写本，而且从书法的角度看，敦煌还有拓本、临摹、法帖，从内容上来说，也有佛经之外的道书和公私文书，不能以"敦煌写经"而一以概之。这些相对不受人们重视的材料，在具有书法家眼光的饶先生那里，都是极其珍贵的书法资料。他早在1961年就写有《敦煌写卷之书法》一

---

①《刘萨诃事迹与瑞像图》，《1987年敦煌石窟研究国际讨论会文集》，沈阳：辽宁美术出版社，1990年，336—349页；《敦煌石窟中的誐尼沙》，《纪念陈寅恪教授国际学术讨论会文集》，广州：中山大学出版社，1989年；"The Vedas and the Murals of Dunhuang", *Orientations* 20.3, 1989;《围陀与敦煌壁画》，《敦煌吐鲁番学研究论文集》，上海：汉语大词典出版社，1990年，16—26页。

②台北：时报文化出版公司，1993年。

文①，利用当时从缩微胶卷上所见到的英国藏卷，选印其中的书法精品为《敦煌书谱》。可惜这篇文章发表在香港大学的《东方文化》上，这个杂志虽然有个中文的名字，但在那个时代，主要是一本英文的东方学刊物，研究书法的人，特别是国内的人恐怕是见不到的。1964、1974年，饶先生两度逗留法京，得以遍览伯希和从敦煌攫取的宝藏，于是选取拓本、经史、书仪、牒状、诗词、写经、道书中有代表性的精品，辑成《敦煌书法丛刊》29册，在1983—1986年间陆续由日本二玄社照原大影印，佳书妙品，融于一编。饶先生对每一种书法作品，都揭示其艺术价值，使人们对于各个时代敦煌的法书风格，有了更加系统的认识。

饶先生不仅研究敦煌书法，也根据敦煌出土的各类书法作品，书写新作。他的这些书法作品，此前比较集中地在深圳美术馆与香港大学饶宗颐学术馆合作举办的"我与敦煌——饶宗颐敦煌学艺展"上陈列，其中摹写早期的敦煌书法作品有《书敦煌马圈湾木牍》、《书新莽居摄二年简》、《书李柏文书》，以下有摹写南北朝时期的《书（太和十五年）张安宁书金光明经句》、《书西魏贤愚经句》，唐代则有《写经体六言联》和以唐人写经体书《至勤禅师偈五言联》，他还临写了敦煌藏经洞保存的唐人临王羲之《旃罽帖》、《旃近帖》、《龙保帖》，篆书《千字文》，以及柳公权

_____

① 《东方文化》(*Journal of Oriental Studies*) 第5卷，1961年，41—44页，图Ⅰ—ⅩⅩⅣ。

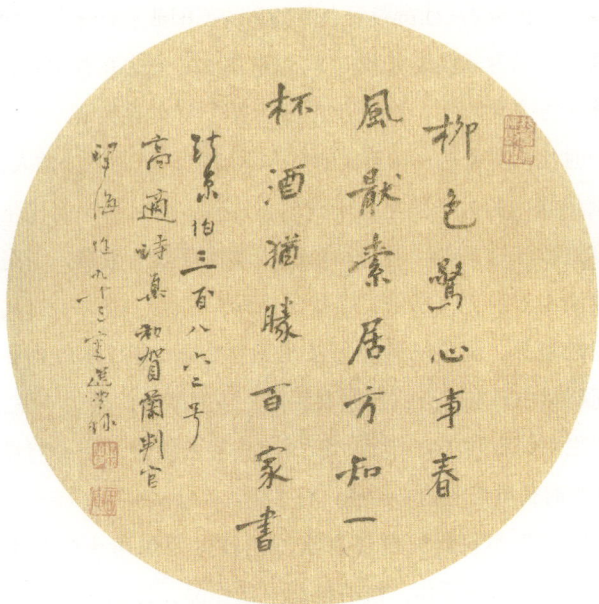

饶先生书敦煌本高适诗

《金刚经》、欧阳询《化度寺碑》、唐太宗《温泉铭》三个拓本的部分文句①。这些书法作品，既保留了敦煌原件的书法特征，又有饶先生在此基础上的提高。饶先生在书法创作上的一个大手笔，是竖立在香港大屿山的"心经简林"，他所采用的书体，就是敦煌所见南北朝时期的写经书体。

我们从这里可以悟出一些饶先生敦煌研究的门道，就

①这些作品见孔晓冰、邓伟雄编《我与敦煌——饶宗颐敦煌学艺集》，深圳：海天出版社，2009年1月。

是他一边研究，一边摹写创作，以他在书画上的造诣，经过摹写，他就能够比较真切地体会到敦煌绘画和书法的底蕴及其价值了。

三、寻声协律，异域传歌——饶先生的敦煌词曲、音乐研究

　　饶先生早年曾协助叶恭绰先生编辑《全清词钞》，后来又上溯宋、明，著有《词籍考》一书[①]，对传统的词曲有全面的把握，所以理所当然地对敦煌发现的新曲子词非常重视。1971 年，饶先生完成《敦煌曲》一书，戴密微教授译成法语，法文、汉文两本合成一编，由法国国家科研中心出版[②]。此书是饶先生 1965 年在巴黎、伦敦亲自调查敦煌原卷所得，其所精印出来的一大批敦煌曲子词，是前人所不知道的，这中间还包括两件当时非常难得的俄藏敦煌曲子词写本。饶先生此书的一个目的，是研究敦煌曲与词之起源问题，所以讨论了敦煌曲的年代、作者，词与佛曲之关系，词之异名及长短句之成立等问题，多有贡献。

　　[①]《词籍考》，香港：香港大学出版社，1963 年。新编《词集考》，1992 年由北京中华书局出版。

　　[②] 全称 *Airs de Touen-houang (Touen-houang k'iu), textes à chanter des VIIIe-Xe siècles. Manuscrits reproduits en facsimile avec une Introduction en chinois,* par Jao Tsong-yi, adaptée en français avec la traduction de quelques textes d'Airs, par Paul Demiéville, Paris 1971。

　　饶先生的这部大著，可谓嘉惠学林[1]。但也受到任半塘先生的激烈批评，当然任先生不仅批评《敦煌曲》，也批评此前从王国维以来几乎所有研究词以及敦煌曲的学者。饶先生在《敦煌曲》出版以后，仍在不断钩沉拾遗，用单篇文章的形式，补充新见的一些单曲，并讨论《云谣集》的性质及其与歌筵乐舞的联系、后周整理乐章与宋初词学的关系、曲子词的实用性等问题，并针对任先生提出的废除"唐词"的说法，先后三次撰文，最后总合为《"唐词"辨正》，加以反驳，这些文章都已收入饶先生的《敦煌曲续论》一书当中[2]。

　　在创作方面，饶先生所作的词要比诗少一些。可能是因为与曲坛名家、书苑才女张充和交往的缘故，1970年饶先生在美国耶鲁大学讲学期间，写了许多词，后结集为《睎周集》[3]。张充和将《睎周集》全帙手录一过，还特别为《六丑·睡》一词谱曲，饶先生做《蝶恋花》表示感谢，张充和又有和作，均收入饶先生《桪桐词》[4]。我们从饶先生的

---

[1] 参看杨联陞书评《饶宗颐、戴密微合著〈敦煌曲〉》，原载《清华学报》14卷2期，1974年；收入《杨联陞论文集》，北京：中国社会科学出版社，1992年，242—247页；苏莹辉《〈敦煌曲〉评介》，《香港中文大学中国文化研究所学报》第7卷第1期，收入《敦煌论集续编》，台北：新文丰出版公司，1983年，301—320页。

[2] 台北：新文丰出版公司，1996年12月。

[3] 收入饶宗颐《选堂诗词集》，台北：新文丰出版公司，1993年，192—222页。

[4] 《选堂诗词集》，223页。

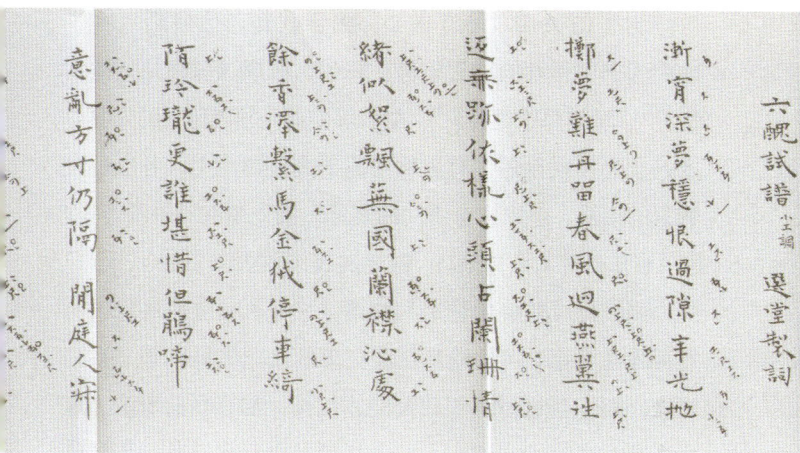

张充和谱曲稿

词作中，可以看到他的词学功底，这当然是他研究敦煌曲的有力支撑。巧合的是，饶先生与张充和等在耶鲁以曲词相会的那一年，正是《敦煌曲》在巴黎出版之际，这大概就是因缘。

由于处在不同的语境中，饶先生的词作很少涉及敦煌。但饶先生毕竟对敦煌一直情有独钟，当他在巴黎藏敦煌卷子《古文尚书》背发现一首《怨春闺》时，以为此曲"香径春风，真同越艳，抽文丽锦，媲美花间"，喜不自禁，专门写了一首和词，"用表绝唱"[1]。

在音乐方面，饶先生善操古琴，精通乐理，所以对于

---

[1] 《选堂诗词集》，177页。

敦煌出土的舞谱，早有留心。60年代初，他整理考释了敦煌遗书中保存的珍贵乐谱、舞谱，撰成《敦煌琵琶谱读记》[①]、《敦煌舞谱校释》[②]，是敦煌学此一领域研究的先驱者之一。80年代以后，有关舞谱的研究甚嚣尘上，各家都有各家的说法，各家也有不同的复原。饶先生在《中国音乐》和《音乐研究》等书刊上，继续发表《敦煌琵琶谱〈浣溪沙〉残谱研究》、《敦煌琵琶谱与舞谱之关系》、《敦煌琵琶谱写卷原本之考察》、《敦煌琵琶谱史事的来龙去脉》等一系列论文，对于琵琶谱的年代及曲体结构，都有新的看法。这些考释和研究论文都收入《敦煌琵琶谱》和《敦煌琵琶谱论文集》两书中[③]。

结　语

上面是从饶先生的学与艺相结合的三个方面，来谈饶先生的学艺兼修与学艺双赢。其实，更多地作为学者一面的饶先生，在敦煌学上的贡献是多方面的。除了上面所举之外，饶先生还在以下方面有所贡献：敦煌禅籍和禅宗入藏，早期道教文献、道教变相与道教文学，《楚辞》与《文

---

① 《新亚学报》4卷2期，1960年，243—277页。
② 《香港大学学生会金禧纪念论文集》，1962年。
③ 前者，台北新文丰出版公司1991年出版；后者，台北新文丰出版公司1990年出版。

选》，变文与悉昙，唐蕃关系与吐蕃占领沙州年代问题，等等。饶先生博通百家，所以看到敦煌资料后，很快可以找到残本价值所在，一触即发，文章好似立等可取。

饶先生精于学，又通于艺。我去过他的书房，也进过他的画室。他写文章的时候，全神贯注，旁若无人，电话来了，他一点也没有听见；而他的画室里，没有学术著作，完全是艺术天堂。饶先生的文章和他的书画一样，不拘一格，洋洋洒洒，形式不一，发表的处所似乎也不太讲求，写完一篇，就交给一个书刊发表，早年还自己印制。这对于大陆的学者来说，要找全他的文章，就算是敦煌学方面的论著，也十分不易。好在今天台湾和大陆相继印行了《饶宗颐二十世纪学术文集》[①]，可以让我们比较容易地全面了解饶先生的学术贡献。我曾协助编辑这部《文集》中的敦煌学篇章，但我应当提醒大家的是，饶先生关于敦煌学的著作，绝不仅仅在这部《文集》的《敦煌学》卷当中。

饶先生近年来的关注点，更多地在先秦出土文献和考古资料方面，但他仍在用自己的影响力，推动敦煌学事业的发展，主编《敦煌吐鲁番研究》、《香港敦煌吐鲁番学研究丛刊》等。更为重要的是，他考虑敦煌学的突破与创新。在历史车轮进入21世纪之际，经与关心西北的冯其庸先生、扎根边疆的樊锦诗教授等学界翘楚商讨斟酌，奋笔提

---

①台北：新文丰出版公司，2003年；北京：中国人民大学出版社，2009年。

"中国西北宗山水画说"

出"中国西北宗山水画说"，并以自己擅长的图文对照，加以衍说①。我听其言，振聋发聩；观其画，触景生情。他虽然讲的是山水画事，但对于敦煌学其他方面的未来，无不有指导性的意义。

"都道关山月好，不尽玉关情。"

——我们还是用饶先生《水调歌头》中的这句词儿，来领悟他在学与艺上的思想精髓。

（原载中央文史研究馆、敦煌研究院、香港大学饶宗颐学术馆编《庆贺饶宗颐先生九十五华诞敦煌学国际学术研讨会论文集》，中华书局，2012年12月，21-29页。）

---

① 《敦煌研究》2006年第6期（纪念《敦煌研究》出版100期专号），10-12页；图1-6。

怀李福清

——记斯卡奇科夫藏书调查的学术因缘

2012年10月3日，俄罗斯汉学界的一颗巨星陨落，他就是俄罗斯科学院院士李福清（B. L. Riftin）先生，消息传来，不胜悲哀。李福清是中国学术界的老朋友，大家对他的生平事迹、学术贡献，甚至为人处事的方方面面都有许多了解，我在这里就不多说了。我想说的是他对俄藏斯卡奇科夫（K. I. Skachkov，汉名孔琪庭，1821–1883）汉文藏书调查研究的贡献，以及在我调查这批藏书的过程中所给予的热情帮助。如果没有他的帮忙，2005年我的莫斯科之行不会有什么收获；我们甚至可以说，如果没有李福清，现在学术界对斯卡奇科夫藏书的了解，恐怕还是一片渺茫。

我对斯卡奇科夫藏书的关注，始自2004年岁末朱玉麒发自新疆的一封信，信中提到他看到一篇李福清关于中国小说《姑妄言》的前言，其中提及："Skachkov（斯科奇科夫）对书籍的兴趣广泛，他买天文、地理、水利著作，也

李福清先生

购买文学、宗教、历史、经济、语言、哲学、民族学等各种的书，也特别注意各种历史地图，如宋代画的西夏图，或清代各种地图，如十八世纪的湖北图、嘉定府图、台湾图及较仔细的早期的台南图等等。另外，他还购买了一些有名的藏书家的书，如1848年去世的徐松藏的书及旧抄本（都有徐松的藏书章），和姚文田、姚元之的旧藏。"（2004年12月25日信）2000年7月－2002年7月期间，朱玉麒在北京大学历史学系博士后科研流动站工作，与我合作从事中国古代边疆史地研究，整理徐松的《西域水道记》等著作，所以见到这样的消息倍感振奋。收到此信后，我随即托台湾友人郑阿财先生去购买台湾大英百科股份有限公司影印出版的《姑妄言》，想看看有没有更多的信息；同时根据李福清提示的线索，查到羽田亨在《元代驿传杂考》（《羽田博士史学论文集》上册）中提到，他曾在1914年前往莫斯科抄录徐松所录《永乐大典·站赤门》。更为重要的是，通过李福清的文章，我们知道1974年莫斯科东方文学出版社曾出版麦尔纳尔克尼斯（A．I．Melnalknis）先生编《斯卡奇科夫所藏汉籍写本和地图题录》一书。幸运的是，我通过当时在国家图书馆善本部任职的史睿，竟然很快找到了这本俄文旧书，其中有些是徐松的旧藏或有徐松的题跋。可能因为这本书是"文革"时入藏，所以很少有人借阅，让国内学界"错过"了许多值得关注的中文古籍善本和手绘地图方面的信息。

从2005年初看到斯卡奇科夫藏抄本与地图目录起，我就一直向往着去趟莫斯科，想对这个图籍宝藏一探究竟。此时距离1991年7月我首次探访前苏联列宁格勒（今圣彼得堡）所藏敦煌卷子，已经过去十几个寒暑了，我所熟悉的孟列夫、丘古耶夫斯基都已先后作古，我也急切盼望去熟悉一下俄罗斯汉学界的现实"生态"。

我的运气一向很好，机会很快就来了。2005年7月4日，借着去圣彼得堡参加敦煌学会议的机会，我登上了飞往莫斯科的中国民航班机，与柴剑虹、郝春文、王三庆、郑阿财等诸位同行赴俄罗斯考察。一到莫斯科，李福清先生就来老北京饭店迎接我们，他和柴剑虹先生是老相识了，也没有把我们当外人。他个子不高，十分清瘦，眼中充满了机智，讲话颇为幽默。因为我们晚上就要换火车前往圣彼得堡，所以我把回到莫斯科时想看的徐松三种著作《西域水道记》、《新疆赋》、《汉书西域传补注》名目交给他，请他代为向俄罗斯国家图书馆（也叫列宁图书馆）申请。因为当时我不知道斯卡奇科夫藏书里到底有多少徐松的著作，加之时间有限，也不能贪多，所以打算先把徐松有关西域的著作都调出来看看。其实，我最大的野心是想碰运气找找徐松自己修订《西域水道记》的笺条本卷三，因为这个本子的其他部分在徐松去世后为钱振常所得，后钱振常的儿子钱恂在清朝末年将包括此本的自家旧藏捐赠给了早稻田大学，这个本子于2000年被周振鹤重新"发现"。那么，卷三到哪里去了呢？是否在钱振常获得这个本子之前就散出去了？斯卡奇科夫在徐松去世的第二年（1849年）来到北京，并很快开始收集中国书籍，他的藏书里既然有徐松的藏书和抄本，那会不会有《西域水道记》笺条本卷三呢？

十天后，我们一行从圣彼得堡回到莫斯科。7月15日，李福清先生如约而至，他先带我们参观了俄罗斯国家图书馆东方中心，当我们大家走进东方中心主任的接待室时，那里已经放着我事先预约的几函《西域水道记》和其他徐松书的刻本，我轻轻打开一函，眼前一亮，里面居然有笺条！众人不禁惊叹一声，哇……

按照俄罗斯国家图书馆的制度，手抄本和手绘地图放在国家图书馆的主楼二层善本部，而一般的东方国家的刻本书，都放在主楼的马路对面的东方中心。我们参观东方中心的书库时，就见到一些明清刻本和当代新书放在一起，即使中间有笺条的刻本书，也不会被当作善本对待的，而是按照书的主题作刻本归类。在主任接待室停留片刻，多数人去参观，柴剑虹、王三庆、郑阿财和我去图书馆主楼写本部看抄本资料。我主要看事先为我准备好的《新疆赋》抄本，这个本子只有彭邦畴和张锡谦的跋，很可能是徐松本人所存最早的缮清本。

下午，其他人去观光，李福清先生带我和王三庆、郑阿财再次回到东方中心，看我热切盼望的《西域水道记》

李福清与王三庆、郑阿财、荣新江2005年在东方中心门前

笺条本。这里收藏有三种《西域水道记》的刻本，其中竟然两种有修订笺条。和早稻田大学所藏原本不同，这个本子的笺条不是夹在书里，而是哪里修改，就粘贴在哪里，有些则用朱笔录在天头地脚，其中一条署"穆"名，我推想或许是徐松的弟子张穆的过录本，这一点后来通过上面的印章与文字和北京大学图书馆藏徐松《唐两京城坊考》手定底稿本上张穆的签印与改定文字相对照，得以最后落实。而当时馆方不许复制，也不许拍照，所以我的首要任务是抄录。笺条的文字不少，三庆和阿财也来助阵，但由于所有文字集中在一个五卷合订的本子上，也无法分工进行。我只能独自奋笔疾书，抄到下午四点半，还没有录完。看着我焦急的样子，李福清决定去和图书馆方面商议，看能不能复制余下的部分。结果馆方批准复印15条，后来通过李福清的斡旋，总共复印了18条，这意味着，余下的文字较多的条目都复印了，而且分文未出，真是意想不到。由于书拿去复制，尚有大约四五条较短的写在叶边的补注没有来得及过录，算是稍微的遗憾。但无论如何，在李福清先生的大力帮助下，这可以说是我这趟俄罗斯之行的最大收获了，既在惊喜之中，也在预期之外。当晚，我就把这一消息用并不方便打通的电话告诉了朱玉麒。

　　我从这个五卷合订本上，共录得39条文字。回京后与早稻田的笺条本对照，可知俄藏本应当是抄自徐松的原稿，与徐松所补文字相同。更为难得的是，其中14条长短不一

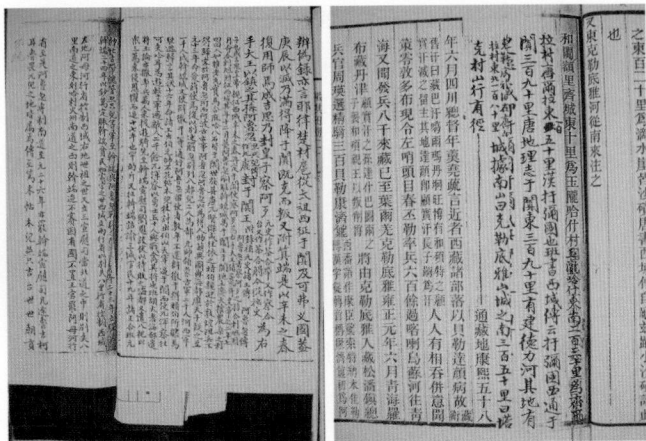

徐松《西域水道记》笺条本

的文字是早稻田本原稿所佚失的内容（详参拙文《俄罗斯国家图书馆所见〈西域水道记〉校补本》，载《文史》2005年第4辑）。

东方中心所藏其他刻本中，还有一种《新疆赋》，没有什么特别处；又一册很薄的《新疆图志》，则颇有意思。这些都属于斯卡奇科夫的藏书。他所收藏的抄本和手绘地图已经著录在上文提到的1974年出版的目录中，但收藏在东方中心的刻本书，却一直未见目录出版。东方中心保存有两盒卡片目录，大多数是斯卡奇科夫本人所做，其中有不少书值得留意，遗憾的是，此行我没有时间看。我们也参观了书库，其中有六七架斯卡奇科夫的藏书。匆匆翻阅其他中文刻本古籍，里面有满铁和大连图书馆的藏书。这些应当是1951年苏联红军从东北撤出时转移过来的"战利品"，但这类图书到底有多少，值得再来仔细调查。现在俄罗斯汉学发展相对滞后，而中国学者有机会来此深入调查的人又少，所以诸如此类的谜底不知何时才能弄清。

次日周六，图书馆不开门，我们在城里逛了一天，因为我脑子里放着斯卡奇科夫的藏书，对旅游没有兴致。17日星期日，我便不再出门，闷在旅馆里写《俄罗斯国家图书馆藏孔琪庭所获汉籍管窥》，但只是把手边带着的蔡鸿生《俄罗斯馆纪事》、李福清《古典小说与传说》、曹天生编《19世纪中叶俄罗斯驻北京布道团人员关于中国问题的论著》等资料汇集了一下，尚未写到参观的收获部分（此文后更名作《斯卡奇科夫所获汉籍管窥》，载《国际汉学研究通讯》第1期，中华书局，2010年）。

18日上午，我们应邀到李福清先生家，看他收集的年画和其他中国的图书。他托我找北大图书馆藏京剧本子《擒方腊》，因为他见过名为《武松擒方腊》的年画，但《水浒传》里说的擒方腊的人物不是武松，所以他想知道京剧如何写，看看是谁擒了方腊。他的收藏很丰富，可我们的时间很短，未能详细翻阅。中午我们赶回宾馆，下午奔机场，匆匆离开了我所留恋的莫斯科，离开了李福清。

我回到北京后，就托北大图书馆的同事帮他找这个京剧本子。他是从一本辞典上看到这个名字的，该辞典的作者没有提到更为详细的出处情况，所以北大图书馆馆员尽

笔者在浏览李福清的藏书（2005年郑阿财摄）

管费了不少力气，最终还是没有找到这本书，或许它不是一册单行本，总之是搜查未果。可喜的是，图书馆同事查到它的别名是《武松单臂擒方腊》、《平江南》，由此来看，京剧里"擒方腊"的，也是武松，与李福清看到的年画一致。我把这些情况写信告诉了他。

　　莫斯科分别后，李福清先生一直继续关注着斯卡奇科夫的藏书，而我和朱玉麒则努力推动中国国家图书馆的王菡和张芳合作翻译《斯卡奇科夫所藏汉籍写本和地图题录》。李福清时而来信提出一些问题，检索所及，如2005年8月16日信中说："现在列宁图书馆请我整理记录未整理的中文抄本，其中也有一些Skachkov收藏的，可以补北图要出版的目录。我有不少问题，可不可以请你指教？如《平定教匪纪事》(白莲教起义)出版过没有，是不是孤本？谢谢。"同年9月18日又来信说："不知你从日本回来了没有？我继续纪(记)录列宁图书馆藏中国抄本，问题很多。可不可以麻烦你请指教？"这期间，我一直忙于琐事，并没能帮太多忙。2006年1月22日，他又来信说："好久没有给你写信。12月我在西班牙调查汉籍，可惜收获不大。2月要来北京，可以带来Skachkov的材料与你讨论。"

2006年2月我们在北京迎来了李福清先生。17日上午，我到国家图书馆善本部听他的讲演，谈俄罗斯收藏的年画。讲演结束后，我和国图的同行与他谈斯卡奇科夫藏书的整理工作。他说又找到20余种手抄本，可以补入1974年的目录。王菡老师说目录的初稿已经译出，正在补充相关国内藏本的信息，她希望李福清和我各写一序。

这次回国后不久，他2月24日就来信问："不知翻译Skachkov抄本目录情况如何？要不要写序？我继续整理Skachkov抄本(不知为什么目录未著录的)，如湖南平苗修长城画的长图等。不知中国存否？"我觉得李福清为这本目录作序最合适，而我作为外人是无法了解斯卡奇科夫藏书递传全貌的，所以极力怂恿他来做全面的叙述。7月30日我接到他的来信："你请我给斯卡切夫抄本目录写序言，我花了很多功夫差不多写好了(一万多字)，发现了不少档案的资料。"李福清既有学习中国文化所得的儒家涵养，虚心问学；也有西方学者的坦诚与自信，当仁不让，这两方面，都让人喜欢。现在，《斯卡奇科夫所藏汉籍写本和地图题录》这本书已经由国家图书馆出版社出版，开篇李福清先生的长序是了解斯卡奇科夫藏书的必读之作。

我最后和李福清先生见面，大概是2009年11月，当时他来北京访问。在此前一段时间里，北大正在酝酿成立国际汉学家研修基地，而国家图书馆也想利用与俄罗斯列宁图书馆的馆际交换，派人去做斯卡奇科夫藏刻本书的编目工作。带着这样的想法，国图张志清副馆长、王菡老师、北大刘玉才、朱玉麒两位教授和我一起，与李福清正式会谈合作整理斯卡奇科夫藏书的工作。我们请他代与俄罗斯国家图书馆联系，双方合作整理编目，并做专题研究，以及影印和整理出版等，经费由中方负责。朱玉麒整理了《斯卡奇科夫所获汉籍整理研究计划》，交李福清带走。

遗憾的是，此后听说他的身体状况一直不好，心脏搭了桥，肠子也切了一块。不过，我万没想到他竟然这么快地离开了我们。今天，我们失去了一位最了解斯卡奇科夫藏书的学者，我们也失去了一位优秀的俄罗斯汉学家，但我们不会失去李福清先生为整理、刊布斯卡奇科夫藏书所寄托的期望。

（2012年11月21日完稿，原载《书城》2013年2月号，24—28页。）

追思宁可先生

宁可先生走了，我们又失去一位尊敬的师长，失去了一位敦煌学的领路人。

虽然宁可先生长期任教于首都师范大学，但在我的心目中，他好像一直是在我们身边言传身教的一位北大的老师，这可能有好几方面的原因：他是北大的学生，所以北大的老先生们经常说到他；他在我们上大学的时候，由系主任邓广铭教授请来，一人独立承担"中国古代史"的课程，虽然那时我们78级已经上完了"中国古代史"，但我们都把他当作我们的老师；后来由于他在季羡林先生领导下担任中国敦煌吐鲁番学会的秘书长，我有时为季先生跑腿办事，所以经常有机会和宁先生接触，也常常听他讲北大的"故事"；时间长了，他就好像是北大的老师一样，不时给我以指教。宁先生头脑清晰，反应机敏，讲话逻辑性强，又有感染力，他讲话的样子现在还清晰地浮现出来。

在我的"敦煌学"研究历程中，有一段难忘的时光，受到宁可先生很多教诲。那是在20世纪的90年代初，宁可先生协助周绍良先生编纂《英藏敦煌文献（非佛经部分）》，为此他曾到伦敦一年，摩挲敦煌古卷，为这部书的编辑工作奠定了坚实的基础。1991年8月我在英国完成《英国图书馆藏敦煌汉文非佛教残卷目录（S.6981–13677）》的编目工作回到北京，《英藏敦煌文献》也正好要编纂S.6981号以后的部分，由宁可先生具体负责这部分的三册编辑工作，他知道我做了这部分的目录，加上伦敦方面吴芳思（Frances Wood）和艾兰（Sarah Allan）的大力推荐，宁先

笔者协助宁可先生编纂的《英藏敦煌文献（非佛经部分）》第12卷

生让我协助第11—13卷《英藏敦煌文献》的标目工作。当时宁先生的身体很不好，住在北大西面的西苑医院住院部的一楼，而我家就在与西苑医院一条马路之隔的北大承泽园。于是，我每天带着材料，去西苑医院住院部和他讨论如何标目。那时医院为了让他们这些知名教授不受干扰，规定的探视时间很少。于是宁先生让我从楼房的后面翻进阳台，从阳台门进去，在宁先生的病房里，我们一天又一天的工作起来。我记不起来护士来换药时，宁先生是怎么对付她们的了，印象里我们的工作很顺畅，也很有效率，大概一个多月后宁先生出院的时候，我们的标目也基本完稿。我们不必用赞扬焦裕禄的话语去表彰宁先生，他其实是秉承了中国知识分子优良的传统，锲而不舍，学术高于一切。对于我而言，宁先生是牺牲了自己的身体和休养时间，让我省去不知多少跑路的时间。换句话说，如果宁先生在首都师大和我讨论书稿的话，那我就不知要在路上花费多少时间了。后来这部分稿子又在社科院历史所的会议室中，和《英藏敦煌文献》的其他编委一起讨论过一遍，随即定稿。

熟悉敦煌卷子的人都知道，S.6981以后写本都是一些残片，是英国图书馆的翟林奈（Lionel Giles）编不出目录而弃置在S编号后面的，加上从一些经帙上揭下来的断片，数量相当之多。宁先生在审核我编的目录时，提出许多修订的意见，并订正了我的一些错误，使得《英藏敦煌文献》

这部分的标目比较准确，从今天看来，是经得住时间考验的，这里面凝聚了宁先生的许多心血。

宁先生在学术上有许多建树，但他作为敦煌吐鲁番学会的领导人，发表的敦煌学论文并不多。在我和他接触的过程中，我发现他其实对许多敦煌写本都有自己的看法，由于在英国接触了一年的写本原件，因此对敦煌文献有很多亲身体验，能够说出许多写本的名堂来。只是他有中国老一辈学者的性格，喜欢"述而不作"，因此很多精辟的看法，没有形诸文字。我在和他讨论写本定名的时候，不时从他的言谈话语中得到启发，那一段在西苑医院的时间，对于我来说，就像1983年在避暑山庄协助编纂《中国大百科全书》隋唐部分时听唐长孺先生讲课一样，真的是受益匪浅。

正因为我知道宁先生对敦煌写本有些独到见解，所以1995年当我协助季羡林、周一良、饶宗颐三位先生编辑《敦煌吐鲁番研究》创刊号时，费了不少口舌动员宁先生写了一篇文章，即《敦煌遗书散录二则》。文章一则是《英藏S.10号〈毛诗郑笺〉卷背字音录补》，揭示了卷子背面有很小的字写的字音，间有字义，适对应于所音的卷子正面的经、传、笺之字。若不是亲检原件，这是很难看出来的古代书籍的一种书写方式。另一则札记是《敦煌卷子中的孟姜女诗》，提示了S.8466、S.8467两件写本的价值。像这样的文章宁先生发表的并不多，他对敦煌学的贡献，更多地体现在他参与编纂的《敦煌学大辞典》、《英藏敦煌文献》等敦煌吐鲁番学会主持的大型图书成果当中。

　　宁先生是有事业心的学者，他虽然走了，相信年轻的一代可以把他所开创的中国敦煌学的事业继续下去。

　　（2014年3月29日完稿于大阪旅次，载郝春文主编《2014敦煌学国际联络委员会通讯》，上海古籍出版社，2014年8月，258—259页。）

一位严格又和蔼的老师
——田余庆先生

12月25日，田余庆先生以九十高龄去世。在八宝山的灵堂里，他安详地躺在那里，留给我们的，是值得珍惜的许多回忆……

我不是田先生指导的学生，但从上世纪70年代末期起，有机会受到他的种种教诲和多方关照。回想起来，他在我心目中，既是一位严格的老师，时常鞭策我们求学上进；又是一个和蔼可亲的长者，帮助爱护我们在人生道路上稳步成长。

说田先生是一位严格的老师，有一件小事我一直记忆犹新。1984年我的导师张广达先生给我找到一个机会，在我研究生学业的最后一年里，去荷兰莱顿大学汉学研究院，跟从许理和教授学习一段时间，同时收集我的硕士论文资料。作为一个在读硕士，当时办理出国手续很不顺利，断断续续拖了一年。费了九牛二虎之力，我终于得到教育部相关部门的批准。一得到消息，我就赶紧去办各种手续。我向当时的历史系主任田先生提交了一份简短的申请，田先生拿起来看了一眼，一句话没说，拿起一支笔，把中间的一个字圈了一个圈，退回给我。我睁眼一看，原来匆忙之中，把"赴荷兰莱顿大学进修"，写成了"赶荷兰……"。我看着田先生的表情，不敢以这是简单的笔误而做任何解释，只能说是自己中小学没有打好坚实的基本功，在关键时刻就会出毛病。这件小事，让我一直牢记在心，田先生的严肃面容，督促着我在此后的治学道路上，不敢忽视任何一个字，不敢乱说一句话。

其实，我觉得，田先生的严格不仅表现在对学生的要求上，更多地表现在严于律己。1985年我毕业留校，在历史系和中古史中心任教，同时协助老师们做些杂事。我记得第一件主要的工作，就是帮中心主任邓广铭先生编辑《纪念陈寅恪先生诞辰百年学术论文集》。当时，由我来跑腿到各位先生家送校样、再取回来，同时担任校对工作。这个工作，让我领略了不同学者的不同治学风格，而田先生给我的印象就是，一篇看上去相当完善的《北府兵始末》，他每次校样都反复修订。这篇文章我校读过数遍，是对我此后的研究和写作影响非常大的一篇史学论文。

田先生的学术研究，一向是我们年轻人的学习榜样，他的名著《东晋门阀政治》，我们在上研究生的时候，听过一学期相关内容的课。就像周一良先生说听陈寅恪先生课的感觉,"就如看了一场著名武生杨小楼的拿手好戏,感到异常'过瘾'"。但田先生那时候身体不好,有时讲话中一口气上不来,却又呼之欲出,我们都屏住呼吸,静候下文,而他无论如何都会把这句话说完,因为这样才算是一个完整的段落。

田先生的文章和他说话一样,有着严谨的逻辑思维,一环套一环,层层展开。我们读他的著作,也有同样的体验,就是一旦开始,就不能释手,非要一口气看完不可。因为我对《北府兵始末》和《东晋门阀政治》从文笔到内容都至为佩服,所以现在给研究生们上"学术规范与论文

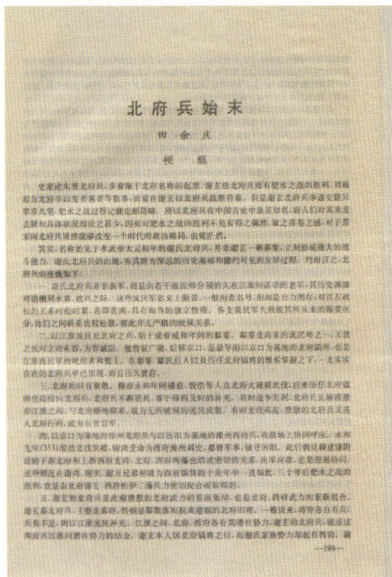

《北府兵始末》

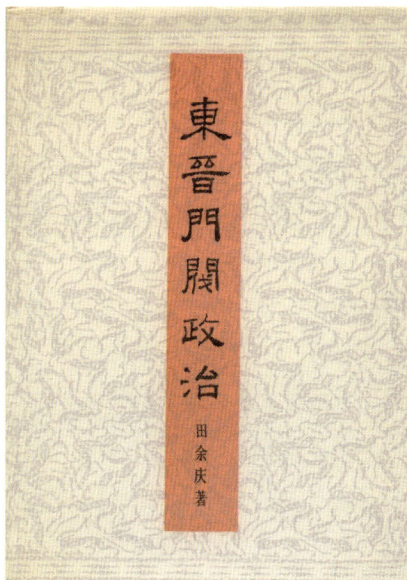

東晉門閥政治

田余庆著

《东晋门阀政治》

写作"课的时候，我推荐给学生们的范文，就是田先生的这两种论著，因为它们逻辑性强，且篇章合理，文字凝练，我觉得前者可以作为硕士论文安排篇章结构的参考，后者可以作为博士论文模拟追求的典范。

田先生的著作以严谨著称，他的《东晋门阀政治》、《秦汉魏晋史探微》、《拓跋史探》等等，无不如此。但田先生不满足于自己已经有的成绩，仍然不断修订自己的作品。他大概觉得我比较注意海外汉学的成果，所以一次在他改订完一部著作时，特别和我说：他让学生查阅了我们中国古代史研究中心图书馆相关的外文图书，把和他论文相关的著作都拿来翻阅过了，包括我最近给中心的 Scott Pearce、Audrey Spiro 和 Patricia Ebrey 编的 *Culture and Power in the Reconstitution of the Chinese Realm, 200–600* 一书，因为没有什么特别要提到的，所以也就没有提这些论著。这样一件小事，也可以看得出田先生治学的严谨和认真。

田先生以长者风范，每出一书，都送我一册，修订本也是如此。我翻开手边的《秦汉魏晋史探微》重订本，上面题写着："旧著重订，聊作纪念。新江教授惠存。"在这本书的《重订本跋》中，田先生提到这个重订本有几类改动：一是调换文章，删掉已经作为《东晋门阀政治》一书后论的《论东晋门阀政治》，增补《南北对立时期的彭城丛亭里刘氏》和《彭城刘氏与佛学成实论的传播》两文；二是增删和修改，交代了删改原则；三是更换文题或增设副题，"目的是与内容更贴切一些"。由此可见，田先生治学严谨之风格。

田先生这种严谨的风格，也贯穿到其他学术活动当中。记得他当历史系学术委员会主任的时候，历史系要聘请京都大学谷川道雄先生担任客座教授，他让我准备一份他在聘任会上使用的发言稿，并向他报告谷川先生的学术研究成果。我为此把北大图书馆和北京图书馆能够找到的谷川先生的著作和散在杂志中的论文翻阅了一遍，有些做了提要，然后向他做了汇报。从他的言谈话语中可以听得出来，他也看了一些谷川先生的论著，对于他的"共同体理论"，

我们在听田先生教诲（左起：王小甫、田余庆、李孝聪、荣新江）

有自己的看法。因此，虽然我给他准备了讲稿，但他在聘任会上发言时，并没有完全按照稿子来念，而是很严谨、恰当地评价了谷川先生对六朝隋唐史研究的贡献，我听了以后，十分佩服。而和田先生讨论谷川先生的学术，我仿佛又回到研究生时期上他的"魏晋南北朝史"课时那样，受益极多。

说田先生是一位和蔼的老师，是说他对年轻学子的成长，关怀备至。我1984年去荷兰莱顿大学进修只有十个月，走前他建议我，最好继续在那里读一个博士学位。在改革开放初的80年代，几乎没有人认为学习中国历史也应该去国外念博士。我知道莱顿的导师许理和（Erik Zürcher，1928–2008）是欧洲最优秀的汉学家，但他那时已经基本上不怎么研究佛教征服中国史了，而热衷于明末入华的耶稣会士，正在研究徐家汇的抄本文献，这些并非当时我的兴趣所在，所以我没有听从他的建议。但这表明，那时候作为北大历史系主任的他，具有超前的眼光和宽广的学术胸怀。

由于专业的关系，我和田先生的接触并不是非常多，但一有机会见面，他总是语重心长地教导我，不要走偏路。记得有一次他晚饭后来我家串门，一聊就是两三个钟头，直到九点多他夫人来电话才离去。他的谆谆教导中对我影响最深的，就是让我在做学问的时候，一只脚要跨出去，一只脚要立足中原。因为他知道我主攻方向是西域史、敦煌吐鲁番文书、中外关系，所以希望我不能脱离中原本土的典籍、制度、文化，并举相关研究西域、敦煌吐鲁番的前辈学者，如冯承钧、唐长孺等先生来作为例子。田先生的这番教导，我深以为是，一直牢记在心，所以也时常分出一些时间来研究隋唐史，并且在研究西域史地、中外关系、敦煌吐鲁番文书时，尽量发挥所把握的中原典籍、制度的知识，把中外学术打通。我用节度使检校官制度，来讨论归义军节度使的称号，并理出判别敦煌文献年代的一种方法，即是从制度着手来研究晚唐五代宋初敦煌的归义军史；我近年来研究入华粟特人，也是要把他们合理地放在中原历史的脉络里去讨论，尽量不要犯"泛粟特化"的错误；我一直坚持与一批同道和学生做隋唐长安的研究，也是让自己不要离开中原。所以，我曾把田先生的这番嘱咐，写在拙著《隋唐长安：性别、记忆及其他》一书的小序当中，奉为座右之铭。

　　田先生虽然仙逝，但他的教诲永存……

　　（2015年1月2日完稿，原载《上海书评》第313期，2015年1月11日，第5版。）

垫江洒泪送浦江

去年4月初，有一天我接到我们中古史中心副主任刘浦江发的一个短信，说是要请个长假回重庆垫江老家，我略感突然，马上拿起电话问他怎么啦，他说要做个手术，可能要把胃切除一部分，然后休息一段时间，因为有亲戚在那边医院，所以做手术方便一些。我印象里他是常年肠胃不好的人，滴酒不沾，吃饭也非常注意，而许多人做过胃切除，似乎也不是太大的事，所以就放下心来。

可是4月中旬的一天晚上，接到牛大勇的电话，说浦江手术前检查出癌症，重庆那边治不了，马上就回北京医治。17日下午，浦江已从重庆转回北京，住进北大肿瘤医院，说是癌症晚期。我与大勇、阎步克、林宗成一起去看他，精神还好，下周一检查结果才出，但他已做了最坏打算，和我们说了一些对人生长短的理解，我相信他能挺过去，但心里觉得很不是滋味，他比我还小一岁，怎么可能这样。

随后几个月的治疗，颇让人欣慰，但时而也有反复。7月初情况有些不好，12日我和邓小南、朱玉麒、方诚峰一起去看他，医院的环境很差，但他的精神尚佳，告诉我们又做了一个疗程，换了些药，周一即出院。随后的消息一次比一次好，9月1日我给浦江一信："最近还好吧？听说第三疗程后效果不错，希望一步比一步好。假期带学生去黑城、敦煌，刚刚回来。拙著《中古中国与粟特文明》一册请苗润博带上，请指教。"他还是一贯的风格，当即回信："近几个疗程效果比较明显，如果顺利的话，十月即可结束治疗。我听苗润博谈过你们的西北考察，谢谢你的新著。"到了9月27日，我当时在日本，接到朱玉麒的来信说："今天刘浦江老师来和学生上课了，令人感动。"后来我统计中心下学期的课程，他还报了要开"《辽史》研读"，我更加感到振奋，觉得浦江这下子是挺过去了，一旦他回到教学、科研岗位，他就又会变得生龙活虎一般。

万万没有想到，12月29日邓小南来电话，说浦江病情全面复发，他要回垫江老家。30日下午，我和小南、大勇、罗新一起赶到肿瘤医院。看到隔离病房中浦江消瘦的样子，心里非常难过。隔着玻璃窗听他说，他已下定决心要回老家，他姐夫已经带了一辆救护车来接他，他觉得时间不长了。我们希望他不要放弃，说不定换了环境，又是一番情形。他让我们来，是要拜托大家一件事，就是托付他的学生，希望我们着力培养，接过他辽金史学科的班。这时的浦江，已经完全不是平日说话那样快刀斩乱麻，而是上气不接下气，但他最后要说的话，仍然和平日那样，是学术，是学生。

第二天，浦江离开北京，回到垫江老家，我们的心也跟着到了垫江，每天传来的消息越来越糟。2015年1月5日，先期赶到垫江的学生传来那边不太好的消息。中午，消息更不好，我到历史系和系领导商议，准备预案，随时启程去垫江。下午，原本说我和小南、张帆明天一早过去，傍晚又有消息说浦江又平息下来，他夫人说先不要过去。6日，我们每个人都忐忑不安，希望浦江能够再次逃过一劫，起死回生，可是夜里从垫江传来消息：浦江于23点57分去世。虽然这消息已在意料之中，但一旦成为事实，仍然悲从中来，泣不成声。

7日上午到系里商议浦江追悼事宜，拟写讣告，发到网上。下午1点半，与小南及历史系领导高毅、王新生、张帆一起出发，乘4点班机飞重庆，晚点，7点才到，转乘汽车，深夜抵垫江。浦江的好友王子今、李华瑞、李鸿宾三位也在下午赶到，浦江的新老弟子都在。

8日早上8点，在垫江的殡仪馆举行浦江遗体告别仪式，高毅代表历史系致辞讲浦江生平事迹，我代表中心致辞讲浦江学术成就，小南代表生前好友致辞，垫江教育局长是浦江的中学同学，他代表垫江教育系统致辞，垫江县

刘浦江教授在黄河龙门
（2002年）

长和浦江的家属、友人约一百人来为他送行。我自认为是
个坚强的汉子，但浦江的去世实在让人心痛，在这个告别
仪式上，我的泪水如泉涌一般，我为失去这样一位好同事、
好朋友，也为我们的学生失去这样一位好老师，而感到十
分哀痛。

在告别仪式上，我除了对浦江的不幸去世表示沉痛哀
悼外，特别希望对他家乡的父老乡亲们说，浦江是垫江人
民的骄傲，也是北大的骄傲，是北大中古史中心的骄傲，
浦江虽然走了，但他给我们留下了十分丰厚的学术遗产。

刘浦江1979年从垫江考入北京大学历史学系中国史专

业，毕业后到中央党校文史教研部任教。1988年破格被北大中古史中心主任邓广铭教授调入北大中古史中心从事研究工作，并协助邓先生整理古籍。

浦江的主要专长和研究方向是辽金史、宋史、中国民族史，在相关多个领域做出了突出的贡献，先后出版《辽金史论》（1999年）、《二十世纪辽金史论著目录》（2003年）、《松漠之间：辽金契丹女真史研究》（2008年）、《契丹小字词汇索引》（2014年），发表学术论文百余篇。他在辽金史的许多方面，都有自己独到的见解。他有着宽广的学术视野和深厚的文献功底，近年来，他突破断代史的藩篱，从长时段的视角出发，对中国古代的华夷观、正统论等问题加以深入研究，发表了一系列高水平的论文，格局宏大，眼光独到，在史学界产生了重要影响。他的一些论文，已经翻译成日文、英文，引起海内外学术界的广泛注意与好评。

浦江勤奋好学，刻苦用功，治学从不懈怠，即使已经是名教授，我们在北大图书馆、中古史中心图书馆，仍然经常看到他读书的身影。他为了深入钻研辽金史，还刻苦学习契丹文、女真文。他不仅可以通读考释契丹文字材料，而且编纂出版了《契丹小字词汇索引》这部巨著，相当于一部契丹文词典，对学界使用契丹文，贡献极大。他还把语言学、人类学与历史学紧密结合起来，完成了一系列跨学科的研究，如对辽金从部族体制向帝制王朝的转变，对

刘浦江教授主持《辽史》修订（2013年）

契丹人的父子连名制等问题的研究，都有卓越的识见，在学界引起强烈反响。每个周六，他都和学生们一起，在中古史中心的教室中，一起校读《辽史》，度过愉快而紧张的一天，保质保量地完成了"二十四史"中《辽史》的修订工作，获得同行专家的好评。

浦江和我、罗新三人搭班子负责中古史中心的工作，他分管教学和图书馆，特别是在中心图书馆的建设方面，他以自己对文献的专业知识和对学界行情的深入了解，为中心图书馆置备了许多好书。中心原有台湾影印本文渊阁《四库全书》，是上世纪80年代初邓广铭先生创办中心时购买的，为中心的科研工作和古籍整理提供了资料基础。几年前，当浦江听说国家图书馆藏文津阁《四库全书》影印出版后，他认为两者有很多不同之处，所以想方设法最终给中心购置一部，使得我们中心图书馆成为少有的一处拥有两部《四库全书》的单位，为研究者对照两部所收图籍的优劣，提供了巨大的方便。

我从电脑中找到浦江2013年3月31日给我的一封信，信中说道："国图08年出版的《明清以来公藏书目汇刊》（全66册）是一套非常有用的工具书，但北大各图书馆均无此书。建议中心买一部，此书定价35000元，史睿恐怕不能做主，需你定夺。"中心这套书现在仍然是北大的独一份，但开放的图书馆使每一位使用这部工具书的人获益。这些我们要感谢浦江对中心图书建设的关怀。我的电脑里还保存一些浦江为中心图书馆勾选的书目，其方面之广，其选择之精，都让人钦佩。有的书他还特意提示购买的理由，比如2013年9月24日的勾选书目中，他勾选了文物出版社的《中国古代地图集》（共3册），并写道："其中第1册可能只有孔网上有，后两册容易买到。此书中心过去买过一套，但可能长期外借，学生无法使用，因是常用书，最好再买一套。此书使用频繁，将来可放工具书室。"这表现出他对学生用书的关心，这也和他平日非常关注研究生的培养有关。他勾选的另一种是《俄藏黑水城文献》，并简要说明理由："中心只有前6册汉文部分，第7册以后西夏文部分也应该购置。"这部书每册定价在1700多元到2200元之间，对于中心日常拥有的购书经费来说价格不低，但浦江从学术出发，再高的价钱也不在乎，也要设法购置。我们中心也没有人研究西夏文，但他知道这是文献的基本建设，而西夏文就像是契丹文、女真文一样，将来一定有像他一样要深入钻研西夏史的年轻人会来学西夏文，会来用这些西夏文的图书，其学术眼光之深远，由此可见一斑。我们随即从命，陆续购置了第7册以下，直到2013年12月出版的第22册，今后我们也将此类基本典籍购置下去，以满足浦江的心愿。

　　浦江对中心的贡献是多方面的，其中之一是他对中心创办人邓广铭先生学术理念的整理。他作为邓先生的助手，对于邓先生学术思想、学术方法的理解非常深入，先后撰写了多篇文章阐述其中的要旨。比如他在《不仅是为了纪念》一文中说到："邓先生的学术品格一如他的个性。他治学以考据见长，以史识出众。"又说："邓先生的耿介在学术界是出了名的。比如说他历来主张老老实实做学问，反对各种好大喜功的文化工程、出版工程。"（《读书》1999年第3期）他在《邓广铭先生与辽金史研究》一文中说道："衡量一位学者的成就和贡献，还有一个很重要的方面，那就是他对学科的推动作用。我觉得，若是要论邓先生对辽金史的最大贡献，应当首推他为建立和传承北京大学的辽金史学统、为培养辽金史的新一代学人所做出的努力。"（《想念邓广铭》，新世界出版社，2012年）其实，邓先生对于宋史、唐史、中古史，乃至历史学的方方面面，都有同样的理念。

邓先生创立中古史研究中心，是秉承傅斯年办史语所的理念，给学者们提供一个安静的环境和藏书丰富的空间，让他们老老实实做学问，不必去参加非学术的文化工程。对于年轻学子的要求，既要有实证性的硬功夫，也要有史家的识见。这些无疑成为1982年中国中古史研究中心创建以来的"家训"，而且经过浦江的整理弘扬，成为中心所奉行的圭臬。我想这份邓先生主张、浦江所弘扬的精神，一定会弘扬下去。

（2015年2月1日完稿，原载《文汇学人》第185期，2015年2月6日，第4—5版。）

追念中国伊朗学的开拓者叶奕良先生

2015年12月26日凌晨，我们敬爱的叶奕良先生与世长辞，他走得那样安静，以致两天后我才从网上得到消息；他不让惊扰大家，我甚至没有能够送他一程。

叶先生是北京大学原东语系、今外语学院波斯语专业的教授，平易近人，风趣幽默。他平日里和我们年轻一辈经常不分老少，说话随便，我们总是叫他"叶老师"，在他面前，从不拘束。他的离去，真让我感到失去了一位挚爱的良师。

时间匆匆而过，我已经记不得是什么时候认识叶老师的了，大概是通过业师张广达先生的介绍，在上世纪80年代中期我毕业留校以后的什么时候拜见过他。1987年周一良先生主编的《中外文化交流史》出版，按国别和地区写中国对外关系史，张先生写中国与阿拉伯世界的关系史，叶老师写《"丝绸之路"丰硕之果——中国伊朗文化关系》，这篇文章成为我研究中国与伊朗关系史的指南。叶老师可以说是我进入中伊关系史研究的引路人。今天翻开手边这本书的叶老师文章，上面有我划的许多重点线，可见当年是认真学习过的。大概也是那个时候，我认识的施杰我（P. O. Skajævø）正在纽约给《伊朗学百科全书》（*Encyclopaedia Iranica*）帮忙，他通过我向中国学者约稿，写有关中国的词条，记得其中的《当代中国的波斯语教学》一条，就是通过我去约叶老师撰写的。这样一来，我就和叶老师慢慢地熟了起来。

说实话，在前辈学者丰厚的学术积累面前，不懂波斯语的我要想在中伊关系史上有所推进，并非易事。虽然叶老师和他之前的波斯语教研室主任张鸿年先生都督促我学习波斯语，但我这个没有什么学语言天分的人一直望而却步。好在叶老师说的伊朗学，并不是仅仅局限在今天的伊朗伊斯兰共和国，而是有关古今讲各种伊朗语的民族的学问。这样一来，因为我所研究的于阗、粟特人是操古代东伊朗语的民族，理所当然地成为叶老师麾下的伊朗学研究成员。

从90年代初开始，叶老师就在中国大声呼唤"我们要有伊朗学"。1992年11月，北京大学东方学系和伊朗文化研究所主办的第一届"伊朗学在中国"学术研讨会在未名湖畔召开，叶奕良先生作为主持人，聚集了国内与伊朗学相关的学者，其成果由叶老师编为《伊朗学在中国论文集》第一集（北京大学出版社1993年5月版），季羡林先生

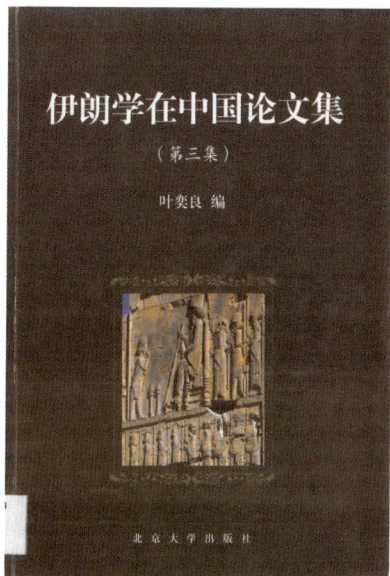

叶奕良主编《伊朗学在
中国论文集》

作序，按国际规范，依作者姓名的字母顺序排列论文先后。
今略依年代顺序，列出所收论文目录：龚方震《琐罗亚斯
德教对犹太教和基督教的影响》、王炳华《从新疆考古资料
看中伊文化关系》、王邦维《安息僧与早期中国佛教》、齐
东方《中国古代的金银器皿与波斯萨珊王朝》、顾风《略
论扬州出土的波斯陶及其发现的意义》、段晴《旅顺博物
馆藏于阗语〈出生无边门陀罗尼经〉残片的释读》、宋岘
《波斯医药学在古代中国》、陈达生 "Persian Settlements in
Southeastern China During the T'ang, Song, Yuan Dynasties"
（《唐宋元朝中国东南的波斯居民》，英文）、刘迎胜

"Mughultai Ba'atur and his Activities in the Region of Khotan"
(《忙古带拔都儿及其在斡端的活动》，英文)、黄时鉴《现
代汉语中的伊朗语借词初探》，内容涉及考古、历史、宗
教、语言、医药等多个学科，可以说是集合了当时国内与
伊朗学有关的一流人物。此外，还有在北京的伊朗专家穆
扎法尔·巴赫蒂亚尔（Muẓaffar Bakhtiyār）的《"亦思替非"
考》。我当时还没有什么准备，提交了一篇《敦煌吐鲁番出
土中古伊朗语文献研究概述》，蒙叶老师不弃，收入集中，
让我也进入了他主导的"中国伊朗学"的门槛。

1997年4月，叶老师主持、以北京大学伊朗文化研究
所名义主办的第二届"伊朗学在中国"学术研讨会召开。
一年后，叶老师主编的《伊朗学在中国论文集》第二集顺
利出版（北京大学出版社1998年4月版），仍按作者姓名
顺序排列论文。现依年代先后列出目录：叶奕良《伊朗历
法纵谈》、元文琪《"水中之火"与"水中之光"的原型意
义》、拱玉书《〈贝希斯敦铭文〉与〈历史〉》、李铁匠《古
代伊朗的种姓制度》、王邦维《大乘还是小乘：安世高及其
所传学说性质的再探讨》、齐东方与张静《中国出土的波斯
萨珊凸出圆纹装饰玻璃器》、龚方震《隋唐歌舞曲名中所见
粟特语》、顾风《唐代扬州与中国对外早期陶瓷贸易》、荣
新江《一个入仕唐朝的波斯景教家族》、段晴《几件与册封
于阗王有关的于阗文书》、晁华山《大漠掩埋的摩尼教绘
画》、宋岘《波斯医药与古代中国》、王镛《中国绘画对波

斯细密画的影响》、黄时鉴《元代四体铭文铜权的考释——以识读波斯文铭文为主》、刘迎胜《白阿儿忻台及其出使》、王建平《波斯文化和中国穆斯林社会》、高占福《中国回族等穆斯林民族的门宦宗教学说》、李湘《波斯语教学在中国》，此外，还有两篇国外学者的论文，分别是德国廉亚明（Ralph Kauz）的《从〈人民日报〉看伊朗的石油国有化运动》，伊朗哈桑·赞德（Ḥassan Zand）的《伊朗学与自由》。从上述目录中就可以看出，在叶老师的呼吁下，中国伊朗学的队伍在扩大，从早期的琐罗亚斯德教经典、古波斯铭文，到当代中国穆斯林社会的波斯宗教文化，都有学者讨论，而隋唐到蒙元时期的中国与伊朗关系史，仍然占有最重要的分量。我本人也经过几年的准备，把西安出土波斯人李素及其夫人卑失氏的墓志，结合相关史事，做了一番彻底的考证，涉及景教碑的问题，以及波斯传承的希腊占星术进入中国等问题。文章赶在会前交稿，成文比较匆忙，现在看来还有需要补充之处，但发掘出一位曾任唐朝司天监的波斯人，也应当是中伊关系史、甚至中外关系史研究中的一个创获吧。记得和徐苹芳先生讲起此发现，他马上让我把这篇文章给他主编的新《燕京学报》，但我因为答应叶老师在前，所以婉言谢绝了徐先生，而是马上把《〈且渠安周碑〉与高昌大凉政权》一文交给徐先生，蒙徐先生不弃，发表在《燕京学报》新5期（北京大学出版社1998年11月版），与《李素》一文几乎同时发表。

2002年11月，叶老师主办的第三届"伊朗学在中国"学术研讨会又顺利召开，同样是一年后即出版了《伊朗学在中国论文集》第三集（北京大学出版社2003年11月版）。现仍按大致年代列出目录如下：徐文堪《关于印度—伊朗人的起源问题》、龚方震《祆教的诚信观念》、晁华山《从波斯波利斯宫城遗迹遗物看古波斯与周边国家的文化交流》、张晖《试解三星堆之谜——中西交流与融合的第一个见证》、林梅村《汉帝国艺术所见近东文化因素》、孙莉《浅议萨珊银币的发现与形制》、王樾《萨珊银币上的王冠》、荣新江《萨保与萨薄：北朝隋唐胡人聚落首领问题的争论与辨析》、张庆捷《虞弘墓石椁图像中的波斯文化因素》、段晴《景教碑中"七时"之说》、马小鹤《摩尼教〈下部赞〉"初声赞文"新考》和《摩尼教〈下部赞〉"初声赞文"续考》、齐东方《伊斯兰玻璃与丝绸之路》、宋岘《对中国历史上的几个伊朗语词的讨论》、汪跃进《伊斯兰古典科技在中国》、尚刚《纳石失在中国》、王一丹《拉施特与汉学》、程彤《帖木儿的政治和宗教理念》、张文德《〈明史·西域传〉失剌思考》、高占福《历史上伊朗伊斯兰文化对中国穆斯林社会的影响》、刘迎胜《回回字与"小经"文字》、李铁匠《波斯庄历史调查》、王锋《试论伊朗家庭经济与消费经济的主要特征》。显然，这一次的内容更加丰富，人员也更多，所讨论的题目涉及面广泛，包括人种起源、文化交流、移民宗教、科技交流、织物传播等等，可以想见，叶老师从组稿到审订，要花费多少心血。我在当时主要研究入华粟特人的问题，所以提交了有关萨保与萨薄争论问题的论文，也是表明粟特研究是中国伊朗学的一个重要组成部分。

叶奕良先生虽然站在中国学术的立场上大声疾呼"我们要有伊朗学"，但他不是一个狭隘的国粹主义者，而是具有国际视野的领军人物。在每一次虽然是非国际性的"伊朗学在中国"会议上，他常常邀请在北京的国际友人参加；更重要的是，他还主编了英文本《伊朗学在中国论文集》(*Collection of Papers on Iranian Studies in China*, ed. by Ye Yiliang, Peking University Press, 2009.5)，主要收录前三本中文论文集中的部分文章的英译，包括晁华山（摩尼教）、程彤、拱玉书、黄时鉴（四体铭文）、刘迎胜（忙古带）、马小鹤、齐东方（伊斯兰玻璃）、荣新江（萨保与萨薄）、尚刚、孙莉、汪跃进、王邦维（大乘还是小乘）、王建平、王一丹、徐文堪、张庆捷的文章（有两篇以上者，括注英译文的简称），同时也有四篇不在上述三本论文集中的英文论文：段晴"Stories behind 'Jindou'"(《〔《西游记》〕"筋斗"背后的故事》)、廉亚明"From Iranian Lands to China and Back: the Eastern Routes of the Silk Road after the Yuan Dynasty"(《往返于伊朗与中国之间：元代以后丝绸之路的东方道路》)、饶宗颐"China's Early Connections with Persia and Daqin（Roma）as Seen in Silverwares"(《由出土银器论中国与波斯、大秦早期之交通》）、叶奕良 "Two Major and Friendly Nations on the Silk Road"（《丝绸之路上两个大国的友谊》）。因为国际上的许多伊朗学家是不懂中文的，但不论欧美、日本，还是伊朗的专家，几乎都懂英文，所以叶老师把中国学者伊朗学的文章译成英文，集中发表，无疑让国际伊朗学界整体上认识到中国伊朗学的成果和实力，叶老师的良苦用心，我们都是非常明白的。从好几位欧美学者向我索取这本由北京大学出版社出版的英文论文集来看，显然这本书对于他们有一定的参考价值。

三本中文《伊朗学在中国论文集》和一本英文《伊朗学在中国论文集》，是叶奕良先生推动中国伊朗学研究的代表作，其中每次会议、每一篇文章、每一本论集，都凝结着他的辛劳、他的汗水、他的努力、他的希望，所以我这里不厌其烦，把所有篇目抄出来，以记录叶老师在推进中国伊朗学研究方面的功绩。

叶老师一直想利用他的"关系"，在伊朗办一次"伊朗学在中国"学术研讨会，但由于种种原因，没能实现。他出自对伊朗文明的热爱，非常希望带我们去看看伊朗。2011年底，这个愿望终于实现了。我们借助前往德黑兰参加伊朗国家博物馆（National Museum of Iran）举办的"历史上的中伊关系国际学术研讨会"（International Seminar on the Historical Relations between Iran and China）的机会，作为北京大学"马可波罗研究项目"考察计划的实施，由叶

走访伊朗期间，叶奕良老师与伊朗学生在聊天

老师带着我们走访马可·波罗曾经到过或记载过的地方。

　　我们一行考察队员中，大多数是北京大学"伊朗学在中国"小团体的参与者，有叶奕良和他的夫人、法语系王文融教授，有外语学院的段晴、王一丹，考古文博学院的林梅村、齐东方，历史系暨中国古代史研究中心的荣新江、朱玉麒，还有清华大学美术学院的尚刚，中国人民大学国学院的孟宪实，术业各有专攻，对伊朗也都向往已久。

　　2011年12月29日我们从北京启程，经迪拜转机，30日到伊朗首都德黑兰。31日参加伊朗国家博物馆举办的"历史上的中伊关系国际学术研讨会"，会议规模不大，内容就像是一次"伊朗学在中国"学术研讨会一样。2012年1月1日我们前往北部的加兹温（Qazvīn），参观了加兹温四十柱宫博物馆（Chihil Sutūn-i Qazvīn）、加兹温博物馆（Mūza-yi Qazvīn），还有《心之喜悦》（*Nuzhat al-Qulūb*）的作者穆思妥菲·可疾维尼（Ḥamd Allāh ibn Abī Bakr Mustawfī Qazvīnī）的墓园。2日从德黑兰沿卡维尔（Kavīr）沙漠的边缘往东南行，先到卡尚（Kāshān），顺访席亚尔克（Siyalk）考古遗址，晚上到伊斯法罕，看了著名的三十三孔桥（Sī-u-sa Pul）。3日参观世界之画广场（Maydān-i Naqsh-i Jahān），广场周边分布三大建筑群，即伊玛目清真寺（Masjid-i Imām）、谢赫·卢特夫拉清真寺（Masjid-i Shaykh Luṭf Allāh）和阿里·卡普宫（'Ālī Qāpū，意为壮丽之门），然后去看了这里的四十柱宫（Kākh-i Chihil Sutūn）。傍晚到纳因（Nā'īn），访纳因大清真寺（Masjid-i Jāmi'-i Nā'īn）和亚兹德（Yazd）古堡。4日考察亚兹德城郊外的琐罗亚斯德教的寂灭塔（Burj-i Khāmūshān）遗址，以及琐罗亚斯德教的拜火寺庙（Ātashkada），这一地区是伊朗拜火教徒最集中的地区。又参观水博物馆，了解了伊朗坎儿井的挖掘和使用情形。最后参观了11世纪十二伊玛目（Davāzdah Imām）的墓葬。下午从亚兹德出发，翻山越岭，有四百多公里的路程。晚上天刚黑，赶到居鲁士墓时，已经关门。住设拉子。5日参观波斯波利斯（Persepolis）雄伟的波斯帝国时代的宫殿遗址，这里伊朗语称塔赫特·贾姆希德遗址（Takht-i Jamshīd）。然后到帝王谷，看到了鲁斯塔姆之像（Naqsh-i Rustam）。6日到菲鲁扎巴德城（Fīrūz-ābād）的萨珊王宫，回城后到波斯诗人哈菲兹（Ḥāfiẓ）陵园参观。晚乘伊朗航空公司班机，飞阿巴斯港（Bandar 'Abbās）。7日乘小船往霍尔木兹岛（Jazīra-yi Hurmuz），明代郑和曾经到过此地，回来后参观当地博物馆。晚乘伊朗航空公司班机飞迪拜，8日凌晨3点多，转乘阿联酋航空公司班机飞北京。

　　一路上，叶老师像回到老家一样，给我们讲他熟悉的伊朗历史、宗教信仰、风土民情，他也时常找当地人攀谈，提出各种问题，时而拉着我们和伊朗人照相。我们这次考察的导游曾参加过考古实习，所以非常专业，英文也好，但有的时候，我们还是要在叶老师和王一丹熟练的波斯语的帮助下，才能够明白有些问题。因为有了叶老师的同行，这次伊朗考察让我们真正地了解了波斯古代文明和当代伊朗文化的许多方面。

　　叶老师对于中伊两国的学术文化交流非常热心，他热衷于介绍伊朗学者、学生来中国访问、学习，也希望我们到伊朗去交流。他就像是一位没有官位的"文化大使"，促进着两国许多文化交往事业。去年（2015年）8月我的《丝绸之路与东西文化交流》出版不久，有一天他给我打电话，说伊朗使馆一位文化官员看到我的书，问他是否值得翻译成波斯文出版，他立刻大力推荐，并约了这位官员来北大外语学院，也把我叫过去，极力想促成此事。其实，直到此时，叶老师还没有看到过我的书。他这样提携后进，帮助别人，不遗余力地推动着中伊两国的文化交流事业，让我感佩不已。

可惜的是，叶老师的许多抱负还没实现，很多理想还没有变成现实，他就过早地与世长辞了，再也不能带我们开会，再也不能带我们走访伊朗。对于叶老师来说，我想他没有什么遗憾，他开拓出中国伊朗学的道路；对于我辈而言，需要铭记他的贡献，继承他的遗志，把中国的伊朗学发扬光大。

（2016年5月2日完稿，原载《文汇学人》第249期，2016年6月24日，第2—3版。）

学术、家世及其他
——喜见《周一良全集》出版

最近，高等教育出版社精心印制的《周一良全集》四编十册出版面世，我们北京大学历史学系和中国古代史研究中心也举办了"《周一良全集》首发式暨出版座谈会"，我在总结发言中略述自己看到这部《全集》的感想，但时间有限，未能畅所欲言，这里借《光明日报》，加以阐述。

周一良这个名字，对于当今中国历史学界来说，大概没有人不知道，同时，他也是欧美、日本中国史学界几乎人所共知的人物，这后一点，并非中国现代史学家都能胜任，因此我说周一良先生是当代中国史学的代表人物，应当大致不错。

周一良早年负笈燕京大学，受教于邓之诚、洪业两位先生。因为治魏晋南北朝史，所以旁听清华大学陈寅恪先生课程，深受寅恪先生的影响和赏识，毕业后就被推荐进入中央研究院历史语言研究所，专门从事魏晋南北朝史的

1935年5月大学毕业时的周一良

研究。后来周先生曾经跟我们说,这在当年是最好的去处,也造就了他写出一批优秀的魏晋南北朝史研究论文。1939年周一良获哈佛燕京学社奖学金,赴美国哈佛大学远东语言系学习,主修日本语言文学,兼修梵文和佛教,五年后以论文《唐代密宗》(Tantrism in China),获得哈佛大学博士学位。1946年回国任教于燕京大学国文系,翌年转任清华大学外文系教授,主要从事佛典翻译文学、敦煌学和魏晋南北朝史的教学与研究。1952年院系调整,调任北京大学历史系教授,听从组织分配,转而从事亚洲史的教学和研究,也参与新中国世界历史学科的建设。"文革"以后,重操旧业,继续魏晋南北朝史的研究,兼整理考释敦煌写本书仪。1986年退休后,翻译新井白石自传《折焚柴记》,

研究江户时代日本史和中日文化交流史。晚年以读书自娱，撰写或口述自传、回忆录、序跋、书评、纪念文及学术小品，以各种方式，提携后进，推进中国学术发展，并且用自己的经历，来告诫后人。

《周一良全集》的主体篇幅，比较全面地呈现了他对史学研究方方面面的贡献，第一编"魏晋南北朝史（含中国史）"包括两册《魏晋南北朝史论》和一册《魏晋南北朝史札记》，以及为《中国大百科全书·中国历史卷》撰写的54个辞条；第二编"佛教史与敦煌学"，包括所有能收集到的有关佛教史与"敦煌学"的论文，也包括哈佛博士论文《唐代密宗》的英文原稿及译稿；第三编"日本史与中外文化交流史"，包括相关论文和《日本》与《折焚柴记》两种译著。周先生的学术贡献是多方面的，魏晋南北朝史之外，对于中国史的许多方面，如中外关系史，都有杰出的成就。同时，他创建亚洲史学科，并且与吴于廑先生共同主编《世界通史》，影响深远。

周一良自小受到良好的教育，经史子集，触类旁通；特别是经史、小学，下过苦功。同时，周一良又受过严格的西式教育，从燕京到哈佛，从学术规范，到各种语言文字的把握。因此，周先生做学问，可以随时转换课题，甚至进入亚洲史、佛经翻译文学等新的领域。而治学手段也多种多样，论文之外，他也写有很多书评；由于小学的功底好，所以他也采用札记的形式，来展现自己对于文字、训诂、名物、礼制等多方面的知识和见地。

由于具有较为全面的学术训练，周一良先生也能胜任许多重要的学术主持工作，除了曾任北京大学历史系主任外，也为中古史中心的筹建贡献了他的聪明才智，而且主动承担整理研究当时少有人问津的敦煌写本书仪。他还主持过《中国大百科全书·中国历史卷》各分册的统合工作，他当时就让我把不同分册的"丝绸之路"条目整合补充成一个条目，现在我才发现，他自己亲自动手，补充或改订了54个条目。他也曾代表中国任联合国"人类文明史"的编纂负责人，并亲自用英文撰写了《早期朝鲜》和《早期日本》两章。

周先生不仅仅做自己的学问，而且对于中国史学的发展奉献良多，是真正能够代表中国史学界的人物。

周一良出身的建德周氏，在中国近现代历史中又非同一般，是一个典型的从清朝的军政大臣，变成一个书香门第的大家族。其父周叔弢以实业立家，以藏书著称于世，子女都以读书为尚，而且大多数都学有所成。周一良为周家长子，继承家族门风，坚持学术本色。

《周一良全集》第四编为"自传、杂著与书信"，收录有周先生晚年撰写的《毕竟是书生》、《访谈录》、《郊叟曝言》、《钻石婚杂忆》，这些著作给学术界、读书界留下了有关周家和周一良先生本人丰富的资料。周一良的生长和求学、治学经历，在他那个时代的知识分子中具有相当的典型意义，因此，周先生对自己的自传式记录，对于研究中国现代学术史，弥足珍贵。

周一良先生善于采用各种题材来做学问，所以这里收录的各种论学杂著、读书题记、书信，都能够既看到周先生学术的一面，也看到周先生为人的作风。所附色纸，更是独具特色，这是周先生有意增进学术交流，同时保留一份知识分子书与学交谊的原始文献，我们看到其中启功先生给周先生写的诗，不尽感慨系之。

周先生的家世也使得他的著作在某种意义上是一部现代中国历史的缩影，《全集》无疑对此做了很好的展现。

1998年辽宁教育出版社曾出版五卷本《周一良集》，编

《周一良集》与《周一良全集》

次为周先生手订。今天的《全集》基本上保留了《周一良集》的体系风貌，而篇幅增加一倍以上，是有关周先生学说和建德周家历史的最佳合集。这一《全集》的编辑，我们应当感谢北京理工大学赵和平教授和高教社的编辑们。

（2016年6月16日写于乌鲁木齐旅次，《光明日报》2016年7月26日第11版刊登，略有删节，题目改作"史学大家、书生本质——喜见《周一良全集》出版"。）

忆王尧先生对我的教导与关怀

我上大学的时候，因为我的老师张广达先生住在中央民族学院（今中央民族大学）的家属院里，所以我在上世纪80年代初就有机会拜见民院的许多学者，如贾敬颜、耿世民、王尧、陈连开等先生。那时王尧先生属于民院的藏学研究所，他的研究生陈庆英经常是张广达先生家里的座上客，我因为和陈庆英更熟，所以也就常常到藏学研究所里去找陈聊天，时而也会遇到王尧先生，听他海阔天空地谈学问，也谈关于西藏的其他事情。

1985年我毕业留在北大中古史研究中心，考虑自己今后主要从事敦煌学、西域史的研究，总是应当学点民族语言才好。在国内无法学习于阗语、粟特语等中亚语言，张先生建议我学习藏文。因为藏文的典籍、文书都非常丰富，学会以后，不会受资料贫乏的限制。于是张先生亲自联系民院民语系，请藏语教研室主任罗秉芬老师给我们北大的几位想学藏语的年轻人开一个速成班，希望一年见效。罗老师非常帮忙，组织了藏语教研室的所有力量来教我们这些从头开始的学生。记得周季文老师教我们认字和发音，格桑居勉老师教我们语法，背《三十颂》，剧宗林老师教我们书法，罗秉芬、黄布凡等老师教我们课文，选读《米拉日巴传》等等。一年下来，非常见效，学会了基本的文字、语法知识，翻着《藏汉大辞典》，可以读一些简单的藏文了。

　　然而，我自己急功近利，学藏文的目的是想看敦煌的藏文文书，这些文书是古藏语写成的，只有现代藏语的知识还无法上手。而当时对敦煌古藏文文书进行释读并翻译的学者，主要就是王尧先生和他的合作者陈践老师。于是我插班去听王尧先生的古藏语课，向他学习如何解读敦煌藏文文书。王尧先生带着我们读了几篇敦煌古藏文文献，让我们知道一件原始文书从何处入手；他指出敦煌古藏文与安多藏语最为接近，所以有时也要借助安多方言来解释古藏文疑难词汇；他提示敦煌古藏文与现代藏语的不同，让我们积累目前在现代藏语词典、甚至《格西曲扎藏文词典》中没有的词汇，利用其他文献资料，如敦煌汉藏对译词汇、汉藏均保存的佛典之类的材料加以对比研究；他还告诉我们与敦煌古藏文文书同时代的吐蕃碑铭、新疆发现的古藏文木简和文书的情况。虽然有时候跑题很远，但他讲到的历史掌故、相类文献等等，都是很有启发的。

　　我买来他的《吐蕃金石录》（文物出版社1982年版）以及他和陈践老师合著的《敦煌吐蕃历史文书》（民族出版社1980年版）、《敦煌吐蕃文献选》（四川民族出版社1983年版）、《敦煌本藏文文献》（藏文，民族出版社1983年版）、《吐蕃文献选读》（藏文，民族出版社1983年版）、《吐蕃简牍综录》（文物出版社1985年版），对照藏汉两种文本，一个字一个字地阅读和学习。这样做，一方面是积累古藏文的词汇，另一方面也是把一些最基本的敦煌藏文文献熟悉起来。80年代初国内能够看到的敦煌藏文文献，主要是埃·麦克唐纳（A. Macdonald/A. Spanien）和今枝由郎（Y. Imaeda）合编的两卷本《法国国立图书馆所藏藏文文书选刊：以印度事务部图书馆和大英博物馆藏卷补充》[1]，是精制的黑白图版影印本，前面有编者的解题，其第一卷从P.t.1–990号中选择《罗摩衍那》、《于阗国教法史》等佛教经典和藏外文献、发愿文等研究价值较高的写本，第二卷从P.t.996–2220号中选择《吐蕃王朝编年史》、《大事记》、史籍、占卜书等非佛教文献，包括吐蕃统治敦煌时期及以后的各种官私文书。这部价格不菲的图录由法国藏学界泰斗石泰安（R. A. Stein）赠送给中国藏学家、中央民族学院教授于道泉先生，于先生转交王尧先生解读研究。因此，我

---

　　①*Choix de documents tibétaines conservés à la Bibliothèque Nationale complété par quelques manuscrits de l'India Office et du British Museum*, Paris: Bibliothèque Nationale 1978–1979.

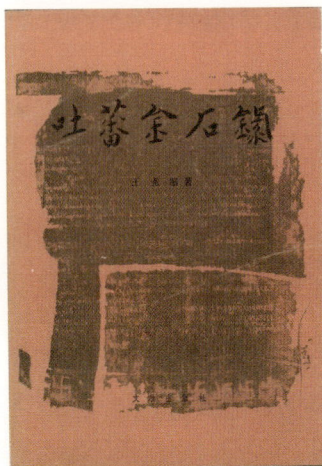

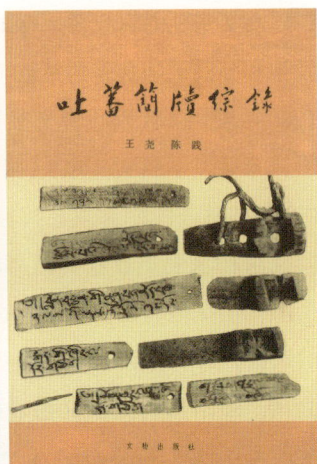

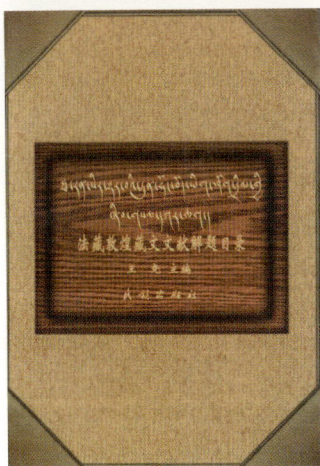

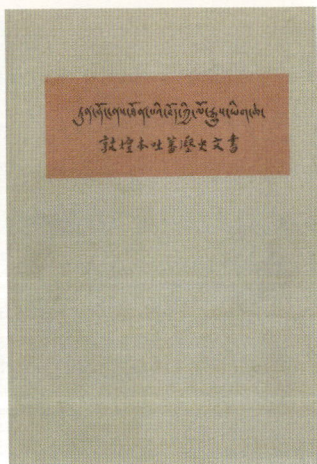

王尧先生著作

们跟从王先生学习的敦煌文献就出于这两卷刊布的文书，我依据王尧、陈践先生整理本一个字一个字认读的也是这些重要的文书。这些文书的学习、研读，对于我后来研究敦煌吐蕃时期、归义军时期的历史，以及研究于阗历史，都有着非常重要的帮助。

古藏文文献的学习，对于我的归义军史研究、于阗史研究和一些部族考订的文章，都起到了直接或间接的作用。但作为我学习藏文最重要的、恐怕也是唯一的成果，是我撰写的《通颊考》一文。"通颊"一名不见于传统的中国史籍，所以唐长孺先生在撰写《关于归义军节度的几种资料跋》，据很不清晰的缩微胶卷抄录S.389《肃州防戍都上归义军节度使状》时，就没有认出"旧通颊肆拾人"中的"通颊"二字，用□□代替[1]。1985年我到伦敦英国图书馆调查，抄录了S.389状文，补全"通颊"二字，并在拙稿《归义军及其与周边民族的关系初探》中使用[2]，但对于"通颊"何意，并未得解。后来看到山口瑞凤教授的《苏毗的领界》一文，得知他早在1968年，就在土肥义和教授的帮助下，把藏文文书中的mThong khyab比定为汉文文书中的

---

① 文载《中华文史论丛》第1辑，1962年。
② 《敦煌学辑刊》1986年第2期。

"通颊"①。我在此基础上，收集藏文传统史籍《智者喜宴》、敦煌古藏文写本《吐蕃王朝大事记》、P.t.1089凉州军镇官吏序列表、P.t.1113陇州会议发送之钤印文书、P.t.1094《博牛契》、米兰出土藏文木简，以及归义军时期的汉文文书等，全面探讨了通颊部落作为吐蕃王国在东北边境设置的一级军政组织，随着吐蕃的向西扩张而随之西进，直到吐蕃王朝崩溃以后在归义军时期的存在情形，比较完整地描绘出通颊部落的全貌。拙文汉文稿《通颊考》撰写时间很长，其间正好德国的《华裔学志》两位负责人到北京约稿，由季羡林先生推荐，这篇文章稿本由《学志》副主编弥维礼（W. K. Müller）先生翻译，最后中英文几乎同时发表，中文本刊于中华书局的《文史》②，英文本在《华裔学志》发表③。这可以说是我学习藏文之后，最专业的一篇藏学文章，文中所引藏文文献或文书，都经过自己对照原文一字字地释读和翻译，我把这篇文章看作是向王尧等先生交的一份藏学学习作业。王先生当然知道我这篇文章是最用功的一篇藏学文章，所以在他主编《西藏历史文化辞典》时，特

---

① 《苏毗の领界——rTsang yul と Yan lag gsum pa'i ru》，《东洋学报》第50卷第4号，1968年，1—69页。英文本为Z. Yamaguchi, "Su-p'i and Sun-po: A Historico-geographical Study on the Relation between rTsang yul and Yan lag gsum pa'i ru", *Acta Asiatica*, 19, 1970, pp.97—133

② 荣新江《通颊考》，《文史》第33辑，1990年，119—144页。

③ Rong Xinjiang, "mThong-khyab or Tongjia: A Tribe in the Sino-Tibetan Frontiers in the Seventh to Tenth Centuries", *Monumenta Serica*, 39, 1990—91, pp. 247—299.

别约我写了一条"通颊"①，表明他对此文的认可。他约我在同一《词典》中写的另外一条是"张议潮"②，那可能是他看到了我的归义军史研究的缘故吧。

　　我跟从王尧先生治藏学的另一个收获，是熟悉国际藏学界。在"文革"后的中国藏学界，与国际藏学家接触、对话最多的，肯定是王尧先生。他很早就出国参加各种藏学研讨会，用英文投稿国际藏学刊物、专刊，许多会议论文集也都有Wang Yao这个名字。他每次回来，都慨叹中国学术荒废多年，在藏学的许多领域都落后于人。因此，他在教书育人，大力推进国内藏学研究人才培养的同时，也鼓动我们年轻人大量翻译国外藏学家的研究论著。为此，他主编了《国外藏学研究译文集》，由西藏人民出版社，从1985年开始出版第1辑，到2014年初出版第20辑，翻译了大量的国外藏学的优秀论文，这些论文很多是从王尧先生刚刚从国外带回来的藏学书刊中翻译的，所以比较及时地反映了国外藏学研究的最高水平，对于缺少国外藏学书刊的国内藏学界来说，有如雪中送炭；也使得国内年轻一辈藏学研究者，能够跟上国际藏学研究的步伐。我先后翻译的有关藏学的文章，也经过王尧先生的法眼，其中乌瑞《有关公元751年以前中亚史的藏文史料概述》一文，收入

---

　　① 王尧主编《西藏历史文化辞典》，西藏人民出版社与浙江人民出版社，1998年，252页。
　　② 王尧主编《西藏历史文化辞典》，338页。

1989年出版的《国外藏学研究译文集》第5集①；恩默瑞克《于阗语中的藏文借词和藏语中的于阗文借词》一文，收入同年出版的《国外藏学研究译文集》第6集②。

　　从90年代初开始，我感觉自己的藏文不会达到随心所欲地使用的段位，所以把研究的重点从敦煌学、藏学，转到中外关系史方面，首先处理粟特人东来问题。虽然好多年没有和藏学界往来，也没有发表任何藏学方面的文章，王尧先生在90年代末创办新的藏学刊物《贤者新宴》（藏学研究丛刊）时，仍然向我约稿。其实这时我已经不敢再动藏文材料，所以拣选了一个与藏学有关的中外关系史题目——《历代法宝记》中的末曼尼与弥施诃：吐蕃文献中的摩尼教和景教因素的来历，贡献给王尧先生主编的《贤者新宴》第1辑③。以后，王尧先生也曾约稿，但和已经成长起来的新一代藏学研究者相比，我已经不敢班门弄斧了。

<hr />

　　①乌瑞撰，荣新江译《有关公元751年以前中亚史的藏文史料概述》，《国外藏学研究译文集》第5集，1989年，39—81页。原文G.Uray,"The old Tibetan Sources of the History of Central Asia up to 751 A. D.: A Survey", *Prolegomena to the Sources on the History of Pre-Islamic Central Asia.* Budapest 1979, pp. 275–304.

　　②恩默瑞克撰，荣新江译《于阗语中的藏文借词和藏语中的于阗文借词》，《国外藏学研究译文集》第6集，1989年，136–161页。原文R. E. Emmerick, "Tibetan Loanwords in Khotanese and Khotanese Loanwords in Tibetan", *Orientalia Iosephi Tucci Memoriae Dicata.* Roma 1985, pp. 301–317.

　　③王尧主编《贤者新宴》（藏学研究丛刊）第1辑，北京出版社，1999年，130–150页。

因为没能在藏文和藏学研究方面进一步下功夫，我没有再继续写作这方面的研究论文，有违王尧先生的厚望，辜负了王尧先生的期待，现在想想，真是非常遗憾。

王尧先生身上体现的中国传统知识分子的美德最为显著的地方，就是不遗余力地奖掖后进。他不仅仅在藏学研究的圈子里是这样，在藏学领域之外也是如此。

我从1995年开始，在罗杰伟（Roger Covey）先生的"唐研究基金会"的大力支持下，勇敢地承担起大型学术刊物《唐研究》的主编之责。对于这样一个"个体户"式的刊物，我自己虽然尽心尽力，但也做不到尽善尽美。我努力秉承学术第一的原则，不讲人情，不免得罪了一些人。特别是有一篇很有分量的书评的发表，让一位原本是忘年交的前辈学者震怒，非要在《唐研究》上发表反批评的文章，而按照国际通例，同一杂志是不能发表反批评文章的。这位先生于是把文章复印多份，寄给相关人士，并指责我不让反驳。王尧先生是唐研究基金会聘请的"唐研究基金会学术委员会"的委员，当然也接到这样的信件。在某一年年末的基金会学术委员会上，王先生对我的做法给予肯定，并指出这样的专刊在中国生存不易，而贡献不小，我们应当极力维护，而不能拆台，不能打击。说到深处，王先生情动于衷，声泪俱下，那样的场景，让在座的所有委员动容，更令我终生难忘。没有王尧先生这样的前辈的关怀和支持，《唐研究》哪会有今天，迄今21卷的成果也不会存在。

王尧先生不仅在道义上支持《唐研究》，而且还以实际行动支持《唐研究》。2002年的第8卷上，他发表了《云南丽江吐蕃古碑释读札记》；2004年的第10卷上，他又发表了《青海玉树地区贝考石窟摩崖吐蕃碑文释读》；这两篇文章都是解读最新发现的吐蕃碑铭、摩崖题记的成果，他把最新材料第一时间交给《唐研究》发表，大力支持我的工作。这些事，我永远铭记在心。

在我接触的前辈学者当中，王尧先生平易近人，没有什么架子，从多方面关怀年轻人。记得有一年我在香港中文大学访学，王尧先生同时在港大佛学中心讲课。他知道我一人在港，又不会做饭，他们夫妇经常约我到饭馆"饮茶"或吃饭，让我饱餐一顿，打打牙祭。王尧先生是语言学家，入乡随俗，很快学得广东话，能够点出上好的广东菜，这也是我一直没有学到的本领。

毕竟和藏学渐行渐远，做了一个藏学的逃兵，后来我和王尧先生见面的机会也越来越少。沈卫荣兄在中国人民大学国学院为王先生举办过一个八十华诞的庆祝会，我应邀参加，也讲了几句话，但卫荣兄主编的《西域历史语言研究》第3辑为庆祝王先生八十华诞专号，我也没有写篇文章颂寿，实在是很不应该。

最后见到王尧先生，是在2014年12月18日参加国务院参事室、中央文史馆、中华书局举办的"中国地域文化

作者与王尧先生
在香港合影

研讨会"，王先生作为文史馆馆员在座，我则因为审过《中国地域文化大观》的两部稿子，被中华书局拉去发言。席间王尧先生见到我，向我要刚刚出版几个月的拙著《中古中国与粟特文明》，他说我要看你的文章，正好我带了两三本打算送人，急忙递上。看来，王先生仍然在关注着我的成长，关心我的学术研究进展，可惜我还没有来得及去看他，听他说说我的书有什么问题，2015年12月17日，噩耗传来，没想到再也没有机会向他问学了。

回想向王尧先生问学几十年的过程，他始终如一地谆谆教导我，关心我，爱护我。虽然我后来不涉足藏学了，王尧先生却宽容以待，继续从各方面支持我、鼓励我。他实在是一位人格高尚的蔼然长者，是我此生都应该学习、仿效的学界表率。

　　谨以此文，纪念先灵。

　　（2016年4月30日完稿，原载《文汇学人》2016年12月16日第3—4版；收入《王尧先生纪念文集》，上海远东出版社，2016年。）

从粟特商人到马可波罗

——纪念杨志玖先生

杨志玖先生在唐史、元史、中外关系史等领域都做出了优秀的研究成果，尤其是在论证马可波罗来华史事上，更是有着突出的贡献。本次会议以"隋唐宋元时期的中国与世界"为主题来纪念他，应当是非常贴切的考虑。

我本人有幸很早就随业师张广达教授拜访过杨志玖先生，记得他们在一起谈到跟从邵循正先生学习波斯文的事，只记得杨先生非常谦虚，说自己的波斯文没有学好；又谈一些元史方面的事情，已经记不得说了些什么了。以后因为我也做一点隋唐史的研究，杨先生和他的弟子张国刚在南开大学带隋唐史的博士生，因为我离得相对比较近，大概还有我也是天津人的缘故，所以他们的博士生答辩，往往把我召去参加，因此有不少机会拜见杨先生，在教室里，或者在他家中问学。

1995年，英国的吴芳思（Frances Wood）出版《马可波罗到过中国吗?》(*Did Marco Polo go to China?* London: Secker & Warburg, 1995) 一书,站在13世纪意大利的角度质疑马可波罗是否真的来华。于是,杨先生连续撰文批驳她的观点,力证马可波罗到过中国(已结集为《马可波罗在中国》,南开大学出版社,1999年)。与此同时,中国的元史学界、中外关系史学界的重量级人物,也都纷纷发表论文,批判吴芳思的书,好像她把一个中国人民的友好使者给弄没了,一定要把她驳倒。我知道吴芳思是1974年来华留学的那批"工农兵留学生",对中国非常友好。1991年她邀请我去她主持的英国图书馆中文部编纂敦煌写本残片目录,让我知道她在伦敦给许许多多的中国人提供了很多无偿的帮助,当时在伦敦的中山大学林悟殊教授开玩笑地说,吴芳思真是个"活雷锋"。我知道她写的《马可波罗到过中国吗?》是一本non-fiction,是根据历史材料撰写的通俗读物,我在香港的机场就看到过这本书的平装本,其受众主要是一般的读书人,而并不一定是写给专家看的,她的一些观点其实早在1973年就由德国学者、元史大家傅海波(Herbert Franke)提出过,只是那时中国在"文革"期间,没有人搭理而已。因此,我曾借1997年去伦敦参加"敦煌写本伪卷"研讨会的机会,专门约了吴芳思,听她说说写作的起因和出版后的一般读者的反应情况。她说是因为自己的父亲治意大利中世纪文学,因此才从意大利的角度来提出问题,她还送我一些史景迁(J. Spence)等人写的评

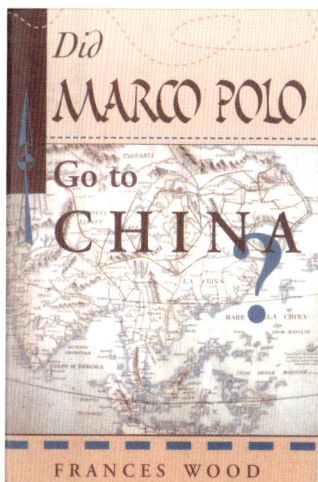

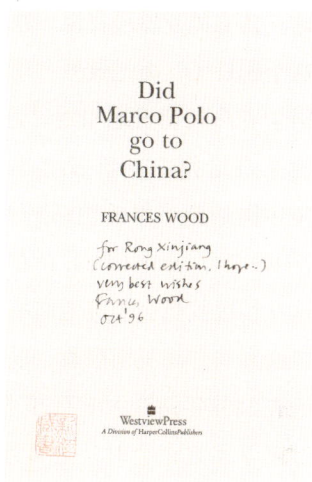

吴芳思《马可波罗到过中国吗》英文版及题赠

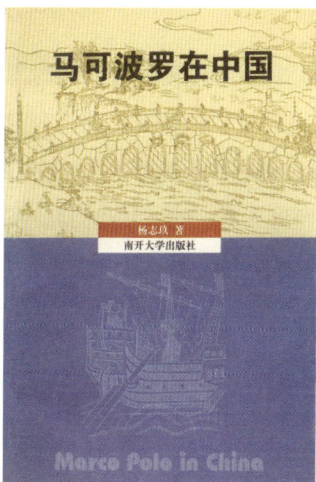

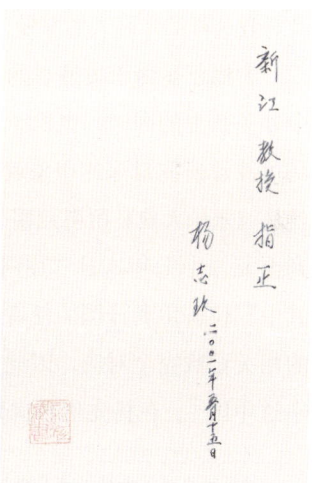

杨志玖先生《马可波罗在中国》及题赠

论。其实吴芳思跟我说，她写完一本书，就基本不再去碰这个题目了，而是做另一项研究，写另一本书去了。在中国学者热火朝天地和她讨论马可波罗是否来华的问题时，她又寄给我一本新书：《华人与狗不得入内：1843–1943年中国通商口岸的生活》（*No Dogs and Not Many Chinese: Treaty Port life in China, 1843–1943*，London，1998）。我把这些情况找机会委婉地向杨志玖先生说了，希望杨先生有机会和吴芳思见面聊聊，以释前嫌。杨先生非常大度，真的在2008年南开大学召开"马可波罗研究与13世纪中国"国际学术讨论会时，把吴芳思从英国请来，参加了会议，双方把这个问题放到一个学术层面上讨论，没有引起任何意气之争。我讲这件事，是想说杨志玖先生宽广的胸怀以及对我这样的年轻人的厚爱。

　　大概正是由于吴芳思的书，让我在主要关注汉唐时期中外关系史的同时，也留意起马可波罗的研究。此前我对马可波罗研究最深的印象就是，杨志玖先生早在1941年，就从《永乐大典》所引元朝《经世大典》的《站赤门》，找到至元二十七年八月"往阿鲁浑大王位下"的一条奏事，其中三位去伊利汗国的使者名字，与《马可波罗游记》中的相关记载完全对应，因此铁证马可波罗确实在元朝初年来过中国[1]。在杨先生再次讨论马可波罗问题的一系列著

---

　　[1]杨志玖《关于马可波罗离华的一段汉文记载》，《文史杂志》第1卷第12期，重庆，1941年12月。

作的指引下，近年来我和一些志同道合的老师、学生一道，在北京大学组成"马可波罗读书班"，慢慢会读穆阿德（A. C. Moule）和伯希和（Paul Pelliot）译本《马可波罗世界寰宇记》(*Marco Polo, the Description of the World*, London: George Routledge & Sons Limited, 1938)，希望将来有所贡献。

经过杨志玖先生等的一番论证，马可波罗来过中国，在中国学术界基本上已经成为定论。但从更广的范围里来看，对于马可波罗是否真的到过中国，质疑之声仍不绝于耳。之所以有这样的怀疑，原因之一就是对于自唐朝中叶以后一直到元朝初年陆上丝绸之路是否通畅的质疑。有不少学者认为，自从安史之乱以后，吐蕃以及后来的党项、西夏隔绝了中原王朝与中亚、西亚、印度的交往，随后宋朝发展了海上丝绸之路，使得陆上丝路更加衰落，在这样的背景下，马可波罗一行在元朝初年也就不太可能走陆路来到中国。这个问题也和最近学术界内外热议的"丝绸之路"有关，即丝绸之路在东西交往的历史上到底起过多大的作用，丝绸之路在漫长的历史岁月里是"断多通少"吗？

我想从三点来理解丝绸之路交通和马可波罗来华的问题，以期给马可波罗的到来提供一些印证，也是对杨先生观点的一点补充。

第一点是从商人的角度来理解。多年来我一直在探讨丝绸之路上的粟特商人及其贸易往来情况，其实粟特商人的性格有助于我们理解马可波罗。

从公元3世纪到8世纪，粟特商人成为陆上丝路贸易的担当者，从拜占庭到中国，都有他们的身影。虽然安史之乱和阿拉伯势力的东进对于粟特商人的贸易有所影响，但粟特商人以及他们的"后裔"，如回鹘商人、回回商人、色目商人等，仍然奔波在丝绸之路上。

这些粟特商人的特性之一是不畏风险，只要利之所在，无远不至。敦煌长城烽燧下发现的一组粟特语古信札，就给了我们最好的例子：一批来自康国撒马尔干的粟特商人，以河西武威作为经商的大本营，首领萨保派一批批商人率队前往邺城（安阳）、洛阳、金城（兰州）、酒泉、敦煌，可能还有楼兰、于阗（和田），经营贸易货物，用贵金属、香料、药材，换去丝绸等中国产品。其中一批在洛阳的粟特商人，因为遭受到西晋末年的动乱，饥寒交迫，受尽战乱之苦，但这些粟特商人坚持下来，逐渐由小变大，由少变多，到了北朝末年，一些入华粟特商人首领，变成像我们从安伽、史君墓葬图像所见到的那样，生活优裕，安享豪富的晚年。马可波罗和他的父辈们在往来中国途中，同样也要经过许多敌对国家的危险境地，应付各种不同势力可能的迫害，与粟特商人所面对的情形没有两样。

这些粟特商人的另外一个特性，就是组织商队，长途跋涉，从一个国家到另外一个国家经营商业。我们在吐鲁番出土的一个文书案卷中，曾经获得一个相对完整的故事，说的是唐高宗时期，曹炎延、曹果毅、曹毕娑等一组中亚曹国出身的粟特商人，与汉商李绍谨等一起，从唐朝首都长安出发，到天山北路的弓月城（今阿力麻里附近）进行贸易活动。随后，部分胡汉商人李绍谨、曹禄山等先后经天山南路的龟兹（今库车），因赶上唐朝和吐蕃的西域争夺战，退回到西州（今吐鲁番）。而另外两位粟特商人曹果毅和曹毕娑，则更向西方去贸易。由此我们可以看出，从长安往西，不论到北疆的弓月，还是南疆的龟兹，乃至更西的粟特地区，粟特商人的贸易路线非常广远，他们利用丝路城镇做跳板，长距离经商。马可波罗一行也是商人，又肩负教皇使命，所以从遥远的欧洲，一直走到中国，其性质和做法，与粟特商人是一样的。

粟特商队有一整套经营方式，他们集体行动，动辄一二百人，由商队首领——萨保（来自粟特文 s'rtp'w）统帅，从粟特本土向外，经营贸易。在经行的丝路城镇中，建立自己的聚落，一批人留下来，另一批人继续前进，而且不断有粟特商队前来补给。于是在丝路沿线，逐渐形成一连串的粟特聚落，成为他们倒卖商品、储存货物、休整居住的地方。一些原本是粟特商队首领的萨保，一旦在聚落中定居下来后，就成为聚落首领。他们通过这样的方式，来控制整个丝路贸易。马可波罗一行既是商人，又有使命，因此和粟特商人不同，但他们仍然与丝路上的商人聚落或基督教会保有联系，并利用他们的系统来一站站行进。马可波罗到达中国以后，一住就是十七年，如果不是元朝皇帝命令他护送公主到伊利汗国，他恐怕仍要继续待下去。这种做法和粟特商队首领一旦定居下来，就入仕中原王朝，享受荣华富贵，不再回国了也是一样。马可波罗担任扬州总管，和武威安氏家族先为萨保、后任凉州都督，都是一脉相承的。

第二点是从丝路交通的角度来理解。按照一般的逻辑思维，总是觉得在统一兴盛的汉唐时期，丝绸之路是畅通的，一旦西北地区动乱以后，丝绸之路就会断绝，所以中国历史上丝路"断多通少"。

具体来说，许多人认为安史之乱后，吐蕃占领河西、西域，以后回鹘西迁，与吐蕃争斗，直到西夏占领河西，陆上丝路基本断绝。事实上，这是汉文史料给人造成的错觉，我们从敦煌文献和传世典籍的零星记载中，仍然能够发现晚唐、五代、宋朝，经过河西走廊、塔里木盆地的中西交往道路没有断绝。1991年，我给季羡林先生八十华诞纪念文集写过一篇文章，题为《敦煌文献所见晚唐五代宋初中印文化交往》，就勾稽敦煌汉、藏、于阗等文献中的材料，列出从吐蕃统治敦煌时期（786–848）到归义军时期（848–1035）之间，由中原五台山、河北、陕西、四川等地，经河西走廊前往印度取经的十多位僧人相关的书信、发愿文、行记等等①。

比如英藏敦煌写本S.5981记载，后唐同光二年（924）三月初，鄜州（今陕西富县）开元寺观音院主、临坛持律大德智严，前往印度求法，路经沙州，巡礼敦煌佛教圣地，并为后唐皇帝和沙州归义军节度使曹议金祝福。有意思的是S.2659也是他持有的写本，抄有《大唐西域记》卷一、《往生礼赞文》、《十二光礼忏文》。他带在身上的玄奘《西域记》，显然是作为前往印度取经的指南，其他则是佛事应用文本，随时使用。对于我们今天研究丝绸之路的人来说，更为重要的是这个写本的背面，就是现在摩尼教研究的根本文献《摩尼教下部赞》，大概智严用了《下部赞》作为废纸抄写《西域记》等，无意中留下了更为重要的丝绸之路文献。1993年上海古籍出版社刊出《上海博物馆藏敦煌吐鲁番文献》，其中上博48号册子本中，有《十二时普劝四众依教修行》，题记说："时当同光二载三月廿三日，东方汉国鄜州观音院僧智严，俗姓张氏，往西天求法，行至沙州，依龙兴寺憩歇一两月说法，将此《十二时》来留教众，后归西天去展转写取流传者也。"显然也是这位智严留下来的。

再举一例，乾德四年（966），北宋政府组织了一次西行求法运动，有157位僧人从北宋都城开封出发，前往西天取经。这些僧人取道河西，经过敦煌时，有的留下随身

---

① 李铮等编《季羡林教授八十华诞纪念论文集》，南昌：江西人民出版社，1991年，955—968页。

携带的佛教文献。如中国国家图书馆藏敦煌写本BD13802和法国藏P.2023号的内容表明，乾德六年二月，西天取经僧继从经过敦煌，抄《妙法莲华经赞文》，呈给归义军节度使、沙州大王曹元忠。又据《佛祖统记》卷四三记载："太平兴国三年（978），开宝寺沙门继从等自西天还，献梵经、佛舍利塔、菩提树叶、孔雀尾拂，并赐紫袍。"显然，继从圆满完成西天取经任务，回到宋朝。他的成功应当离不开当年敦煌归义军政府的支持和援助，正像玄奘西行求法离不开高昌王麹文泰的大力支持一样。

文化交往不会是单向的，印度的僧人也没有在东行传法上停止从东汉以来的脚步。宋朝初年，北天竺国僧人施护与法贤，在雍熙二年（985）一同前来中国，他们在途经敦煌时，被笃信佛教的敦煌王曹延禄羁留不遣，这也像麹文泰想留住玄奘一样。但数月以后，施护等人乘敦煌官府不备，丢弃锡杖和瓶钵，只带着梵夹进入宋朝，成为宋初著名的佛经翻译大师。

其实，尽管晚唐、五代、宋初时期西北地区没有统一的王朝控制丝绸之路，但独立的各个小国，如西夏王国、甘州回鹘、敦煌归义军、西州回鹘、于阗王国、喀喇汗王朝等，都没有阻断交通，特别是僧人和商人的往来，和政府的使臣不同，他们往往不因为敌对势力的影响而止步不前，他们正是在混乱的政局下沟通不同政权之间交往的使者。

民间商人是不太会被中国传统士大夫、特别是传统史家所记录下来，但带有官方色彩的商人（有些其实是假冒官商的私贩）还是会在史籍中留下记载。宋朝在和西夏对立的时期，商人们仍然采用绕过西夏的"秦州路"，与西域交往，像于阗的玉石仍不断被运到北宋都城，因为王朝的玺印制作，离不开于阗优质的软玉[①]。而且，宋、夏之间并不是时时刻刻都处在敌对状态，有的时候还是可以往来的。

　　西夏本身也不是一个闭关锁国的王朝，据西夏仁宗天盛年间（1149–1169）编纂的《天盛改旧新定律令》卷七记载，西夏对于从大食、西州回鹘国来的使者和商人是给与优惠待遇的[②]。西夏的僧人也有西行印度求法者，同时还有印度高僧到西夏弘法。

　　辽朝也与西域诸国有着交往，《契丹国志》记载了高昌、龟兹、于阗、大食、小食、甘州、沙州、凉州等国或地方政权每三年一次遣使，总有大约四百余人至契丹贡献，贡品（其实就是商品）有玉、珠、犀、乳香、琥珀、玛瑙器、宾铁兵器、斜合（suɣur）黑皮、褐黑丝、门得丝（mandish）、怕里呵（parnagan）、碙（硇）砂、褐里丝（qars）。契丹的回赐，至少亦不下四十万贯。黄时鉴先生考证这里的"大食"，指874–999年在中亚河中地区立国的

---

　　① 荣新江、朱丽双《从进贡到私易：10–11世纪于阗玉的东渐敦煌与中原》，《敦煌研究》2014年第3期，193–199页。

　　② 史金波等译注《天盛律令》，北京：法律出版社，2000年，284–285页。

萨曼王朝，"小食"即石国（塔什干）东北百余里的"小石城"，也即《大唐西域记》中的笯赤建国①。可见，辽朝与河西走廊和西域南北道以及中亚河中地区都有着官方的贸易往来。后来辽朝灭亡时，耶律大石率众西迁到中亚立国，并非空穴来风，而是因为辽与西域一直有着密切的交往，只是汉地的史官和文人没有记载下来罢了。

因此，不能用中原王朝与西北地方政权政治上对立与否来看丝绸之路的断绝还是通畅，也不能只考虑官方使者交往一条途径。其实，商人和僧侣经陆上丝绸之路的往来，从唐末到元初，并没有断绝。丝绸之路沙漠绿洲上的王国，也一直努力维持着丝路的交通路线，因为丝绸之路的转口贸易，是这些丝路王国的重要收入之一。

而且，我最近也在不同的场合强调，不能只看中国或罗马的某个人是否能从长安走到罗马，或者相反，以为有这样的记录才表明丝路是通畅的。其实丝绸之路是一条"丝绸"之路，是"玉石"之路，是"香料"之路，是"佛法"之路，也就是说，丝绸之路说的是一些物品、思想从一个地方走到另一个地方，并不是某人。虽然甘英走不到罗马，但汉朝的丝绸是被运到了罗马，这就是丝绸之路，所以，只要物质文化和精神文化没有停止在丝路上的交流，就表明丝绸之路一直是通畅的。像马可波罗那样从欧洲一路走

①黄时鉴《辽与"大食"》，《黄时鉴文集》II《远迹心契——中外文化交流史（迄于蒙元时代）》，上海：中西书局，2011年，16—30页。

到中国的商人是很少的，这也是蒙古西征造就了蒙古大帝国的结果，并非此前丝绸之路人员往来的常态。

第三点就是如何理解史料的问题。丝绸之路所经行的许多地方，是荒漠、高山，一些中亚国家没有自己的历史记载留存下来，周边地区大的文明对他们的记录也非常简略，语焉不详。所以，我们不能以传世的史料、或者一种语言文字的材料来看丝绸之路，而应当扩大视野，捕捉出土文献中的片段记录，检索外语文献中的相关记载。

丝绸之路上的出土文书，大大丰富了我们关于丝绸之路的认识，像敦煌出土的慧超《往五天竺国传》、《沙州图经》卷五石城镇"六所道路"条、《西州图经》"道十一达"条、《西天路竟》等，留给我们有关中印交往和道路走向的详细记录；像吐鲁番出土的《阚氏高昌永康十二年（477）张祖买奴券》、《麹氏高昌内藏奏得称价钱帐》、《唐垂拱元年（685）康尾义罗施等请过所案卷》、《唐开元二十年（732）石染典过所》、《唐天宝二年（743）交河郡市估案》等，给与我们丝绸之路上商业贸易和物品交流的真实情貌。

有时候一张不大的纸片，可以填补传世史料完全没有记载的空白。如1997年吐鲁番出土的一件阚氏高昌王国永康九至十年（474–475）出人出马护送外来使者的记录①，保留了这两年间经过高昌的各国使者：有来自印度西北部

---

①荣新江、李肖、孟宪实主编《新获吐鲁番出土文献》，北京：中华书局，2008年，162–163页。

斯瓦特（Swat）地区的乌苌使，有来自当时南亚次大陆上的笈多王国的婆罗门使，有来自西域塔里木盆地西南部的一个小国——子合国的使者，有来自塔里木盆地北沿大国焉耆的国王一行，还有来自中原南方以建康（今南京）为都城的刘宋王朝的吴客，以及来自阚氏高昌的宗主国——漠北柔然汗国的使者。这些经过高昌的使者有的越过天山，向东北前往柔然的汗廷；有的则向南到焉耆，从这里再去塔里木盆地诸国乃至中亚、南亚等地①。如果我们把这件送使文书所涉及的高昌、柔然、焉耆、子合、刘宋、乌苌、婆罗门等国标识在一张地图上面，就可以获得公元5世纪下半段丝绸之路东西南北各国交往的历史景象。此时正值北方强国嚈哒击败萨珊波斯，占领了巴克特里亚（Bactria），进而攻占索格底亚纳（Sogdiana），还把势力伸进塔里木盆地。这些奔赴柔然汗廷的中亚、南亚使者，应当是去向柔然借兵以抵抗嚈哒。由此可见，虽然战乱频仍，但丝绸之路上的使者往来却更加频繁活跃。所以说，那种把中亚或中国西北地区动乱使得丝绸之路往来断绝的说法，是不正确的，在兵荒马乱的岁月里，有时候更需要各国使者穿梭往来，密切沟通。

　　在阿拉伯、波斯语的文献中，其实有着丰富的丝绸之路史料。比如阿拉伯古典地理学中的伊拉克派著作，专门记录

---

①参看荣新江《阚氏高昌王国与柔然、西域的关系》，《历史研究》2007年第2期，4—14页。

交通道路，如伊本·胡尔达兹比赫（Ibn Khurdādhbih，卒于912年）的《道里邦国志》(*Kitāb al-Masālik wa'l-Mamālik*)和库达玛（Qudāma ibn Ja'far，或卒于948年）的《税册》(*Kitāb al-Kharāj*)，都详细记录了阿拉伯世界所了解的经过伊朗、中亚到中国的道路情况。还有像马合木·喀什噶里（Mahmūd al-Kashgharī）的《突厥语大词典》(*Diwān al-lugāt al-turk*)，也有从拂林（拜占庭）到摩秦（宋朝）的道路、里程、部族分布等等情况的记载，内容十分丰富。

因此，我们不能轻易说丝绸之路在什么时候就断绝了，而要更广阔地收集有关史料。同时我们也应当心里知道，即使我们把有关丝路的所有已知资料收集在一起，那也不是全面的丝绸之路的记录，因为很多信息完全没有记录下来，我们可以从出土文书的偶然保存而又如此内容丰富这一事实，来推知我们对于丝路所能把握的材料有多么局限。我们应当在已知的材料基础上，举一反三、举一反五，去思考丝绸之路的实际状况。我相信，在马可波罗到来之前，丝绸之路一直没有断绝，虽然有一些局部由于战争、宗教等原因暂时不通，但大多数道路是通畅的。其实不是路不通，是我们的人总是在故步自封，不肯向危险的境地跨出一步。马可波罗是一个了不起的人物，因为他敢于迈向遥远的东方。

今天我们研究丝绸之路，研究马可波罗，杨志玖先生是一位值得敬仰的先驱者，他给我们提供了研究的典范，

教给我们研究方法，指引我们前进的道路。谨以此文纪念
杨志玖先生诞辰一百周年。

　　（2015年11月13日完稿，原载《文汇学人》2015年11月
20日，3—5版；收入南开大学历史学院纪念文集编辑组编《杨
志玖教授百年诞辰纪念文集》，天津古籍出版社，2017年4月，
110—116页。）

冯其庸先生敦煌学二三事

今年初，备受我们大家尊敬的冯其庸先生与世长辞，划上自己人生圆满的句号。自冯先生走后，我一直想写篇纪念的文字，但头绪纷繁，不知从何处下笔，以致我推动编辑的《文汇学人》一组纪念文章，自己却付之阙如，但思念之情，时时涌现。今借《敦煌吐鲁番研究》纪念专号，略叙与敦煌学相关的二三往事，以表追念。

冯先生自己没有很多敦煌学方面的论著，但他是中国敦煌吐鲁番学会的顾问，而且是一位难得的又顾又问的顾问。在他关心的大西北、大国学中，敦煌是一个重要的点，这里既是向西域进发的中原文化起点，又是西方文明进入中国的首站，是大西北之学、是大国学不可或缺的关节点，而敦煌学也提供了大西北与大国学的丰富素材。

我认识冯先生较晚，记得比较清楚的第一件事，是1995年8月中国敦煌吐鲁番学会在吐鲁番召开"敦煌吐鲁番出版工作研讨会"，参加者是一些学会成员，还有一些出版过敦煌吐鲁番著作的出版界的朋友，没想到，已经七十二岁的冯其庸先生却现身夏季高温的吐鲁番盆地，与我们大家一起开会、考察，端着相机到处拍照，乐此不疲。我原本以为冯先生就是借这个机会来新疆转转，从同行的孟宪实、朱玉麒那里知道，其实冯先生已经多次来新疆考察，足迹遍及天山南北、大漠东西。

在吐鲁番的会议之后，我们一起前往库车、拜城一带参观，那时的公路和车辆都不能和今天相比，所以从吐鲁番到克孜尔，要走大概整整一天的时间。我们一大早出发，大概在黄昏时分，来到库车西面盐水沟一带，夕阳照在克孜尔山（红山）上，层峦叠嶂，山体显现出各种不同的姿态和色彩，大家纷纷拍照留念。冯先生举着长筒相机，一边拍照，一边夸赞山色之美。我们随后乘车继续西行，天色黑暗下来，汽车沿着陡峭的傍山公路行驶，望之头晕目眩，大多数人都闭目休息，直到午夜时分，才到达克孜尔石窟。没想到，冯先生并没有休息，而是在构思更为宏阔的壮丽山水画卷，后来他用自己的画笔，描绘出这里一片片红彤彤的山色，我每次看到他的《古龟兹国山水》、《龟兹玄奘取经古道》、《盐水沟群峰》等画作，都为之震撼。回想起这一片奇山异石，看冯先生笔下的色彩，再读他的诗句："平生看尽山千万，不及龟兹一片云。"（《题龟兹山水二首》之二）才能够真切地感受到，在冯先生的心中，大

冯其庸先生画《龟兹玄奘取经古道》

西北的地位之高，真是难以用语言叙述的一种情怀。

第二件事，是1999年我在协助季羡林、周一良、饶宗颐先生编辑《敦煌吐鲁番研究》年刊第4卷，这一卷的主要内容，是我与美国耶鲁大学韩森（Valerie Hansen）教授主持的"重聚高昌宝藏"项目成果，其中一组是有关宗教方面的，有业师张广达先生关于吐鲁番汉语文书中所见的伊朗宗教踪迹，韩森讨论吐鲁番墓葬揭示的信仰改变以及中国人是如何皈依佛教的，姚崇新论高昌国的佛教与佛教教团，孟宪实论高昌王麴文泰对玄奘西天取经的赞助，党宝海考证吐鲁番出土的《金藏》大藏经残片，我本人探索唐代西州的道教流传和道教经典问题，马小鹤研究摩尼教文献，陈怀宇系统阐述高昌回鹘景教问题；另一组是历史研究，有邓小南从妇女史角度研究6—8世纪吐鲁番的妇女，吴震研究高昌西州的胡人，李方以史玄政为例讨论唐西州胡人的生活状况，伊斯拉菲尔·玉苏甫解读吐鲁番新发现的回鹘语文书，武敏探讨吐鲁番出土的丝织品，盛余韵（Angela Sheng）讨论6—7世纪西北边境的纺织生产，胡素馨（Sarah Fraser）讨论吐鲁番的考古艺术品，斯加夫（Jonathan Skaff）研究吐鲁番发现的萨珊银币和阿拉伯–萨珊银币，陈国灿讨论唐前期户税。不论选题的广泛，还是研究的深度，都可以说把吐鲁番研究大大地推进了一步，而作者队伍，也是集当时研究吐鲁番的一时之选。然而，就在这时，出版资金出了问题。

　　从创办开始，《敦煌吐鲁番研究》的资金就是由香港方面支持的，这笔资金原本是中华文化促进会资助饶宗颐先生每年出版一期《九州学刊》敦煌学专号的，我帮助饶先生编辑了两期专号后，觉得这笔钱在大陆可以支持一个专刊，于是经过一番努力，把这笔钱转而在北京创办了《敦煌吐鲁番研究》。到了第4卷的时候，不知何故资金没有到位，几位老先生也是一筹莫展。于是，我们想到冯其庸先生，由柴剑虹出面，向冯先生汇报了情况。冯先生一口答应帮忙解决，不久就安排了一位企业家与我们编委的几个同仁开会，那位企业家听了情况说明后，溜之大吉。冯先生听说后很生气，随即自己掏腰包，给了我们出版一卷的全部经费，让这一卷吐鲁番专号按时顺利出版，解了我们的燃眉之急。从这件事可以看到冯先生对于敦煌吐鲁番研究事业的支持，如果没有冯先生的雪中送炭，《敦煌吐鲁番研究》恐怕到第3卷就会夭折，那样就应了日本学者在我们创办刊物时说的一句话，"有很多三期刊物"，就是办了三期就办不下去了。好在我们有冯先生，让我们渡过了难关。

　　第三件事，是2006年洛阳发现一件唐朝景教经幢，上面刻写着《大秦景教宣元至本经》和《大秦景教宣元至本经幢记》。早在1992年，我就和林悟殊教授合撰《所谓李氏旧藏敦煌景教文献二种辨伪》，辨析号称得自李盛铎家的所谓小岛文书《宣元至本经》为今人伪造，而李盛铎所藏《宣元本经》即《宣元至本经》，是真品。景教经幢发现后，个别人散布谣言，说新出经幢证明我和林悟殊的说法是错误的。事实上，传这话的人对景教文献毫无知识，新发现的唐朝景教经幢所刻写的《宣元至本经》与李盛铎旧藏《宣元本经》相合的地方，文字完全相同，只是敦煌写本缺失后半，经幢又没有下半截，所以各有所缺，但两者对照，几乎得见全经原貌，也在在证明李氏旧藏《宣元本经》就是《宣元至本经》，其名见于伯希和在敦煌藏经洞所获《大秦景教三威蒙度赞》后的《尊经》所列景教译经名表，李氏旧藏是真经。

　　景教经幢出土不久，冯其庸先生就从洛阳友人、碑刻研究专家赵君平先生那里得到一份精拓本，于是对照李盛铎旧藏《宣元本经》图版，撰写了《〈大秦景教宣元至本经〉全经的现世及其他》，论证了经幢本和敦煌写本《宣元本经》的同一性，肯定了李氏旧藏的真品价值，同时也经过对比小岛所获《宣元至本经》文本，与经幢本相去甚远，从而坚定了我和林悟殊认为其是一件伪本的看法。这篇文章在《中国文化报》2007年9月27日整版刊登出来，我读后备受鼓舞，也惊叹冯先生对于敦煌景教写本研究之熟悉，他虽然很少直接写有关敦煌文献的文章，但动起笔来一点都没有外行话。我们的文章原本发表在海外的《九州学刊》第4卷第4期敦煌学专号，虽然后来收入台湾出版的个人文集，但看到的人毕竟少。李氏所藏敦煌景教文献的真伪公案，得到冯先生在报刊上的肯定，使得更多的读者清楚地

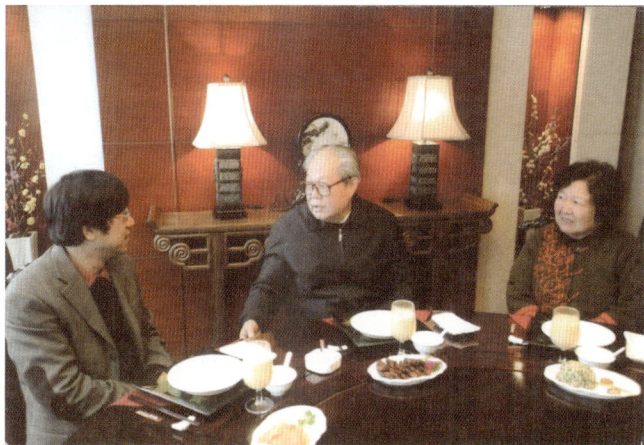

冯其庸先生夫妇与笔者

了解了学术争论的来龙去脉，并且用新的材料，对我们的观点做了进一步的阐发，把唐代景教研究向前推进。

　　冯先生的文章发表后，他让我到他家去取这份报纸，同时送给我一份洛阳景教经幢的拓本。我后来听说，洛阳的收藏家送他一份拓本，并请他在自己的一份拓本上题跋，他听说这位收藏家手里还有一份拓本，就自己买下，拿来送我。我辈学子在学术道路上常常受到长辈的爱护和帮助，其大恩大德，难以报答。更重要的是，冯先生在学术的真伪问题上，在大是大非问题上，立场坚定，而这对于我在敦煌学的道路上前行，是一种莫大的鼓励和支持。

　　当年豪气未消磨，直上昆仑意更多。

　　踏遍流沙千里道，归来对酒一高歌。(《当年》)

　　这是冯先生2001年作的一首诗。记得2005年秋我们随冯先生从米兰到楼兰，再从楼兰到敦煌，追寻玄奘归国行迹，考察丝绸之路。以后一到秋末，家乡的亲人送来阳澄湖大闸蟹，冯先生就把我们几个年轻人叫到张家湾的家里，吃新鲜的大闸蟹，喝琅琊台高度白酒。我们一边听着冯老讲述多次"踏遍流沙千里道"，一边有如从西域"归来对酒一高歌"。

　　而今，我们又多么想和冯老说："莫负明年沙海约，驼铃声到古城边。"跟着他，去敦煌，访吐鲁番，经龟兹、于阗，登帕米尔高原，沿丝路西行……

　　(2017年11月28日完稿，原载《敦煌吐鲁番研究》第17卷，上海古籍出版社，2017年12月，361—364页。)

考古撼大地　文献理遗编
——纪念宿白先生

今天早上，考古学家宿白先生不幸离世，享年九十六岁。从早上看到杭侃教授发来的信息，我就无法安心做其他事情了，不时翻阅着宿白先生留下的各种著作：

《白沙宋墓》，文物出版社1957年第1版，2002年再版，三联书店2017年新版。

《中国石窟寺研究》，文物出版社1996年出版。

《藏传佛教寺院考古》，文物出版社1996年出版。

《唐宋时期的雕版印刷》，文物出版社1999年出版。

《张彦远和〈历代名画记〉》，文物出版社2008年出版。

《中国古建筑考古》，文物出版社2009年出版。

《汉文佛籍目录》，文物出版社2009年出版。

《中国佛教石窟寺遗迹——3～8世纪中国佛教考古学》，文物出版社2010年出版。

《汉唐宋元考古——中国考古学》（下），文物出版社

2010年出版。

《考古发现与中西文化交流》，文物出版社2010年出版。

《魏晋南北朝唐宋考古文稿辑丛》，文物出版社2011年出版。

…………

我是1978年9月入学北京大学历史系的，当时历史系有三个专业：中国史、世界史、考古学，我在中国史班。因为77级是1978年2月才入学的，所以我们77和78级两个年级的所有班，加上中文系77级古典文献专业的一个班，都在一起上"中国通史"的大课，而那时的"中国通史"讲得很细，要上很长时间，所以我们和考古专业的同学也混得蛮熟。

等到考古专业的"中国考古学"上到魏晋一段时，我已经渐渐想把自己的专业放在中古史和敦煌学上了，所以宿白先生开始讲"中国考古学"魏晋以下时，我申请选修。经过宿先生的严格考察和盘问，我被允许参加他的课程，要求除了下考古工地，一切绘图、敲瓷片等课内外的活动都必须按时参加。这个课，上下来非常累，但也收获极大。宿先生讲课，是慢条斯理地念事先写好的稿子，刚好是我们一般记录的书写速度，没有半句废话，哪一句都不能放过。最具挑战的是，他时而拿出一片纸，在黑板上补绘一幅图，把最近的考古材料介绍给我们。这张纸，常常是他吸烟后的烟盒纸，所以我们知道他一段时间里抽什么烟。

可是他拿出烟卷盒这么一描，我们就要拼命跟着画。好在我小时候练过画画，大体上可以跟上，但一节课下来，握笔的胳膊总是酸酸的，但头脑充实了很多，获得的知识总是让人愉悦半天。

　　这个课的内容，从魏晋到唐宋，面面俱到，同时也有许多新的视角，并非平铺直叙。记得讲鲜卑人的考古遗迹，根据当时已经发现的材料，从大兴安岭到平城，勾勒出一条鲜卑人的迁徙路线，听来十分有启发。更有意思的是，后来不久，就在宿先生画的大兴安岭鲜卑起源地的圈子中，

作者听宿白先生讲课的笔记本

发现了嘎仙洞遗址。这真是让我们这些对考古还啥也不懂的学子，感到十分过瘾。

真正和宿先生有较多的接触，是我上大学二、三年级的时候。当时北大的一些先生开始大力推动敦煌学研究，把北京图书馆新获的法国国立图书馆伯希和文书、英国图书馆斯坦因文书和北京图书馆藏敦煌文书的缩微胶卷购置回来，放在图书馆219房间，同时又从图书馆库中，调集五百多种中外文敦煌学方面的图书，包括《西域文化研究》等大部头著作。我当时被指派在这个研究室里值班，有老师、学生来看书，就关照一下。如果哪位老师需要找缩微胶卷中哪个号的文书，我就事先把胶卷摇到那个号的位置，等老师来看。记得有一次宿先生来看P.2551《李君莫高窟佛龛碑》，结果因为是淡朱笔抄写，胶卷上一个字都不显示，让宿先生很失望。对于我来说，这种老师们来的时候，是我问学的最佳时机。因此，前前后后，从宿先生那里获得许多敦煌学的知识。

到1982年5月，由邓广铭先生牵头，北大成立了中古史研究中心，宿先生也是中心的创办人之一，和邓先生一起商议，把敦煌吐鲁番文书研究，作为中心的四项规划之一，并且首先开展起来。宿先生和邓先生在朗润园10公寓住对门，我们经常在邓先生家见到宿先生，有时候也顺道去宿先生家里坐坐。这年9月，我开始读隋唐史专业的研究生，重点仍然是敦煌文书，所以有机会就更专业的问题向宿先生讨教。1985年我毕业的那年，考古专业已从历史系分出去，宿先生出任首届考古系主任。虽然人员分了，但学术未断，我毕业后留在中古史中心工作，宿先生也是中心的导师之一，所以还有很多机会向他问学。

有一次我从邓先生家出来，从三楼下来见到回家的宿先生，他让我随他上楼，说是给我看一件东西，就是《日本雕刻史基础资料集成·平安时代·造像铭记篇》第1卷（东京，1966年）所收京都清凉寺藏"新样文殊"版画，这是北宋时日本求法僧奝然从五台山带回去的。我当时刚刚发表《从敦煌的五台山绘画和文献看五代宋初中原与河西、于阗间的文化交往》（载《文博》1987年第4期），利用敦煌藏经洞保存的纸本画稿、印本文殊像，辅以敦煌《五台山赞》等文献，考证1975年敦煌文物研究所自莫高窟第220窟重层甬道底层发现的后唐同光三年（925）翟奉达出资彩绘的"新样文殊"像，是根据来自中原五台山的画稿，而不是如考古简报所说的画稿来自于阗。这一结论得到宿先生的肯定，并且提供给我大体同时奝然从五台山带回日本的大致相同的版画，强化了我的看法。而且，宿先生在《敦煌莫高窟密教遗迹札记》（《文物》1989年第9期）一文中，说到"五代初，新样文殊即西传莫高"，将拙文作为依据。这给我莫大的鼓励，因为我这篇文章曾经投给一个所谓"核心刊物"，被退稿，后来通过考古所的一位长辈的关系，发表在陕西文管会办的《文博》上。没想到，这篇文章却得到宿先生的肯定，那被退稿的沮丧心情也就一笔勾销。

还有一事也浮现在脑海，那是我写了一篇《五代洛阳民间印刷业一瞥》的小文，发表在《文物天地》1997年第5期，只有两页纸，很不显眼。没想到不久宿先生就让李崇峰来找我，想看一下我发表的图版的清晰照片。这件带有题记的《弥勒下生经》刻本残片，原是德国吐鲁番探险队所得，二战前流失，被日本学僧出口常顺在柏林买到，入藏大阪四天王寺。1978年，京都大学藤枝晃教授应邀整理，编成《高昌残影——出口常顺藏吐鲁番出土佛典断片图录》，精印一百部，未公开发行，由出口氏分送友好和研究机关。这书当然在国内很难见到，宿先生也没有看到过。1990–1991年我在日本龙谷大学访问半年，在西域文化研究会的研究室里看到这部书，用Photocopy方式复制了一本。因为我读过宿先生大多数有关雕版印刷的文章，发现这是一件新材料，于是做了一篇札记，考证这是五代洛阳民间书铺所印，特别有价值的是"装印"和"雕字"分属朱、王两家，表明印刷术在五代时期的进步。我把Photocopy的这件残片的图剪下来，交给崇峰兄，复印了一份留底。后来宿先生编印《唐宋时期的雕版印刷》，把这件图片收入其中，并转述了我的文章结论。这既是对我的鼓励，也说明宿先生在做学问时，对于任何一个纸片，对于任何一篇小小的札记，都不会放过。

此外，宿先生还叫我到他家，询问过德国Otto Franke发表的《凉王大且渠安周造祠碑》的清晰图版，因为这座碑铭对于他所提出的"凉州模式"的西渐，是最好的证明。原图1907年发表在《普鲁士皇家科学院通报》上，我用的是放在外文楼三层阁楼上东语系图书馆里陈寅恪旧藏的抽印本。宿先生还几次详细询问欧洲和日本对于摩尼教石窟壁画的研究情况，这与他推进吐鲁番摩尼教石窟的考古调查有关。每次去他家，我都要做充分的准备，回答问题，就像是被老师考试；而这也是请教问题的好机会，所以每次都不会错过。

关于宿先生的学问，考古方面，我不敢奢谈，这方面已有他的弟子们写过一些文章，其中尤以徐苹芳先生的《重读宿白〈白沙宋墓〉》、《中国石窟寺考古学的创建历程——读宿白先生〈中国石窟寺研究〉》最为经典。徐先生是最了解宿先生学问的人，在中国与哈萨克斯坦、吉尔吉斯斯坦联合申报丝绸之路世界文化遗产的过程中，我有很多机会听徐先生讲宿先生的学问，受益良多。我在历史系和中国古代史研究中心从事教学和研究，当然更偏重于文献方面，在我学习中古史、研究敦煌吐鲁番文书的过程中，对于宿先生在文献方面的功力，包括对版本、对石刻文献的熟悉，更是体会深刻，敬佩莫名。

宿先生利用文献材料推进考古学研究的最好例子，是大家熟悉的利用金皇统七年（1147）曹衍撰《大金西京武州山重修大石窟寺碑》（简称《金碑》），重建了云冈石窟的年代体系和后期的营建历史。我读宿先生的相关文字，最大的感受是，这么一方《金碑》，原石早已毁灭，连拓本都不存在，可是元朝末年的熊自得撰《析津志》时，过录了这方碑文。《析津志》撰成未及刊印，明初编《永乐大典》时，分韵抄录《析津志》文字。到清光绪十二至十四年（1886–1888），缪荃孙从国子监借抄《永乐大典》天字韵所收《析津志》文字计八卷，《金碑》即在其中。后来相关部分的《永乐大典》又毁于庚子（1900）八国联军，只有缪荃孙抄本保存下来，经李盛铎而入藏北大图书馆，为宿先生发现其价值。仅此一失再失的文本，转抄而秘藏的文献，就已经让人看得头晕目眩，更何况发现其中所记，原本是有关山西大同云冈石窟的一篇重要的文字，而这篇文字是做了几十年云冈考古的日本学者压根也不知道的云冈石窟营建史料。这没有一定的文献功力，怎可能慧眼识珠。

　　其实，这样的发现不止于此。对于敦煌莫高窟营建史的研究，最重要的文献是原立于332窟前室南侧的《李君莫高窟佛龛碑》（简称《圣历碑》），可惜在1921年，碑石被流窜来敦煌的白俄军人折断，上截碑石已佚，下截残碑现存敦煌研究院陈列中心。宿先生却在北大图书馆收藏的数万张拓本中，找到刘喜海、缪荃孙递藏的碑石未断时拓本，再利用法藏P.2551敦煌抄本，复原出原碑形式，并整理出完整的碑文。在此基础上，宿先生利用碑文所记从乐

北大图书馆藏《李君莫高窟佛龛碑》整拓（碑阳）

北大图书馆藏《李君莫高窟佛龛碑》整拓（碑阴）

傅、法良，到东阳王、建平公，在相关的系列文章中，对莫高窟早期的营建史，做出自成体系的解说。如果不是对石刻文献烂熟于心，是无法从大海里捞到这样的珍宝的。

同样的例子还有北宋吕大防主持刻制的《长安图》碑，原石金元时已毁，拓本也不见流传。清末有残石在西安出土，旋又散失，但有拓本流传。此前学界所利用的材料，是20世纪30年代日本学者前田直典据邵章所藏拓本拍摄的照片，以及1955年平冈武夫据这套照片所绘制的线描图。事实上，邵章旧藏拓本保存在北大图书馆善本部，而且北大还藏有一套散装的未曾发表过的残石本，其中有邵章藏本缺失的内容，还多出一块西南郊的残石。宿白先生在《现代城市中古代城址的初步考查》（《文物》2001年第1期）一文中，首次提到并利用北大收藏的这两种《长安图》拓本，推动了长安城的考古研究。现在，北大图书馆善本部金石组的胡海帆先生已经把这两组拓本整理发表在《唐研究》第21卷上，对于长安考古、历史等方面的研究，一定会产生更大的影响。

在唐宋墓葬考古方面，文献材料的重要性更为显著，特别是堪舆家撰写的地理葬书，对于解剖墓葬内部结构有直接帮助。宿先生在发掘、整理白沙宋墓时，就利用了北宋仁宗时王洙等奉敕编撰的《地理新书》，在所著《白沙宋墓》一书中，特别说明此书在考古学上的特殊价值。我们知道，《地理新书》在金明昌年间由张谦校正刊行，但现在所藏只有国家图书馆和原中央图书馆两个清代影抄本。北大图书馆李盛铎旧藏书中，有元覆金本，这当然不会逃过宿先生的法眼。更重要的是，他不仅读过，而且将其合理运用到考古学研究当中。过去我读《白沙宋墓》，对此书印象深刻，但保存在善本书库的书，毕竟不方便阅览。台湾集文书局在1985年影印了原中央图书馆藏抄本，我立刻托友人郑阿财先生购得一部，在后来的教学、研究中起到很大的作用。如此这般，都是承蒙宿先生的学恩。

宿先生对北大图书馆宝藏的熟悉，并不仅仅限于文献、石刻，数量不多的敦煌吐鲁番文书写卷，他也非常熟悉。他在内部发行的考古学教材中，曾提到北大图书馆藏的北凉赀簿，引起朱雷先生的注意。朱雷在宿先生的帮助下，在北大图书馆得见原件，撰写了《吐鲁番出土北凉赀簿考释》（《武汉大学学报》1980年第4期），结合科学院图书馆所藏同组文书，考证其为《北凉高昌郡高昌县都乡孝敬里赀簿》，大大推进了十六国时期的田亩赋役制度的研究，也为后来吐鲁番文书的整理，提供一件标本性的文书。这件对于敦煌吐鲁番研究颇有意义的成果，也应当说是拜宿先生之赐。

翻阅宿先生的考古著作，文献材料不时跃然纸上。今天，我们拥有更好的考古工具，也有更为强大的文献数据库，但阅读才有发现，发现才有创新。宿先生一生教书育人，桃李满天下，他给我们留下的研究方法，在新的条件下，必将产生更大的效力和影响。

（2018年2月1日初稿，3日改定，4日由北京大学中国古代史研究中心微信公号推送，后又载《敦煌吐鲁番研究》第18卷，上海古籍出版社，2019年4月，57—62页。）

承继先哲之业　开拓学术新涯
——追念"通儒"饶宗颐先生的教诲

今晨惊悉，饶宗颐先生在香港仙逝，享年101岁。虽然是高寿而善终，但于我而言，还是有些突然。记得大概十多年前，一次饶公（我更习惯用这个称呼）在香港办画展，小说家金庸先生敏锐地察觉到展品一共108幅，所以在祝词中说，我们今天看到的是饶公一百零八幅作品，我们也希望饶公在108岁时，再来看饶公新的一百零八幅作品。我就像迷金庸小说一样被他迷惑了，所以三个月前饶公来北京办画展时，我去了新疆图木舒克市，而错过与饶公见面的机会，当时还想，反正可以等到饶公108岁时再看他的画展。遗憾的是，小说家的话是虚构的，我错过了最近一次与饶公见面的机会。

我是1991年8月到香港大学参加隋唐史国际学术研讨会的时候，第一次拜见饶先生。此前半年我在英国图书馆编敦煌汉文残片目录，罗永生兄告诉我香港大学的黄约瑟先生要在8月初办一个隋唐史的国际研讨会，正是我回国的时候，建议我提出参会申请，绕道香港回国。我不认识黄约瑟，永生兄当时也是人微言轻，听说黄先生去请示饶先生，饶公虽然和我从未谋面，但看过我写的文章，马上说"请，请他来"。于是，我在伦敦匆匆办了过境签证，转飞香港。

记得开会那天，与会者都是两岸三地和国际知名学者，饶先生来到会场，许多人迎上去招呼，饶先生开口问："新江在哪?"看到我最年轻，直奔而来。真没想到，如雷贯耳的饶宗颐教授，这么平易近人。攀谈起来，他对我当时有关晚唐五代宋初的敦煌归义军史的研究很有兴趣，当时就说定，第二年由香港中华文化促进中心邀请我来港从事研究工作。于是，我在1992年11月没等随斯文·赫定基金会环塔里木盆地考察结束，就从和田半途回京，赶赴香港，到香港中文大学中国文化研究所，跟随饶公做敦煌学研究，一直到1993年5月。随后在同年8月，我又在饶公安排下，出席香港大学举办的"第34届亚洲与北非研究国际学术会议"，再次拜见饶公。

1994年3月，我在当时在泰国的林悟殊兄安排下，随季羡林先生到曼谷参加华侨崇圣大学成立仪式，又有机会与饶公朝夕相处，记得泰王的车驾因堵车延迟40分钟才到，我得以有机会与饶公交谈。仪式结束后，我没有随季先生回京，而是随饶公到了香港，因为当时港英政府给从

饶宗颐先生主持，笔者在香港中华文化促进中心的讲演（1992年）

作者随侍季羡林、饶宗颐先生（1994年3月，泰国）

海外回国的中国人七天免签的过境许可，我可以借机在香港停留。也就是在这次访港过程中，与饶公商定，把原本由中华文化促进中心资助《九州学刊》敦煌学专号的经费，转到北京，单独办一份《敦煌吐鲁番研究》专刊。这就是1995年开始在北京大学出版社出版的《敦煌吐鲁番研究》，由季羡林、周一良、饶宗颐三位先生主编，我负责具体编务，前六卷的具体工作就是我来做的。

1995年8—9月，我再度由饶公安排，应香港中华文化促进中心邀请，到香港中文大学中国文化研究所做访问研究。1996年11月，我从美国经香港去台北参加"第三届唐代文化研讨会"，也蒙饶公关照，由中华文化促进中心接待，又得以拜见饶公。1997年香港回归后，更方便往来香港，我见到饶公的机会也更多。2001年10月15—30日，我又有半个月在香港中文大学新亚书院，与饶先生合作敦煌学方面的研究。与此同时，饶公也多次来北京参加会议，举办画展，每次都有机会见面，耳提面命，使我受益良多。

饶公为人谦和，他每送我一本书，都写"新江兄正之"、"新江吾兄吟正"等，对年轻人奖掖有加。所以我和他虽然年龄差距很大，而且分处大陆、香港，原本的价值观念当然很不一样，但一见如故，每次谈话，都非常愉悦。我到香港中文大学中国文化研究所时，他大约每周从港岛到中大一趟。他一来研究室，我就像过节一样，准备好问题，和他讨论。他对我没有任何保留，有问必答。那几年我不仅时常去港岛的跑马地他的家里问学，还有机会进入他在另外楼层的书房和在附近的专门画室。他的书房有六个房间，各自有不同的主题，是极其良好的写作空间。而他的画室则基本没置什么书，主要是书写绘画用的台子和笔墨。我对饶公的知遇之恩也倾力回报，帮他编辑过八卷本《法藏敦煌书苑精华》，还有《敦煌曲续论》、《敦煌吐鲁番本文选》等书。

饶先生出身潮州士人家庭，家富藏书。父亲饶锷先生，著有《潮州艺文志》等。饶先生幼承家学，谙熟岭南文献掌故，对于经史子集以及释道图书，都有爱好，打下了极好的学问根基。抗战前后，在两广一带整理乡邦文献，并帮助叶恭绰先生编《全清词钞》。还曾应顾颉刚先生之约，编《古史辨》第八册。1949年后移居香港，先后执教于香港大学中文系、香港中文大学中文系，一度出任新加坡大学中文系主任。曾游学于印度班达伽东方研究所、法国科研中心、美国耶鲁大学、法国远东学院、法国高等实验研究院、日本京都大学等地，广结善缘，收集资料。

饶先生的治学范围广泛，古今中外的许多领域，都有所涉猎，其中既有传统的经史子集，又有20世纪初叶以来新兴的考古学、美术史、历史语言学等，尤其钟情于出土文献，举凡甲骨、金文、简帛、敦煌吐鲁番文书、金石铭文，都有所贡献。此外，饶先生学艺兼美，古琴、书画，样样精通。饶先生著作等身，仅2003年出版的《饶宗颐二十世纪学术文集》，就有皇皇十四卷二十巨册，各卷主题包括史潮、甲骨、简帛学、经术、礼乐、宗教学、史学、中外关系史、敦煌学、潮学、目录学、文学、诗词学、艺术、文录、诗词等，可见方面之广，其学养之厚，简直让人叹为观止。

饶公没有上过正式的大学，如何能产生这样巨大的学术成果，迄今也是一个谜。我在阅读饶公的论著和有机会与饶公的攀谈中，也一直在寻找答案。我曾拜读饶公有关敦煌学的著作及艺文，包括《老子想尔注校证》《选堂集林·史林》《敦煌曲》《敦煌曲续论》《敦煌琵琶谱》《敦煌白画》《法藏敦煌书苑精华》等，并撰写过《饶宗颐教授与敦煌学研究》（1993年）和《敦煌：饶宗颐先生学与艺的交汇点》（2012年）两篇文章，对这一领域做过概括总结。我对饶公其他许多领域的著作只是翻阅，但时而听他讲述自己的新发现，略有体会。从总体上来说，饶公能取得如此大的成就，至少有如下几点对我来说深有感触。

一、饶先生具有家学传统，在帮助父亲编《潮州艺文志》时，就打下广阔的文献基础，以后编《香港大学冯平山图书馆善本书录》，更是接触到香港最重要的善本收藏。他治学触类旁通，从乡邦艺文，延伸到东南沿海以及南洋各地的史地、碑刻。特别是他长年在香港教书，又常常往新马泰各地旅行，所以对于当地文献、遗存以及海上丝路，都有讨论，像《〈太清金液神丹经〉（卷下）与南海地理》《海道之丝路与昆仑舶》《宋帝播迁七洲洋地望考实兼论其与占城交通路线》《永乐大典中之南海地名》《说鹘及海船的相关问题》《三教论及其海外移植》《柘林在海外交通史上之地位》《从浮滨遗物论其周遭史地与南海国的问题》等文，对于海上丝路的交通路线、物品交流、船舶航行等等，都有论说，是我们今天热议的海上丝路研究的开拓者之一。

饶公从编纂《全清词钞》开始，从清词上溯唐五代宋金元词，在《词籍考》《宋词书录解题》两书基础上，后来形成《词集考》一书。对于敦煌写卷中的曲子词，更是用力最多，曾收罗法英乃至俄国所藏，编成《敦煌曲》，并讨论敦煌曲的年代、作者，词与佛曲之关系，词之异名及长短句之成立等问题，目的是探讨敦煌曲与词的起源问题。以后又将此书之后的各篇讨论文字，特别是批判任半塘"唐词说"的文章，辑成《敦煌曲续论》。因为我在研究晚唐以降归义军史时，曾从历史角度论证过一些曲子词，如《五台山赞文》的年代，深得饶公首肯，所以他让我来编辑《续论》一书。今日翻检当年编辑、校订饶公大文的各篇底本，先生耳提面命的样子，历历在目。

饶公在和我们聊天过程中，经常说到顾颉刚先生请他编《古史辨》第八册，因为停刊而未出版一事。但他对上古秦汉历史地理问题，一直关心有加，对于甲骨金文中的有关记录，时时加以检讨，后来在这方面撰写了许多论著，提出古史研究的多重证据法。90年代饶公在香港中文大学中国文化研究所的研究室里，有沈建华女史和他合作研究甲骨文，他每次来中大，都在这里向建华讲最近的新发现。我记得他说到发现甲骨文中有的地名可以考订在巴蜀，显得非常兴奋。我理解在"疑古"、"信古"、"释古"各派中，饶公更多的时候是属于"信古"的一派。他勇于探索、不断求新的精神，让人感佩，这也多少影响到我对一些问题的看法。

二、饶先生对于学术生态有着十分清醒的认识，他知道与他同辈的内地许多学者原本也有同样的条件，做出同样伟大的名山事业，只是50年代以来的历次政治运动，特别是"文革"，夺取了许多人的时间和生命。所以，在他和我们聊天的时候，经常说到，他49年以后移居被认为是"文化沙漠"的香港，当时也很担心这里能否做学问。但后来发现，此时的香港，可以说是三国时期的荆州，在各地兵荒马乱的岁月里，某个地方如荆州，居然暂获安稳，聚集了一批天下英才，一时间学术文化也达到一定的高度。他说50年代以来的香港，正是如此，大量的人才、资金、图书都汇聚在这里，为这里的学人，提供了相当好的治学条件。

这里可以举一个例子，50年代英国博物馆收藏的斯坦因所获敦煌文书的缩微胶卷，在日本东洋文库的推动下，可以向外出售或对外交换，当时北京图书馆用本馆所藏与东洋文库交换了一份，中国科学院图书馆获得一份副本，由刘铭恕先生负责编目，到"文革"以后北大图书馆才出资复制一套，我记得有些老先生是和我同样的时点，第一次看到这些文书的真貌，而不是前人的录文。但是，我听饶公说，这批缩微胶卷一开始出售，香港一位有钱人就买了一套，提供给他做研究。于是，饶公在其中发现了《老子想尔注》，撰写《校笺》，1956年刊行于世；又从中检出所有书法资料，如S.3753《临十七帖》、S.3392《天宝十四载制书》、S.5952《飞白书》等，编为《敦煌书谱》，附于1961年所撰《敦煌写卷之书法》文后；他又在戴密微（Paul Demiéville）《拉萨僧诤记》的基础上，找到S.2672《顿悟大乘正理决》，1964年发表《神会门下摩诃衍之入藏兼论禅门南北宗之调和问题》一文，对有关禅宗入藏的宗论与历史、地理、年代问题做进一步讨论，并另撰《王锡〈顿悟大乘正理决〉序说并校记》（1970年）。此外，如《文心雕龙》等写卷，都是这次翻检所得。可以说，饶公敦煌学研究首先受益于伦敦所藏敦煌缩微胶卷，然后才是到法国讲学期间系统整理敦煌曲和敦煌白画。

　　三、我觉得饶公治学的特色，还有一点就是走到哪，学问做到哪。饶先生到过许多地方，除了国内名山大川，还有欧美、日本、南亚、东南亚，以文会友，搜寻材料，对与当地有关的问题，往往能推陈出新。他到东南亚走访石碑，到伦敦、巴黎、京都等地查阅敦煌写卷，都产生了许多研究成果。改革开放后，饶公更是经常走访内地的博物馆、考古所、文物遗址，参观、考察新出土的文物、文献，随时撰文，撰写了大量有关的文章，形成专著的如《云梦秦简日书研究》、《随县曾侯乙墓钟磬铭辞研究》、《楚地出土文献三种研究》、《饶宗颐新出土文献论证》等。他还拟定《补资治通鉴史料长编稿系列》丛刊，邀请内地学者合作，利用新出土文献，以编年体增补《通鉴》史事，已经出版的有与李均明合著《新莽简辑证》、《敦煌汉简编年考证》，王素著《吐鲁番出土高昌文献编年》，王素、李方著《魏晋南北朝敦煌文献编年》，王辉著《秦出土文献编年》，刘昭瑞著《汉魏石刻文字系年》，陈国灿著《吐鲁番出土唐代文献编年》，李均明著《居延汉简编年·居延编》。饶公在构想这个系列时，我正在香港，也参与了讨论，贡献了想法，但十分遗憾的是，我答应饶公的敦煌写本归义军时期文献编年工作，一直没能完稿，留下无法弥补的遗憾。

四、我还想说的就是饶先生做学问，发表论文不拘一格，不论什么场合，采用各种方式，文章大大小小，随手而出，让学界有应接不暇的感觉。饶公早年的著作，许多都不是正规的出版社出版的，装帧也很简陋，往往只是托某个出版公司印制和销售；还有一些古文字的文章，都手抄影印，避免排版的麻烦和延沓。这种做法，使得饶先生的许多成果得以早点问世，为学界所知。我见到饶公之前，就收集他的文章，1984—1985年在荷兰时，复印过他在港

戴密微与饶宗颐（1960年代）

台杂志和西文出版物中有关敦煌学的论文，后来在北京书
展买到香港中华版《选堂集林·史林》，又在法国购得他的
大部头著作《敦煌曲》、《敦煌白画》。所以，当我第一次
到中文大学他的研究室时，他得知后非常高兴，特意允许
我在研究室里面的小储藏室中，将他的著作和论文抽印本
每种拿一本。饶公早年的许多出版物，我就是这样才得到
的，也让我感触很深。在香港条件还比较艰苦的五六十年

代，饶公为发表学术论著，也是颇费苦心。不过我想，正是这一切，造就了饶先生的伟大学术成就，使之成为一代宗师。

最后应当提到，饶先生不仅仅是香港的学术权威，也不仅仅是中国的国学大师，而且他对海外汉学也产生过非常大的影响。饶先生1965年访问巴黎、伦敦，调查敦煌曲子词写卷。1971年完成《敦煌曲》一书，由欧洲汉学泰斗、法兰西学院讲座教授戴密微译成法语，合法汉文本为一编，由法国国家科研中心出版。后来饶先生在巴黎讲学之际，又将散在写卷中的白描、粉本、画稿等材料辑出，编成《敦煌白画》一书，由戴密微等译出，在法国出版，中法对照，有图有说，对研究敦煌画极富参考价值。戴密微对饶先生的敬佩，甚至把他俩到瑞士旅行时饶先生一路所吟诗歌（《黑湖集》），都翻译成法文，发表在欧洲专业的学术刊物上。因此，饶先生通过多次在法国讲学，以及大量译成法语的文章、著作，影响了法国甚至欧美的一代学人，不少欧美汉学研究者从选题到研究，都受到饶先生的启发和指导。我有一段在香港时，法国研究占卜的马克（Marc Kalinowski）教授也在香港，眼前还能想起他向饶公问学，讨论《刑德》时的情形。

饶宗颐先生是一座学术的丰碑，他留下了丰厚的学术遗产，为今后的学术事业奠定了坚实的基础，指明了前进的方向。我自1991年开始从饶公游学，不时受教，获益良

领悟饶先生的思想精髓

多。先生尝言："学人者，以正存思，以奇振采，以无误信天下。"（《戴密微教授八十寿序》）相信此至理名言，与先生之精神永存。

（2018年2月6日草，7日凌晨写定，原载《光明日报》2018年2月11日第5版；收入刘洪一主编《饶宗颐纪念文集》，深圳：海天出版社，2018年11月，81—85页。）

敬畏学术　尊老携幼

——追念沙知先生

2017年4月23日，我们敬爱的沙知先生与世长辞，享年92岁。沙先生遗嘱不举行任何悼念活动，所以我是过了"五一"节之后才知道这一消息的。沙先生对我也是恩重如山的长辈，按惯例，我是要写一篇追悼文字的。正巧王静转达刘后滨先生的意思，希望我写的文章放到今年编辑的《唐宋历史评论》，我考虑这篇文章发在中国人民大学历史学院的刊物上最合适，因为沙知先生与人大历史系关系最为密切，从50年代人大历史系创建，到他退休为止，沙先生作为人大历史系的一名教员，对其学科建设、人才培养等方面都贡献很多，只是因为退休较早，很多人大的年轻学子恐怕都不太熟悉这位温文尔雅的长者了。

已经记不得什么时候第一次见沙先生了，但印象深刻的是，1983年8月下旬，兰州举办的中国敦煌吐鲁番学会成立大会暨全国敦煌学术讨论会结束后，我们北京大学历史学隋唐史专业的几名研究生在一个大清早到了兰州火

最后一次拜访见
到的沙知先生

车站，张广达先生说唐长孺先生在即将离开的火车上，让
我们去打个招呼，因为我们一行中的金锋和我在此前参加
了唐先生在避暑山庄主持的《中国大百科全书·中国历
史·隋唐史》分册的审稿会，听唐先生"讲课"半个多月。
当我走进车厢，唐门弟子从最中间唐先生所在的卧铺车厢，
两边一直排到车门，而陪唐先生坐在车厢里面的，就有清
瘦而高雅的沙知先生。沙先生20世纪40年代末曾就读武汉
大学历史系，与唐先生有师生之谊，虽然没有跟唐先生做
研究生，但在唐门中应当属于最老的学生了，这一点与沙

先生后来的治学方向显然是有很大关系的。

沙知先生是为数不多的在"文革"以前就在《历史研究》上发表有关敦煌吐鲁番研究论文的学者，此即《吐鲁番佃人文书里的唐代租佃关系》（《历史研究》1963年第1期）。70年代末到80年代初，他参加由唐长孺先生主持的"吐鲁番文书整理小组"，得以接触1959–1975年间吐鲁番墓葬出土的大量公私文书。这个经历可能是促使他在80年代以后更多地投入到敦煌吐鲁番文书的研究当中的原因。他先后发表《唐敦煌县寿昌城主小议——兼说城主》（载武汉大学历史系编《中国古代史论丛》1982年第3辑）、《吐鲁番出土唐代契约文书述略》（载《丝路访古》，甘肃人民出版社，1983年），还和孔祥星合作编辑了一本《敦煌吐鲁番文书研究》（甘肃人民出版社，1984年），收集了1957年至1982年7月间中国学者研究敦煌、吐鲁番文书政治、经济方面的论文，并据照片或新录文核对了文中引用的文书资料，对于推动80年代初期国内的敦煌学研究，起到了一定的作用。

沙先生很早就关注敦煌吐鲁番的社会经济文书，特别是对其中的契约文书做了系统的整理，只是他非常严谨，很少撰写文章，直接相关的就只有《跋唐天宝十三载便麦契（P4053v）》一篇（载《敦煌学》第18辑，1992年；收入《纪念陈寅恪先生百年诞辰学术论文集》，江西教育出版社，1994年），最重要的是他编纂的《敦煌契约文书辑校》

（江苏古籍出版社，1998年），大多数文书都经过作者核对原文书，因此较山本达郎、池田温《敦煌吐鲁番社会经济文书》第3卷《契券》（东洋文库，1986–1987年）和唐耕耦《敦煌社会经济文献真迹释录》第2辑（全国图书馆文献缩微复制中心，1990年）更加精细。后来沙先生又有机会到俄罗斯圣彼得堡访查敦煌写本，加以《俄藏敦煌文献》刊出新的写本图版，所以将俄藏敦煌契约文书校录补充一过，作为《补遗》，印入再版本中。他知道我手边的是初版本，所以特别复印《补遗》部分给我，可见其做学问的认真仔细。

　　沙先生虽然恬静寡言，但遇到志同道合者，不论老少，也是讲个没完。我过去经常骑车进城买书，或有其他事情到东城去的时候，如果经过张自忠路，必然去他家请教，有时候还可以蹭顿饭吃。这种时候他就会高谈阔论，无所不及，特别是在学问上，给我很多教导和启发。沙先生交游很广，对于流散的敦煌吐鲁番文献也十分关心，这是我们俩见面后常常讨论的共同话题。沙先生先后写过《跋唐开元十六年庭州金满县牒》（《敦煌吐鲁番学研究论文集》，汉语大词典出版社，1991年）、《跋上博藏敦煌平康乡百姓索铁子牒》（《段文杰敦煌研究五十年纪念文集》，世界图书出版公司，1996年），就是大家不容易注意到的日本京都藤井有邻馆和上海博物馆藏的文书。他除了去英、法、俄调查斯坦因、伯希和、奥登堡收集品外，也非常留意很多国内外的小收藏，记得他曾抄示给我南京图书馆所藏敦煌卷子的简目，还一直强调江南的某个小图书馆有张謇的藏卷，督促我去调查。

正像郝春文教授《回忆沙知先生》(《敦煌吐鲁番研究》第17卷，2017年)已经指出的那样，沙知先生对敦煌学的贡献，还在于他对中国敦煌吐鲁番学会编纂的《敦煌学大辞典》、《敦煌文献录校丛刊》、《英藏敦煌文献》三部著作上所做的贡献。其中尤其是《敦煌学大辞典》(上海辞书出版社，1998年)，最主要的实际主持人是宁可和沙知先生，而催稿人则主要是沙先生。这部辞典涉及方面极广，作者队伍也十分庞大，集体撰作的最大问题，就是大家都不按期交稿。我是比较晚期才进入《敦煌学大辞典》的编纂队伍中，负责民族语文字和研究史方面，其间经常与沙先生接触，深知他对此付出的劳动。他也亲自撰写了很多条目，特别是比较偏门的方面，一旦没人撰写，他就亲自上手。他发表的《敦煌吐鲁番文献所见唐军府名掇拾》(载《敦煌学辑刊》1998年第1期)，应当就是编《大辞典》时的副产品。其他两部著作的编纂，他也做了很大贡献，除了前述《敦煌契约文书辑校》外，他还是《英藏敦煌文献》第3、4卷(四川人民出版社，1990–1991年)的分卷主编，这套书的定名也是非常耗费时日的工作，我参加过最后几卷的工作，知道沙知先生对此做出的贡献。

为了整理出版英藏敦煌文献，沙先生曾经去英国伦敦

笔者与沙知、张弓先生一起编《英藏敦煌文献》

的国家图书馆工作过一段时间。在完成《英藏敦煌文献》后，沙先生又向英方提出整理斯坦因第三次中亚考察所获汉文世俗文书的要求，得到馆方的大力支持。此后沙先生几次赴英伦，一字一句地校录其中的和田、吐鲁番、黑城出土的文献，最终在2005年，与英国图书馆的吴芳思（Frances Wood）博士一起，共同编纂出版了《斯坦因第三次中亚考古所获汉文文书》上下两巨册（上海辞书出版社）。

我们知道，斯坦因第三次中亚考察，足迹广阔，在和田、吐鲁番、黑城等地都发掘了不少汉文文书。这批文书比较凌乱破碎，涉及方面较广，整理起来十分不易。法国汉学家马伯乐（H. Maspero）受斯坦因委托，整理了其中比较重要的文书断片，在1945年去世前完成《斯坦因第三次中亚探险所得汉文文书》(*Les documents chinois de la troisième expedition de Sir Aurel Stein en Asie centrale*)一书，迟到1953年才由英国博物馆出版。此后郭锋先生去英国调查，据原件完成《斯坦因第三次中亚探险所获甘肃新疆出土汉文文书——未经马斯伯乐刊布的部分》(甘肃人民出版社，1993年)；陈国灿先生在日本东洋文库见到这批照片，据以完成《斯坦因所获吐鲁番文书研究》(武汉大学出版社，1994年)；但前者没有图版，后者所见有限。沙知先生与吴芳思的这部著作，收录全部斯坦因第三次中亚考察所获汉文文书（非佛经）部分，而且有录文，并附全部图版，其录文准确，图版清晰，可以说是这批重要的吐鲁番、和田、黑城出土文书的"定本"。由于迄今为止英国图书馆也没有将这部分文书上传到IDP的网络上，所以沙先生的书可谓嘉惠学林。

沙知先生既尊敬师长，又提携后辈。

对于师长，沙先生念念不忘所受学恩，思以报答。他于1949–1951年期间在北大读书，曾受业于向达先生。向达是中国敦煌学的前辈，后来被打成"右派"，不幸在"文革"中去世。沙先生一直鼓动我在北大为向达先生开一个纪念会，在向先生诞辰百年的2000年，他就极力耸恿，但当时受到一点阻碍，所以会议没有开成。到了接近2010年时，他又多次提起，而我当时正在编纂《向达先生敦煌遗墨》(中华书局，2010年3月），他从美国友人那里，帮我找到曾昭燏先生的后人，获得向达敦煌考察期间致曾昭燏信的所有图版，我真是感激不尽。在此期间，沙先生收集有关向达先生的回忆文章，亲自编成《向达学记》(三联书店，2010年6月），拙文《惊沙撼大漠——向达的敦煌考察及其学术意义》也被收入其中，十分荣幸。2010年，我们北大历史系暨中国古代史研究中心联合中国国家图书馆古籍馆、敦煌研究院，三方共同举办了"敦煌文献·考古·艺术综合研究——纪念向达先生诞辰110周年国际学术研讨会"，沙先生和许多同辈的老先生到会讲话，中青年学者提供精彩论文，使得这次会议圆满成功，会后我和樊锦诗、林世田主编出版了《敦煌文献·考古·艺术综合研究——纪念向达先生诞辰110周年国际学术研讨会论文集》(中华书局，2011年12月），为此事画上一个圆满的句号，也了却了沙先生的一个心愿。从这件事情上，可以看出沙知先生对于前辈的知恩知报，为弘扬向达先生的学术所做的努力。

　　我参加《敦煌学大辞典》、《敦煌文献录校丛刊》、《英藏敦煌文献》的工作，其实都有沙先生的大力推荐。若干年前，我因为要整理国家图书馆和中国人民大学博物馆所藏和田出土文书，向他借阅斯坦因第三次考察所获和田出土文书的彩色照片，用后也一直没有找机会归还。2016年"五一"期间，我和孟宪实、孟彦弘、朱玉麒一起去看望他，他说这些照片对你有用，就留在你那里吧，而且还把其他更大部分的吐鲁番、黑城文书彩色照片，通通送给我了。沙先生的高情厚谊，于此可见一斑。

沙知先生敬重前辈，爱护后辈，一生奉献学术，是一位真正的纯学者。

（2018年12月17日完稿，原载包伟民、刘后滨主编《唐宋历史评论》第5辑，社会科学文献出版社，2019年1月，3—17页。）

情系高昌著述多
——纪念陈国灿先生

在敦煌吐鲁番学界我所熟悉的前辈学者当中，陈国灿先生大概是对吐鲁番倾注着最大的感情的一位。他出生于1933年，2018年6月7日不幸去世，享年85岁。从1975年参加唐长孺先生主持的"吐鲁番文书整理小组"以来，陈先生对于吐鲁番的热爱与日俱增，晚年尤甚，七八十岁高龄后，还几乎每年都去吐鲁番考察，火焰山前，吐峪沟内，高昌城中，追寻古迹，探索丝路；博物馆内，摩挲古旧文书，爱不释手。

笔者与陈先生可谓忘年之交，今值先生去世周年之际，谨撰小文，寄托哀思，缅怀先辈，表彰学术。

记不得从哪一年开始认识陈国灿先生了，但至少可以追溯到1986年，有一张照片为证，那是我随业师张广达先生到北京沙滩红楼的古文献研究室，申请阅览"吐鲁番文书整理小组"整理过的文书，接待我们的就是陈国灿先生。

陈国灿、黄盛璋、张广达三位先生和笔者摄于沙滩红楼古文献研究室
（1986年）

他拿出我们希望阅览的文书照片和录文，有的已经在《吐
鲁番出土文书》平装本中刊布，有的还没有发表，所以机
会难得。我们当时很想知道一些文书的残缺痕迹，因为在
《吐鲁番出土文书》的录文本上看不出这些裂痕，而有了文
书残缺的状态，或许可以帮助我们认识这些文书与其他收
集品中的吐鲁番文书的关系，陈先生就做过大谷文书和新
出吐鲁番文书之间非常出色的缀合或归组工作。那时候我
对吐鲁番文书接触不多，看到原件的照片机会也不多，所
以在阅览中听陈先生讲吐鲁番文书的内涵和他们整理拼接
吐鲁番文书残片的经过，十分过瘾，收获很多。

　　更为密切地与陈国灿先生接触，是1990年9月以后到

1991年初在日本的时候，当时陈先生应东京大学东洋文化研究所池田温教授的邀请，在东京做访问研究，而我则受京都龙谷大学佛教文化研究所之邀，在京都逗留半年时间。虽然不在一个城市，但他来京都，我去东京，加起来见面的机会并不少。我所在的龙谷大学，是大谷文书的收藏地，这当然是陈先生最想探访的地方，我的工作地点就在收藏大谷文书的大宫图书馆内，所以陈先生来的时候，我自然陪同，跟从学习。而且我当时身份已经是副教授，所以龙谷大学代我租的房子是京都南郊向岛学生中心的家族楼，有两个卧室，还有客厅、厨房，虽然比前面的学生楼贵得多，但为了给接待单位面子，我也是坚持一个人奢侈地住在那里。于是，只要有朋友从东京什么地方来，我的宿舍就成为招待他们的宾馆，陈先生来龙谷大学调查大谷文书，自然也就住在我那里了。他一来，不仅带来了知识和掌故，还让我吃上好几天的上好饮食，因为我一般不开伙做饭，做也是简单对付一下，陈先生一来，马上到附近的超市采购一番，亲自下厨，每天晚上，我们就有了一顿美食佳肴，加上日本的啤酒，陈先生开聊，我则开吃。吃饱喝足，也聊得差不多了，陈先生就在隔壁的房间里鼾声大作。陈先生曾经在内蒙古大学工作很长时间，与北大毕业的好几位前辈学者同事，因此有很多掌故讲给我听，也正是因为有这样的阅历，陈先生能吃能睡，身体很壮，这是他能够坚持做艰苦的吐鲁番研究的条件之一。

　　陈先生在日本的一项重要工作，是调查日本所藏的吐鲁番文书。这也是我在日本努力的方向，所以可以说是同好。我曾经拜托京都大学藤枝晃先生联系藤井有邻馆，这所私立博物馆日常展出品中，没有藤枝晃曾经发表过的长行马文书，也没有饶宗颐先生撰文介绍过的那些敦煌写卷，所以我很想窥其秘藏。藤枝先生说，因为他在报纸上发表文章说日本各个收藏家手中的敦煌卷子99%都是假的，所以这些收藏家们现在不喜欢他，怕他出面联系人家不给看，他让我请京都大学的砺波护教授出面，他是京都大家族出身，藤井家一定给面子。这一招很灵，不久以后，砺波先生就联系好了，确定9月16日我们去拜访有邻馆。

　　这天一大早，我随砺波护先生在有邻馆开门之前就到了那里。不一会儿，藤枝晃先生也来了，虽然他不出面联系，但他也想再看看，毕竟机会难得。我一方面希望他来说说长行马文书的情况，另一方面也有点担心他这一来，馆方是不是不给看呢。再过一会儿，就看到远远走过来两位先生，一是池田温教授，一是陈国灿先生，原来砺波先生知道机会难得，所以也通知了他们两位，他们从东京匆匆赶来，因为池田温先生也没有看过有邻馆的藏卷，当然陈先生也是。开门后，馆长把我们请到内部一个展览室，架子上已经放好了一排排夹着长行马文书等原件的玻璃框，我们开始紧张地核对，因为此前有藤枝晃在《墨美》第60号长行马专号（1956年）上的图版和录文，但专号上没有背面的照片，而背面纸缝上的文字，有助于我们对长行马文书的整体复原。等我们看完以后，馆长招待我们到外间喝茶，一道茶完后，展览室中又换了一批新的文书，我们进去继续阅览。这次机会实在是难得，即使是研究长行马文书的日本学者如荒川正晴教授，也没有这样大量见过有邻馆所藏，所以我和陈先生这次探访有邻馆，真是十分幸运，况且我们是和日本关西、关东研究敦煌吐鲁番文书和隋唐史的三位大家一起走访，共同讨论。砺波护先生对此次访问也是记忆深刻，特别在2016年编辑出版的学术随笔集《敦煌から奈良・京都へ》一书中，附上合影一张，以表留念。陈先生非常勤快，回国后撰写了《东访吐鲁番文书纪要》（一），就是对于京都藤井氏有邻馆所藏文书的调查记录①，也成为后来陈国灿、刘安志先生编《吐鲁番文书总目（日本收藏卷）》附录有邻馆藏文书目录的基础②。

　　以后，陈先生和我又分别走访过奈良依水园的宁乐美术馆，都受到中村馆长的盛情接待。陈国灿先生撰有《东访吐鲁番文书纪要》（二），就是以宁乐美术馆所藏唐西州蒲昌府文书为中心的，在日比野丈夫刊本的基础上，对所

---

①陈国灿《东访吐鲁番文书纪要》（一），《魏晋南北朝隋唐史资料》第12期，1993年，37-45页；收入作者《论吐鲁番学》，上海：上海古籍出版社，2010年，145-152页。

②《吐鲁番文书总目（日本收藏卷）》，武汉：武汉大学出版社，2005年，595-602页。

有文书给予新的目录，其中还包含日比野遗漏的残片①。后来，陈先生更在敦煌研究院刘永增先生的帮助下，获得宁乐美术馆方面的授权，合作编成《日本宁乐美术馆藏吐鲁番文书》，1997年由文物出版社出版，成为今天学界使用宁乐馆藏文书的定本。

此外，陈国灿先生在东京期间，充分利用了东洋文库陆续收集到的吐鲁番文书资料，特别是他阅览了所有英国图书馆藏斯坦因第三次中亚探险所获的吐鲁番、于阗出土文书照片，并且在回国前获得了一份图版，虽然不够清晰，但总算是看到了许多马伯乐（H. Maspero）《斯坦因第三次中亚探险所获汉文文书》（*Les documents chinois de la troisième expedition de Sir Aurel Stein en Asie centrale*, London 1953）和郭锋《斯坦因第三次中亚探险所获甘肃新疆出土汉文文书——未经马斯伯乐刊布的部分》（甘肃人民出版社，1993年）所未收的文书，特别是两者收录的文书也可以据照片校正录文。于是，陈先生利用东洋文库的照片，按照遗址重新排序，把这批文书整理一新，编成《斯坦因所获吐鲁番文书研究》，1994年12月由武汉大学出版社出版。陈先生书稿完成后，曾经把和田出土文书部分寄给我看，因为他知道我曾经在英国图书馆对照原件校录过所有和田出土汉文文书，而他见到的照片显示，一些文书皱皱

① 文载《魏晋南北朝隋唐史资料》第13期，1994年，32–43页。

巴巴，没有展平，有些文字看不清楚，有些行款也不明白。我把自己的录文成果全部移录到陈先生的书稿中，还把诸如《刘子》等文书定名的成果提供给他。很感谢陈先生的信任，对我的订补全部采用。

1996–1998年间，我所在的北京大学中国中古史研究中心与耶鲁大学历史系合作进行"重聚高昌宝藏"（Reuniting Turfan's Scattered Treasures）的国际研究项目，该项目由韩森（Valerie Hansen）和张广达教授负责，在中国则由荣新江和邓小南教授协调组织，经费由美国路斯基金会（Luce Foundation）支持，因此我们可以把国内外一批学者聚在一起，共同研究、考察、发表成果。在这个项目的申请过程中，就得到陈国灿先生的大力支持，他为我们提供了一张分散在英国、日本、中国的吐鲁番文书的缀合图，据说给基金会的评审委员们很深的印象，而我们的项目的名字，也多少和这幅缀合图有关。在这个项目进行过程中，我们曾一起走访吐鲁番古代遗址，校读部分1979–1986年间出土的吐鲁番文书；我们还一起到美国参加丝绸之路研讨会，并走访大都会等博物馆。在作为项目成果之一的《敦煌吐鲁番研究》第四卷中，陈先生贡献了一篇《从吐鲁番出土文书看唐前期户税》[①]，他还给其他项目成员以各种方式的帮助。

陈先生对于吐鲁番文书是有很深的感情的，所以对

---

① 《敦煌吐鲁番研究》第4卷，北京：北京大学出版社，1999年，465–476页。

"重聚高昌宝藏"项目部分成员一起走访吐鲁番阿拉沟遗址（左起：吴震、马世长、王炳华、丁爱博、斯加夫、荣新江、陈国灿、王小甫）

于不论何处收藏的吐鲁番残片，都大力加以收集、整理和研究。我曾经有机会获得一件唐开元十三年西州都督府牒的旧照片，内容是关于西州官员在秦州买地事宜的牒文，1996年11月在台北参加唐史会议时，拿出来向同时与会的池田温先生请教，看看是否能从日本找到原本的线索。池田先生爱不释手，最后我只好请他做研究。不久以后，池田先生写成《开元十三年西州都督府牒秦州残牒简介》一文，参考同样残缺半边的吐鲁番文书，对本文书做了考释，按照我的希望，提交给《敦煌吐鲁番研究》[1]。我当时正协助季羡林、周一良、饶宗颐三位先生编辑该刊，在与陈国灿

---

[1] 后载《敦煌吐鲁番研究》第3卷，北京：北京大学出版社，1998年，105-126页。

先生聊天时提到此件文书，陈先生立刻说道，这件文书的本文他没见过，但见过甘肃省图书馆所藏1958年冯国瑞关于此文书的部分跋语。于是，我马上请他审阅池田先生的论文，陈先生提出审稿意见，并撰写了《读后记》，其中过录跋语，提供了非常宝贵的信息①。由这样一个细节，可以见出他对吐鲁番文书及相关材料收罗之细。

　　还可以举辽宁省档案馆所藏六件吐鲁番文书为例。这几件文书过去不为吐鲁番文书研究者所知。1982年，辽宁省档案馆发表一篇名为《唐代档案》的文章②，我发现其中五件是唐开元二年西州蒲昌府文书，一件是唐西州诸寺法师名簿，于是写了一篇小文加以介绍③。陈国灿先生对这批文书非常重视，他从辽宁省档案馆申请获得远较《历史档案》杂志上发表的黑白照片更为清晰的彩色照片，对这些吐鲁番文书的内容做了更为深入的研究④。因为我是从吐鲁番文书的角度第一个研究这批文书的人，陈先生特别把这些彩色照片寄给我一份，留作研究的素材。

---

①陈国灿《读后记》，《敦煌吐鲁番研究》第3卷，1998年，126–128页。

②辽宁省档案馆《唐代档案》，《历史档案》1982年第4期，2–5页。

③荣新江《辽宁省档案馆所藏唐蒲昌府文书》，《中国敦煌吐鲁番学会研究通讯》1985年第4期，29–35页。

④陈国灿《辽宁省档案馆藏吐鲁番文书考释》，《魏晋南北朝隋唐史资料》第18辑，2001年，87–99页；又载《吐鲁番学研究》2001年第1期，3–14页；收入作者《论吐鲁番学》，上海：上海古籍出版社，2010年，164–177页。

正是因为我们都以搜集、追踪吐鲁番文书为己任，所以从1992年开始，我就参加了以武汉大学陈国灿、朱雷教授牵头的国家社会科学"八五"规划重点项目"海内外吐鲁番文书的整理与研究"，当时的分工是陈先生负责日本收藏部分，朱先生负责中国收藏部分，我负责欧美收藏部分。这件工作十分费时费力，我为此也多次前往武汉大学，与两位先生研讨编目的内容和体例。陈先生因为在日本期间做了充分的准备，后来又有他的学生刘安志的帮忙，所以最先完稿，并由他们两人合编，2005年由武汉大学出版社推出《吐鲁番文书总目（日本收藏卷）》，首次给中国学界提供了一份日藏吐鲁番文书的清单。这其中，我应陈先生要求，把大谷文书中的胡语部分编写成条目，总计好像有七百多条，按流水号插入到他们的目录中。我主持编纂的《吐鲁番文书总目（欧美收藏卷）》，于2007年9月由武汉大学出版社出版，出版之前我也把书稿寄给陈先生审查，其中部分条目也依据他的建议修改，如普林斯顿大学葛斯德图书馆所藏文书，就采用了他的一些定名。

陈国灿先生对于吐鲁番文书研究的贡献是多方面的，他在1980到90年代一口气发表的《唐代的民间借贷——吐鲁番、敦煌等地所出唐代借贷契券初探》[①]、《从吐鲁番出土

[①]唐长孺主编《敦煌吐鲁番文书初探》，武汉：武汉大学出版社，1983年，217–274页；改订收入作者《唐代的经济社会》，台北：文津出版公司，1999年，172–221页。

的"质库帐"看唐代的质库制度》①、《对唐西州都督府勘检天山县主簿高元祯职田案卷的考察》②、《武周时期的勘田检籍活动——对吐鲁番所出两组经济文书的探讨》③、《高昌国的占田制度》④等等长文，都是这一领域的经典之作。

陈先生在利用吐鲁番文书考察唐朝制度之外，也是比较早的一位关注高昌或者是整个西北史地的学者，比如他的《吐鲁番出土的〈诸佛要集经〉残卷与敦煌高僧竺法护的译经考略》⑤，利用大家熟悉的大谷探险队所获《诸佛要集经》题记，讨论了竺法护在中原翻译的佛经倒传到高昌的情况；他的《武周瓜、沙地区的吐谷浑归朝事迹——对吐鲁番墓葬新出敦煌军事文书的探讨》⑥，是利用吐鲁番出土的敦煌文书，来讨论武周时的吐谷浑归降史事；《唐五代敦煌

---

① 《敦煌吐鲁番文书初探》，316–343页；改订收入《唐代的经济社会》，223–245页。

② 《敦煌吐鲁番文书初探》，455–485页。

③ 唐长孺主编《敦煌吐鲁番文书初探二编》，武汉：武汉大学出版社，1990年，370–418页；改订分为《武周圣历年间的勘检田亩运动》、《武周长安年间的括户运动》二篇，收入《唐代的经济社会》，1–72页；又作者《敦煌学史事新证》，兰州：甘肃教育出版社，2002年，98–166页。

④ 《魏晋南北朝隋唐史资料》第11期，武汉：武汉大学出版社，1991年，226–238页。

⑤ 《敦煌学辑刊》创刊号，1983年，6–13页；改订收入《敦煌学史事新证》，28–43页。

⑥ 《1983年全国敦煌学术讨论会文集》（文史·遗书编）上，兰州：甘肃人民出版社，1987年，1–26页；改订收入《敦煌学史事新证》，167–197页。

县乡里制的演变》①，利用吐鲁番出土的敦煌文书，阐明敦煌乡里的变化；《安史乱后的唐二庭四镇》②，则是对安西、北庭两节度和安西四镇在安史之乱后的变迁做了有益的探索。因为我觉得陈国灿是对唐代时期高昌本地史最为熟悉的学者，所以饶宗颐先生在香港谋划用出土文书补《资治通鉴》的系列书稿时，我就推荐陈先生来担当唐代一段，于是饶公请陈先生来港三个月，陈先生干劲十足，圆满完成《吐鲁番出土唐代文献编年》，2002 年由台北新文丰出版公司出版。

陈国灿先生对于吐鲁番的研究贡献是多方面的，不能在此一一列举，但有一点是不能不提到的，就是他晚年不断去吐鲁番盆地考察，并撰写了一系列的"吐鲁番地名研究"论文，这就是：《唐西州蒲昌府防区的镇戍与馆驿》③、《对高昌国诸城"丁输木薪额"文书的研究——兼论高昌国早期的诸城分布》④，写作这两篇文章时，可能还没有想到做系列论文，但这无疑也是同类的文章；《对吐鲁番地名

---

① 《敦煌研究》1989 年第 3 期，39–50、110 页。改订收入《敦煌学史事新证》，360–383 页。

② 荣新江主编《唐研究》第 2 卷，北京：北京大学出版社 1996 年，415–436 页；改订收入《敦煌学史事新证》，445–471 页。

③ 《魏晋南北朝隋唐史资料》第 17 辑，武汉：武汉大学出版社，2000 年，85–106 页。

④ 《吐鲁番学研究》2015 年第 1 期，14–22 页。

发展演变规律的探讨——吐鲁番地名研究之一》①、《吐鲁番地名的开创期——吐鲁番地名研究之二》②、《高昌王国对郡县的扩建——吐鲁番地名研究之三》③、《唐西州的四府五县制——吐鲁番地名研究之四》④、《西州回鹘时期吐鲁番地名的音变——吐鲁番地名研究之五》⑤、《对高昌东部诸古城遗址的查访——吐鲁番地名研究之六》⑥。很遗憾，他还没有来得及完成这个系列的考察和研究，就匆匆离开了我们。这样的一组文章，并且着意地安排发表在《吐鲁番学研究》上，在在都表现出：陈国灿先生情系高昌，也彰显出他对吐鲁番研究的极大贡献。

（2019 年 6 月 7 日完稿，原载《敦煌学辑刊》2019 年第 1 期，21–26 页。）

---

① 《吐鲁番学研究：吐鲁番与丝绸之路经济带高峰论坛暨第五届吐鲁番学国际学术研讨会论文集》，上海：上海古籍出版社，2016 年，66–73 页。

② 《吐鲁番学研究》2015 年第 2 期，33–39 页。

③ 《吐鲁番学研究》2016 年第 1 期，17–24 页。

④ 《吐鲁番学研究》2016 年第 2 期，10–23 页。

⑤ 《吐鲁番学研究》2017 年第 1 期，26–38 页。

⑥ 《吐鲁番学研究》2017 年第 2 期，12–21 页。

重读《安乐城考》 追念李征先生

　　李征（1927–1989）先生，是河北滦南人，是我的同乡。这一点过去我不知道，也没有听李征先生说起过，是最近朱玉麒教授告诉我的。我们在忘年交的学术友情之外，多了一层老乡的关系。

　　我记得李征先生经常说到他是满族，祖辈是随刘锦棠进疆的。最近读了朱玉麒《西域汉和堂〈裴岑碑〉旧拓考》[①]以及他提到的魏长洪整理《坤哈变事记》的说明[②]，得知李征先生的父亲名李晋年（1860–1929？），字子昭，隶汉军正白旗。清光绪二十八年（1902）举人。李晋年为伊犁将军长庚聘请来新疆，参与编纂《新疆图志》，后任镇西厅（巴里坤）同知；入民国后，历任新疆镇西、巴楚、沙雅、

----

①《中国民族博览》2014年11–12合期，30–41页。
②《近代史资料》总72号，1989年，此据《魏长洪新疆历史文选》，乌鲁木齐：新疆大学出版社，2013年，447页。

墨玉等地方官，及新疆省府高等顾问。著有《新疆回教考》、《春秋今事比》、《唐代藩镇考》、《西域金石补证》、《沙雅县志》、《坤哈变事记》等。李晋年作为中国传统知识分子，文史功底好，又擅长诗文书画，在新疆任职期间，与新疆布政使王树枏等多有交往唱和。根据朱玉麒教授的考索，今所见尚有他给王树枏藏吐鲁番出土《北凉写经残卷》的赋诗题跋（今藏日本东京台东区书道博物馆），有他在抄本《镇西厅乡土志》上的题跋（今藏首都图书馆），还有他所写《刘平国碑》拓本跋（今藏北京大学图书馆）和《裴岑碑》拓本跋（今藏大阪汉和堂）。从这些题跋来看，文字、内容、书法均佳，透出李晋年的学术素养。

李征先生作为这样一位清末民初文人的哲嗣，为人温文尔雅，而且幼承家学，熟悉西域历史，尤其对其父曾任职的东疆地区，包括巴里坤、哈密、吐鲁番一带，更为谙熟。显然也是因为这样的家庭出身，所以在1949年以后自然受到政治冲击，他为人极其低调，只说其祖上是随刘锦棠进疆，而很少提到其历任的官职和与其他官僚文人的交往。

这样的家庭背景，肯定有一些收藏。我们常常听李征先生讲起，年轻的时候在吐鲁番，阿斯塔那墓地的有些墓葬的墓道已经被人掘开，所以他们捉迷藏时常常躲到墓里去，有些墓里的文物或文书没有被农民或探险队挖干净，时而也会捡到一些纸片。当时高昌、交河城址当中，或者千佛洞的窟前，也可以捡到一些佛经残片。我们都传说李征先生也有一些吐鲁番文书的收藏品，还曾送过一些给甘肃的名人冯国瑞。但他对此都不置可否，避而不谈。

李征先生去世后，1998年我在帮助几位老先生编辑《敦煌吐鲁番研究》第3卷时，发表了一篇池田温先生《开元十三年西州都督府牒秦州残牒简介》，这件吐鲁番残牒的照片是我在北京一个单位的旧藏照片中找到的，装底片的信封上写着"冯国瑞旧藏"。我就此向陈国灿先生请教，陈先生为此撰写了《读后记》，以为这些冯国瑞旧藏的吐鲁番文书是学生李重如赠送的，他记载道："李重如者，实即我们'吐鲁番出土文书整理组'中的同仁李征先生……李征先生说：'冯国瑞在解放前对敦煌吐鲁番文书很有爱好，并喜收藏，我1947年由新疆到兰州上大学，曾将自己收集到的写经残片送给老师冯国瑞先生。解放后，冯在甘肃省图书馆工作过，据说1956–1957年间，他将所藏出土文书全捐给省图书馆了。'"[1]这段口述历史后来得到公开发表的冯国瑞《新疆吐鲁番发现六朝及唐人写经跋》的证实："吐鲁番不断的发现写经，六朝隋唐皆有，唐人书有纯褚遂良体，为莫高窟写经所少见的。新疆学生李重如携到兰州的很好，并详其继续发现的情况。"[2]这些写经残卷很可能是从李晋

---

[1] 陈国灿《读后记》,《敦煌吐鲁番研究》第3卷，1998年，126–128页。

[2] 刘雁翔《冯国瑞敦煌写经吐鲁番文书题跋叙录》,《敦煌学辑刊》2008年第3期，63页。

年传到李征先生手中，再到冯国瑞先生之手，现在应当藏
在甘肃省图书馆，但尚未公布，因此不知上面是否有何人
题跋。冯国瑞的跋文在这句话后面讲了一段吐鲁番文书发
现与收藏的历史，恐怕就是转述李征先生的说法。从这些
点滴事情上，我们可以知道，李征先生对于吐鲁番文书、
写经以及发掘、收藏的历史，早有认识和研究，能述其详，
可惜没有留下什么研究文字或题跋。

　　1975年，在当时的国家文物局局长王冶秋同志和武汉
大学教授唐长孺先生的推动下，国家文物局直属的古文献
研究室成立"吐鲁番出土文书整理组"，着手整理1959—
1975年间吐鲁番阿斯塔那和哈拉和卓墓地13次发掘所得吐
鲁番文书。李征先生作为新疆博物馆考古队的一员，被借
调到北京，参加到整理组当中。因为他参加过吐鲁番墓葬
的9次发掘工作，熟悉文书出土情况，因此主要负责吐鲁
番文书的拼接工作。我们今天看到整理好的《吐鲁番出土
文书》平装本10册或精装本4大册，其实这些文书是由465
座墓中出土的上万件残片，经过艰苦的劳动，缀合成1800
多件的文书，还有大量不能缀合的残片被归入同组，这里
面渗透着李征先生的汗水，是他对吐鲁番出土文书整理与
研究的重要贡献。唐长孺先生在平装本第10册的《编后记》
中说："李征同志在文书的拆揭、拼合、修复、拍片和保管
工作中，认真负责，勤勤恳恳，十几年如一日，默默地作
出了自己特殊的贡献，直到1988年，在他身患癌症的情况

下，还坚持完成收尾工作。这是值得我们永远追念的。"①
相信所有使用《吐鲁番出土文书》的研究者，对李征先生
的贡献也是永远铭记在心的。

我是1978年入学北京大学历史系的，大概第二年，因
为法国国立图书馆的敦煌写本缩微胶卷与北京图书馆藏卷
做了交换，北大图书馆复制一套，王永兴先生和张广达先
生就开设了敦煌吐鲁番文书研究的课程。当时我们课上阅
读的材料虽然以敦煌文书为主，但也旁及一些吐鲁番出土
文书。王永兴先生更是希望能够利用一些未刊的吐鲁番出
土文书，所以特地请李征先生来北大讲演。记得那是在文
史楼的某个教室中，李征先生好像没有讲过课，所以说话
声音很小，我们坐在下面，几乎听不到他在说什么；他的
板书文字很细小，也看不清楚写了什么。讲了半个多小时，
他忍不住要抽烟，王先生说这是教室，不能抽烟。可是他
不抽一口，就没法讲下去的样子，所以只好提前课间休息，
让他抽一袋烟，再继续讲。这堂课的内容，我现在一点也
记不得了，印象中他是有满腹学问，就是倒不出来。

后来，我有机会随张广达先生到五四大街红楼的古文
献研究室，去看"吐鲁番文书整理小组"整理过的文书，
接待我们的常常就是李征先生和陈国灿先生。看一阵文书，
就开始聊天，这时候才发现，李征先生原本是很能"侃大

---

① 《吐鲁番出土文书》第10册，北京：文物出版社，1991年，337页。

山"的，讲得高兴的时候，也敞怀大笑。后来，我随张广达先生到新疆，见到李征先生时，又有机会听他"神聊"，高兴时他还翻出《清史稿》，说里面记载了他祖上的功业，如何如何。他的祖父就是参与了收复新疆的塔尔巴哈台参赞大臣、曾经署理伊犁将军的李云麟，在《清史稿》卷四八六《文苑传》三中有传。

李征先生是很早就接触吐鲁番文书、写经的学者，后来又在"吐鲁番出土文书整理组"中与唐长孺先生等高手朝夕相处，原本来说应当对吐鲁番文书的研究贡献至多，但他为人谨慎，发表的文章少之又少，这可能和他长期处在被压制的状态下，不敢多写有关。

他发表的最重要的文章，可能也是独自撰写的唯一一篇有关吐鲁番的文章，是《安乐城考》，刊于《中国史研究》1986年第1期，即"中国敦煌吐鲁番学会1985年学术讨论会"论文专辑。文中记录了李征先生1972年与吐鲁番文物保管所所长麻依提同志一起勘察吐鲁番广安城东英沙古城（Yangi-shahr）的过程，确定安乐城位置就在今吐鲁番县东约2公里处苏公塔东面的古城址。他根据史籍和出土文书，考订了汉晋以来安乐城的沿革，特别是537年高昌王国在此设立安乐县后的发展情况。贞观十四年（640）唐灭高昌国，安乐县降为乡，是交河县下的一级行政组织。

李征先生文章157页注29提到："鄯善县吐峪沟千佛洞出土汉文'造塔功德纪事'文书，题记中回纥宰相具衔称：

吐鲁番出土造塔功德记

'领四府五县事'，原件藏自治区博物馆。"他利用这件文书的记载指出，回鹘人占领吐鲁番盆地后，出于政治、经济和军事需求，对唐朝高昌地区的建制未做改易。这一点非常重要，为后来发现的越来越多的资料，特别是新解读出来的回鹘文资料所证明。

我当时研究晚唐、五代、宋初的沙州归义军史，旁及西州回鹘王国，因此对于这件文书非常有兴趣，极想得知文书的全貌。年轻无知的我，不懂得文物考古界的规矩，写信问李征先生能否赐教文书全文。他很快给我回信，并抄录了文书的大部分内容，特别是回鹘可汗的职衔部分，但嘱咐我不要发表，如果发表，需要向新疆文物局局长某

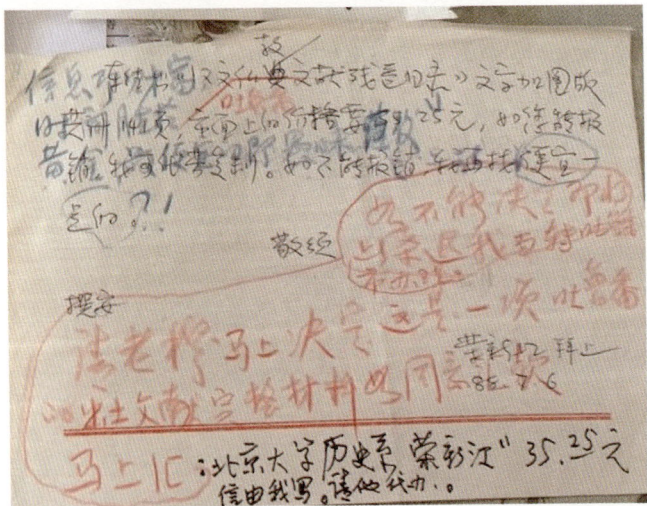

笔者与李征先生通信及他向考古所申请复印外文书的批字

某申请，得到允许，才可以发表。所以虽然我很早就得到了这件文书材料，但一直也没有敢写文章，也没有引用其中的文字。李征先生既好心地让我知道文书的内容，同时又教给我如何去做，真是一位心地善良的长者。

今天，李征先生已经离开我们三十年了，我们在他曾经工作过的新疆文物考古研究所，在他曾经嬉戏玩耍、从事考古发掘的吐鲁番盆地，纪念他对吐鲁番文书整理研究所做的杰出贡献，追念这位吐鲁番学研究的前辈，愿他在天堂安息。

（2019年7月16日初稿，20日修订；原载《吐鲁番学研究》2019年第2期。）

一支译笔润春秋

——追念耿昇先生

一年前（2018年4月10日），耿昇先生突发心脏病，离我们而去，终年74岁。按照古人的看法，这个年龄已经是"古来稀"的了；但在医疗比较发达的现在，又显得走的太早，走的太快。我当时在南方旅途中，听到这个消息感到十分震惊，因为在我的心目中，耿先生的身体很好，说话气壮如牛，有使不完的劲，怎么会一下子就走了呢。

一年过去了，今日中外关系史学会和北京外国语大学召开耿昇先生纪念会，正好梳理一下我所理解的耿先生学术贡献以及我与他的学术交往，以表追思之情。这两天翻检书架上耿先生的译著，对他的学术贡献略作归纳。他的学术领域宽广，我所接触的以下几个方面，值得特别表彰。

一、以翻译推动敦煌学、藏学、突厥学的发展

我与耿昇先生的交往，主要集中在上世纪80—90年代，那时候我们的关注点主要都在敦煌学，旁及吐蕃、突厥、回鹘、吐鲁番、于阗等。

我们知道，上世纪70年代末80年代初，是中国学术复兴的时代，经过"文革"的中断，中国学术百废待兴，传统的学术和新的学科有许多方面都落后于欧美和日本，中国学者努力奋起直追。但要与国外学者较量，首先要阅读外国学者的专业论著，当时大多数学人是学俄语、英语和日语出身的，能兼通法语者可谓极其稀罕。在这种情形下，从外交界转入学术界的耿昇先生，以他一支不停转动的笔，在多个学科领域为学术界做出了杰出的贡献。

对于敦煌学而言，耿先生翻译的谢和耐（J. Gernet）《中国五－十世纪的寺院经济》（甘肃人民出版社，1986年），产生了巨大的影响。这部著作是用法国社会学的理论，高屋建瓴地驾驭零散琐碎的敦煌材料的佳作。延续此书做了更深入研究的，有姜伯勤《唐五代敦煌寺户制度》（中华书局，1987年）、郝春文《唐后期五代宋初敦煌僧尼的社会生活》（中国社会科学出版社，1998年）等，耿昇的译著对于这方面的研究给予了很多的帮助。耿先生还把法国学者历年来撰写的敦煌学研究论文，翻译汇集为《敦煌译丛》第1辑（甘肃人民出版社，1985年）和《法国学者敦煌学论文

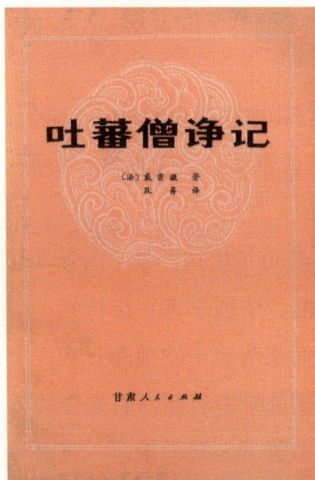

吐蕃僧诤记

〔法〕戴密微 著
耿昇 译

甘肃人民出版社

中国五——十世纪的
寺院经济

〔法〕谢和耐 著
耿昇 译

〔法〕伯希和 著
耿昇 唐健宾 译

伯希和
敦煌石窟笔记

甘肃人民出版社

法国学者
敦煌学论文选萃

〔法〕谢和耐 等著
耿昇 译

法国西域敦煌学名著译丛

中华书局

耿昇先生译作

选萃》(中华书局，1993年)，其中包括有关禅宗入藏、古藏文文书、社会经济、佛教文献、图像、俗文学作品、占卜、诗文集、写本断代与形式、纸张颜色等许多方面，极其方便中国学者在法国学者的基础上向前推进。他还把《伯希和敦煌石窟笔记》译出，甘肃人民出版社1993年出版；2007年又出版了新一版，附录三篇与伯希和敦煌考察相关的论文。我们知道，伯希和1908年记录的敦煌壁画和抄录的壁画题记，后来由于种种原因不存在或看不清楚了，所以耿昇翻译的伯希和笔记成为中国学者研究敦煌莫高窟的基本材料。此外，他还翻译了伯希和一系列有关西域、敦煌考察的论文，编成《伯希和西域探险记》(云南人民出版社，2001年)。后来，法国吉美博物馆出版了《伯希和西域探险日记(1906-1908)》，他随即翻译成中文出版(中国藏学出版社，2014年)，让国人第一时间了解伯希和考察队的整个过程。

在利用敦煌文献研究藏学的方面，对于中国学界最重要的参考书，要数耿昇翻译的戴密微(P. Demiéville)著《吐蕃僧诤记》(甘肃人民出版社，1984年；西藏人民出版社，2001年)。这是戴密微利用敦煌文献研究禅宗入藏的专著，在东西方影响非常之大，在此基础上，我们也可以参与到禅宗入藏的讨论当中去了。中国敦煌吐鲁番学会主编的《国外敦煌吐蕃文书研究选译》(甘肃人民出版社，1992年)，也大多数出自耿昇的译笔，其中部分用他的笔名"岳岩"。此外，他还翻译了麦克唐纳（A. Macdonald）的长文《敦煌吐蕃历史文书考释》，作为专著出版（青海人民出版社，1991年），还有石泰安（R. A. Stein）的一些敦煌藏文文献研究论文以及他的《西藏的文明》（西藏社会科学院西藏汉文文献编辑室，1986年）、《西藏史诗与说唱艺人的研究》（西藏人民出版社，1993年）、《川甘青藏走廊古部落》（四川民族出版社，1992年），也都和敦煌学有关联。

在与敦煌学相关的突厥学方面，耿昇很早就翻译了哈密顿（J. Hamilton）《五代回鹘史料》（与穆根来合译，新疆人民出版社，1982年）以及他的一些重要的单篇论文，这些是我们研究甘州回鹘、西州回鹘、沙州归义军必备的参考书，对于我做这方面的研究帮助尤大。更为重要的是，他翻译出版了难度很大的路易·巴赞（L. Bazin）《突厥历法研究》，中华书局，1998年版；2014年中国藏学出版社再版，改题《古突厥社会的历史纪年》。这是有关敦煌吐鲁番回鹘文献断代的皇皇巨著，极富参考价值。在突厥学方面，他还翻译了吉罗（R. Giraud）《东突厥汗国碑铭考释——骨咄禄、默啜和毗伽可汗执政期间（680-734年）》（新疆社会科学院历史研究所，1984年）。

在吐鲁番研究方面，耿昇翻译了莫尼克·玛雅尔（M. Maillard）《古代高昌王国物质文明史》（中华书局，1993年）。这是法国中亚美术史家利用西方探险队的材料，对吐鲁番盆地古代建筑等物质文化层面的研究，对于我们认识古代吐鲁番的文明很有帮助。

二、对中外关系史、丝绸之路研究的贡献

　　虽然耿昇先生在从事学术翻译的开始阶段以敦煌学著作为主，但他很有眼力选择的第一本翻译的书，就是布尔努瓦（L. Boulnois）《丝绸之路》（新疆人民出版社，1983年）。这本书用通俗的笔法，从西方人的视野，讲述了古代丝绸之路的历史，雅俗共赏，对于国人认识丝绸之路，产生了很好的效用，因此这个译本也不断地重印，有2001年山东画报出版社、2016年中国藏学出版社版。1993年，他又出版所译阿里·玛扎海里（Aly Mazahéri）《丝绸之路：中国－波斯文化交流史》（中华书局，1993年；新疆人民出版社，2006年），是研究中国与波斯之间经丝绸之路的文化交流，特别是物质文化的交流。

　　从90年代开始，耿昇先生就把更多的精力放在中外关系史著作的翻译上来，大力推动中国的中外关系史和丝绸之路研究。2001年，他出任中国中外关系史学会会长，更是把精力全部投入其中，在组织大家从事学术研究、学术考察之外，笔耕不辍，不断推出新的译注，也有旧译新编，内容从古到今，涉及的方面极其广泛。我从自己的书架上快速搜寻一番，就有：戈岱司（G. Coedès）《希腊拉丁作家远东古文献辑录》，中华书局，1987年；费琅（G. Ferrand）

《阿拉伯波斯突厥人东方文献辑录》（与穆根来合译），中华书局，1989年；鲁保罗（J.–P. Roux）《西域的历史与文明》，新疆人民出版社，2006年；马苏第（Ma'sudi）《黄金草原》，青海人民出版社，1998年；贝凯（J. Becquet）与韩百诗（L. Hambis）译注《柏朗嘉宾蒙古行记》，中华书局，1985年；伯希和《卡尔梅克史》，中华书局，1994年；于格夫妇（F.–B. Huyghe & E. Huyghe）《海市蜃楼中的帝国：丝绸之路上的人、神与神话》，新疆人民出版社，2004年；荣振华（J. Dehergne）与莱斯利（李渡南，D. D. Leislie）《中国的犹太人》，中州古籍出版社，1992年；大象出版社，2005年；荣振华《1552–1800年入华耶稣会士列传》，中华书局，1995年；谢和耐《中国和基督教》，上海古籍出版社，1991年；沙百里（J. Charbonnier)《中国基督徒史》（与郑德弟合译），中国社会科学出版社，1998年；安田朴（R. Etiemble)、谢和耐等《明清间入华耶稣会士和中西文化交流》，巴蜀书社，1993年；维吉尔·毕诺（Virgile Pinot)《中国对法国哲学思想形成的影响》，商务印书馆 2000年；安田朴《中国文化西传欧洲史》，商务印书馆，2000年；等等。

三、中法汉学界的桥梁

　　耿昇先生在翻译法国学者的专业论著时，也和法国汉学、中亚学等方面的学者建立了深厚的友谊，他时常有机会访问法国，与各门学科的学者交流，并获赠大量图书，加上自己的购买和复印，他无疑是对法国汉学最为了解的中国学者。他利用这一优势，曾动员法国研究中国学的各位学者，从自己所长的方面，撰写文章，分门别类地介绍法国汉学，这就是由戴仁（J.-P. Drège）主编的《法国当代中国学》，耿昇译出，由中国社会科学出版社1998年出版。此外，他还翻译有关法国汉学史方面的文章，结集为《法国中国学的历史与现状》，上海辞书出版社2010年出版。可以说，耿昇通过翻译，沟通了中法汉学界，使得双方可以对话，增进了许多方面的学术交流与合作。

此外，耿昇先生还有很多译著涉及西域、西藏、蒙古、探险史、西方人看中国等等方面，为避免琐碎，不一一提及。上面只就我所熟悉的领域，略述他在几个方面做出的学术贡献，可以说他用自己的一支译笔，书写着丰富的历史，润色着多彩的春秋。

至于我本人和耿昇先生的交往，印象最深的有下面一些事情。

上世纪80年代初，也正是我主要研究敦煌学、藏学、西域史的时期，所以和耿昇先生交往甚密，十分关注耿先生在敦煌学及其相关领域的翻译成果，对于他翻译的一些法文论著，曾加以精读，受益很多。可以说我自己的成长，受到耿先生极大的影响。他送给我很多书，但他的习惯一般不在书上题写赠语，我在有的书上写了"耿昇同志赠，新江记"，有的没来得及写，但肯定也是他送的，所以我书架上还保留着耿译的许多初版本。耿昇先生对晚辈非常慷慨，每次见面，都会送书，据我观察，这不仅仅是对我，对很多年轻人都是如此。

记得80年代中期，中国敦煌吐鲁番学会主编一套《敦煌吐鲁番学研究译丛》，请耿昇先生主其事。他知道我翻译了一些有关于阗的论文，就约我编一本《于阗研究译文集》，对我鼓励有加。随后我就着手准备，翻译了贝利（H. W. Bailey）、蒲立本（E. Pulleyblank）、哈密屯（J. Hamilton）、恩默瑞克（R. E. Emmerick）、德莱斯顿（M. J. Dresden）、乌瑞（G. Uray）等多位学者的论文，集结了大约三十万字的稿子，交给出版社。但后来因为我的译稿太过专门，没有能够出版，但这件事我还是要感激耿昇先生。在他的敦促下，我至少做了一组文章的翻译，得到了历练，外文有所进步，专有名词也知道去哪里找了。我的译稿后来陆续发表在《新疆文物》《国外藏学研究译丛》等刊物上面，也算是对学界有所贡献。

耿昇先生家住石景山永乐东小区，虽然离北大较远，但我也常常登门造访，因为在当时的北京，不论公家图书馆还是私人收藏，许多法文书或者论文，只有耿昇先生那里有，如果想用，就必须去耿先生府上借阅。我做中外关系史研究，更偏重于伊朗系统的文化如何进入中国，他翻译的《丝绸之路：中国–波斯文化交流史》一书，对我十分有用。但书中没有翻译中文史料部分，因为他觉得这些中文材料都在，对中国学者没有太大的意义。但我觉得还是有必要了解作者是如何理解、翻译中文史料的，这对于他的论说一定产生影响。所以我就跑到他家，从他那里借来原书，复印了相应部分。记得某一年，他从巴黎回来，电话里说他把伯希和所有的著作、论文、书评全部收集回来。那时候还没有Hartmut Walravens编的《伯希和的生平与著作：目录编》（*Paul Pelliot (1878-1945). His Life and Works -- a Bibliography*，Bloomington: Research Institute for Inner Asian Studies, Indiana University, 2001），找到伯希和的全部论著，包括大量的论文和书评，是十分不易的一件事。我跑去他家翻看，果然数量巨大，许多此前难以觅见。这不仅仅是耿昇先生本人的收获，也是中国学术积累的一项重要工作。

最后还有件事一定要讲一讲。耿昇先生心无旁骛，刻苦翻译，出产量极大，稿费又多，所以极易遭人嫉妒，在评职称等事情上给他小鞋穿。1998年5月，黄时鉴先生在杭州召开以大航海时代为主题的学术研讨会，会期刚好和西安的一个唐史研究会接着，我放弃与胡戟先生去麟游探访九成宫的机会，从西安经石家庄转飞到杭州。因为有一段时间没有和耿昇先生见面，原本碰到时应当是热情寒暄，但我感到他有点冷淡。到了晚上，他沉不住气到我的房间，

笔者与耿昇先生在一起

说道：你小子真不够义气，社科院高评委会上，有人声称你说耿昇翻译的书开篇就错。我一听就懵了，这都是哪对哪呀。我从来没有和任何人说过这样的话，我也绝不会说这样的话，因为我所读过的耿先生的翻译，都是完全可靠的，怎么会有这样的话出来呢。我和他声明后，他说他也不相信这是我说的，也知道这是"借刀杀人"，不过他也着实憋了很长时间，不吐不快。我真的非常感激他把这事直截了当地和我说了，如果他不说，一直暗中记恨，那我可就背了一辈子黑锅，跳进黄河也洗不清了。我们又重新畅谈，他还是大方地送他的新书给我。

走笔到此，想想我自己的学术道路，先做敦煌、西域，略微涉及藏学和回鹘，后来转向中外关系史，好像冥冥中受到耿昇先生的影响。只是我没有他那么高的天分，也没有他那么刻苦，所以迄今为止，我基本上停留在汉唐时期的中外关系史一段，没有敢特别涉猎耿先生后来着力所在的明清以后的中外关系史，因此他每次召开中外关系史学会的会议都给我发出邀请，但我往往望而却步。今天耿昇先生虽然走了，但他留下了丰厚的学术遗产供我们学习。希望在他的学养滋润下，我也可以慢慢拓展自己的学术领域，书写历史的新篇章。

（2019年4月13日初稿，28日改订。）

跋

今天在未名湖畔漫步，湖边几乎没有行人，远处的体斋和石舫相对无语，北风吹拂，柳枝飘荡，孤零零的花神庙屹立风中，山门好似张开嘴，对风高吟。回想自1978年9月入学北大以来，在未名湖畔读书听课的同时，也不时听老少先生们谈天说地，不论是在一教、文史楼前，还是在图书馆、朗润园，许多故事还听了不止一遍，日积月累，受益良多。

当我走出校门，步入学界，在敦煌学、西域史、中外关系、中古史等领域内，接触到不少前辈学人，除了开会聊天，还有很多更加深入的交往，也让我学到很多东西。

当我走出国门，在西洋、东洋寻书访学之际，也有不少如雷贯耳的大学者，给我以真诚的帮助和教导，让我这个漂泊异域的学子，感受到无比的温暖。

我是幸运的，在北大求学和工作中，得到过邓广铭、季羡林、周一良、王永兴、宿白、田余庆、叶奕良等先生的教诲和帮助；在步入学界后，又受到饶宗颐、杨志玖、王尧、沙知、宁可、冯其庸、陈国灿、李征、耿昇等先生的知遇之恩，还得到英国的贝利爵士、日本的藤枝晃教授、俄罗斯的马尔沙克先生和李福清院士的慷慨帮助和种种提携。对此，我能够报答的，只有用手中的笔，来记录他们伟大的学行和对年轻学子的关怀和友爱。

随着时间的斗转星移，一个又一个前辈学者离我们而去，甚至也有年纪不算大的朋友，他们在学术上都是一座座丰碑，需要我们对他们的成就加以总结；他们同时也是有血有肉的学人，有许多故事值得我们记述。

作为一介书生，我只有一支笔，我想用这支笔记录下这些前辈学者一些感人的故事，留下一些学术掌故，这些不入正式学术论文的内容，其实是另类的学术记忆，值得留住。这本书所收的文章，就是我对已故学人的杂记和追忆，包括几篇比较正式的学术史综述。有些写于老先生的生前，更多的写于学者去世之后，有话则长，无事则短，但每篇都有自己亲身经历过的往事，回想起来，或津津有味，或感慨万千。近年来学人"掌故"流行，不少写手喜欢勾连一些文人相轻、学者争斗的传说，我则更希望讲述学者之间的真情，因为学术的互助和共举，才能成就更加伟大的事业；提携年轻学者，才能后继有人。我这里记录的，就是成就了大事业的那些学者的伟大学行。

最后，我要感谢鼓励我编辑本书的中华书局徐俊先生，以及为本书出版付出辛劳的李静主任和林玉萍女士。

荣新江

2020 年 5 月 24 日